Effacer le passé, on le peut toujours : c'est une affaire de regret, de désaveu, d'oubli. Mais on n'évite pas l'avenir.

Oscar Wilde

Du même auteur

ROMANS

Faire sa mort comme faire l'amour, Montréal, Éditions du Jour, 1969 ; Montréal, Éditions du Jour, 1978 ; Montréal, Éditions Stanké « collection Québec 10/10 », 1981 ; *Sweet Poison,* traduction anglaise, Ottawa, Oberon Press, 1980.

Un deux trois, Montréal, Éditions du Jour, 1972 ; Montréal, Éditions Quinze, 1978 ; Montréal, Bibliothèque Québécoise, 1992.

Prochainement sur cet écran, Montréal, Éditions du Jour, 1974 ; Montréal, Éditions Quinze, 1980 ; Montréal, Vlb Éditeur, « collection Le Courant » ; *Coming Attraction,* traduction anglaise, Ottawa, Oberon Press, 1983.

La Première Personne, Montréal, Les Quinze Éditeur, 1980 (prix du Gouverneur général) ; Montréal, Bibliothèque Québécoise, 1992 ; *The First Person,* traduction anglaise, Ottawa, Oberon Press, 1980.

Le Bateau d'Hitler, Montréal, Éditions du Boréal, 1988.

Un dernier blues pour Octobre, Montréal, Éditions Libre Expression, 1990.

Les Torrents de l'espoir, Montréal, Éditions Libre Expression, 1995 ; Paris, Presses de La Cité, 1996.

ESSAIS

Fréquentations, Montréal, l'Hexagone, 1991.

La Radissonie : le pays de la baie James, Montréal, Éditions Libre Expression, 1991 (prix du Gouverneur général) ; *Radissonia, the James Bay Adventure,* traduction anglaise, Montréal, Éditions Libre Expression, 1992.

En accéléré, Montréal, Leméac Éditeur, 1991.

Les Bâtisseurs du siècle, Montréal, Lanctôt Éditeur, 1997 (prix Percy-Foy de la Société historique de Montréal).

THÉÂTRE

L'Interview, en collaboration avec Jacques Godbout, Montréal, Leméac Éditeur, 1972 (premier prix du Concours des œuvres dramatiques de Radio-Canada).

Jour de feu

Données de catalogage avant publication

Turgeon, Pierre, 1947-

Jour de feu

ISBN 2-89077-183-0

I. Titre.

PS8589.U7J68 1998   C843'. 54   C98-941523-6

PS9589.U7J68 1998

PQ3919.2.T87J68 1998

Révision : Monique Thouin

Illustration de la page couverture : Olivier Lasser

Graphisme de la page couverture : Création Melançon

Photo de l'auteur : Jean-Marie Bioteau

© 1998, les éditions Flammarion ltée

ISBN 2-89077-183-0

Dépôt légal : 4e trimestre 1998

Imprimé au Canada

Pierre Turgeon

Jour de feu

roman

Flammarion
Québec

À mon petit-fils, Théo

LES PERSONNAGES

Les Talbot

Pierre-Amédée Talbot : Seigneur du Grand Remous. Époux de Catherine Quinty. Il lui donne deux fils, Stéphane et Marcel. Mort au cours de l'insurrection de 1837.

Catherine Talbot : Épouse de Pierre-Amédée Talbot. Mère de Stéphane et de Marcel. Meurt durant l'épidémie de typhus de 1847, avec son fils Marcel, non sans avoir sauvé Kevin Parker, le neveu de Mervynn Parker.

Stéphane Talbot : Fils de Pierre-Amédée et Catherine Talbot. Seul héritier de la seigneurie du Grand Remous. Amant de Marie-Violaine Hamelin.

Marcel Talbot : Fils cadet de Pierre-Amédée et Catherine Talbot. Meurt du typhus en 1847.

Les Parker

Mervynn Parker : Lieutenant des dragons britanniques qui, en 1837, a sauvé la vie de Catherine Talbot et de ses deux fils, Marcel et Stéphane. Amant de Catherine, il lui a prêté de l'argent pour qu'elle ne soit pas dépossédée de la seigneurie du Grand Remous. En 1839, il quitte le Canada pour la Chine.

Les Hamelin

Gustave Hamelin : ingénieur-chef de la Montreal Gas Light Heat and Power. Père d'Augustine et de Marie-Violaine.

Augustine Hamelin : Fille de Gustave Hamelin. Épouse du richissime Américain Jack Grambs.

Marie-Violaine Hamelin : Fille de Gustave Hamelin. Épouse de Henry Blake et maîtresse de Stéphane Talbot.

Les Blake

Henry Blake : Propriétaire de la Montreal Gas Light Heat and Power. Époux de Nancy, qui lui donne Julian, avant de mourir de consomption. Il se marie ensuite avec Marie-Violaine Hamelin.

Julian Blake : Fils d'Henry et Nancy Blake.

Autres personnages

James Bruce Elgin, Lord : Vice-roi et gouverneur général du Canada-Uni de 1847 à 1854, huitième comte d'Elgin et douzième comte de Kincardine.

Frederick Elgin : Frère cadet de Lord James Bruce Elgin et colonel des hussards.

Moses Hays : Chef de la police de Montréal.

Paul Leclerc : Détective et adjoint du chef de police.

Carolus Van Gelder : Propriétaire de la taverne de *La Mort subite*.

Alphonse Bertrand : Archiviste de la Bibliothèque nationale.

Première partie

*Point n'est besoin d'espérer pour entreprendre
ni de réussir pour persévérer.*

Guillaume d'Orange
dit le Taciturne

Un

Durant la nuit, la rue Saint-Paul ressemble à une tranchée où l'on circule dans les ténèbres. Mais en ce 25 avril 1849, vers deux heures du matin, la pleine lune avait pris cette artère en enfilade et l'éclairait d'une lueur vive et laiteuse qui ne laissait pas subsister davantage d'ombre qu'à midi sonnant. À ce moment, un volet se rabattit violemment contre la façade du dernier étage d'une boutique. Une tête blonde se pencha et se retira trop rapidement pour permettre qu'on l'identifie. Un moment passa, dans un silence si absolu qu'on aurait pu se croire là-haut, sur la lune.

Derrière la vitrine du rez-de-chaussée, s'étageaient des lampes à huile et à gaz du dernier cri, coiffées de globes de verre ou de cristal, d'abat-jour dorés ou argentés. Les mèches neuves s'entouraient d'une gaine de tissu incombustible, imprégnée de nitrate pour donner plus d'éclat à la flamme. Le nom de l'établissement — *Les Lumières* — s'affichait en lettres dorées sur une enseigne ronde qui pendait au-dessus d'un de ces trottoirs de bois qui se transformaient commodément en radeau au cours des crues du Saint-Laurent.

Un cheval hennit, des sabots résonnèrent contre les pavés avec un effet d'écho et un cabriolet découvert s'arrêta à la sortie de la porte cochère, à gauche d'une boutique. Un jeune homme conduisait, assis sur le banc du cocher, les genoux calés contre le pare-boue. Il examina les alentours avec inquiétude. Personne, sauf un dormeur à face de bouledogue qui ronflait, affalé sur le seuil de la boucherie d'en face.

— Tu le reconnais? demanda Stéphane en se retournant.

— C'est l'ancien cocher de mon mari, répondit Marie-Violaine, qui caressait la tête rousse d'un garçonnet de six ans endormi à ses côtés sur la banquette.

— Je crois que monsieur Blake vous a retrouvée, madame Blake, et qu'il a chargé ce pauvre David de vous surveiller. Mais les ivrognes font de bien mauvais espions, dit Stéphane en montrant la bouteille de gin vide qui avait roulé dans le caniveau, aux pieds du cocher ivre mort. Je te gage qu'avec ton déguisement, il ne s'apercevrait même pas que tu es une femme.

Marie-Violaine esquissa un sourire que Stéphane devina au pétillement du regard, puisque le bas de son visage était enfoui dans une écharpe. Elle souleva légèrement son haut-de-forme et, d'une voix caricaturalement grave, elle demanda :

— Attention, mon brave, si vous m'insultez en me traitant de femme, vous devrez m'en rendre compte au champ d'honneur.

Il aurait fallu un œil très averti pour reconnaître une demoiselle sous les apparences de ce jeune homme, certes un peu freluquet, mais dont les gants blancs et le smoking à revers bleu nuit indiquaient qu'il appartenait à la meilleure société.

Aussitôt qu'elle eut lancé cette boutade, Marie-Violaine s'écroula de sommeil : même le mouvement et l'air glacial de la nuit n'auraient pu l'en empêcher.

Pendant combien de temps avaient-ils respiré tous les trois le gaz d'éclairage qui répandait peu à peu dans la maison son poison? Tout ce que Stéphane savait, c'est que lorsqu'ils s'étaient couchés, vers vingt et une heures, il y avait une panne dans tout le quartier. Vers minuit, une migraine l'avait réveillé. Il avait constaté que l'éclairage était revenu dans la rue, mais toujours pas chez lui. Il avait alors découvert que quelqu'un avait sectionné la canalisation principale du gaz, à l'intérieur de la boîte métallique qui protégeait le compteur. Inquiet, il se souvint alors de cet employé de la Montreal Gas Light Heat and Power qui avait visité son arrière-boutique, en fin d'après-midi, soi-disant pour tenter d'y découvrir la cause de la panne. Comment avait-il pu ne pas reconnaître ce visage au front plissé, aux bajoues pendantes ? Daniel n'était pas le véritable coupable du sabotage. Il ne faisait sûrement qu'obéir aux ordres de son patron, le sieur Henry Blake, président de la compagnie de gaz et mari de Marie-Violaine.

Stéphane jeta un regard sur sa jeune maîtresse assommée par le poison qui s'était mêlé à son sang et qui à présent lui montait au cerveau. Ces symptômes pouvaient fort bien se dissiper d'ici quelques heures, de même que sa propre migraine, qui continuait à lui serrer les tempes. Quant au petit Kevin Parker, il dormait en souriant aux anges. Peut-être voyait-il Catherine Talbot, la mère de Stéphane, qui l'avait soigné et recueilli deux ans plus tôt. Assurément, si le paradis existait, Catherine avait mérité d'y monter directement. Au moment de la Rébellion de 1837, après la noyade de son mari et la destruction de la seigneurie des Talbot, elle avait dû se réfugier à Longueuil, chez son père Antoine Quinty. Quand le marchand de chevaux disparut lui-même deux ans plus tard, elle avait réussi à assurer sa survie et celle de ses deux fils en travaillant comme bonne à tout faire chez le curé Bissonnette. En 1847, alors que le typhus exterminait des milliers d'immigrants irlandais, rien ni personne n'avait obligé la mère de Stéphane à quitter la sécurité de son logis à Longueuil et à voler au secours de Kevin, dont elle venait d'apprendre qu'il se trouvait parmi les malades entassés dans des cabanes — les *fever sheds* — à l'entrée du port de Montréal. Rien, sauf la dette d'honneur qu'elle se reconnaissait vis-à-vis de l'oncle de Kevin, Mervynn Parker, ce lieutenant des dragons qu'elle aimait encore, longtemps après son affectation sur les frontières orientales de l'Empire britannique. Trois jours durant, elle avait cherché le neveu de son ancien amant, tout en aidant les sœurs Grises à combattre l'épidémie. Elle avait fini par retrouver Kevin et par le sauver, mais elle paya chèrement cette bravoure : une semaine plus tard, le typhus l'emportait, ainsi que Marcel, son fils cadet.

Depuis lors, Stéphane considérait l'orphelin irlandais comme son frère et il l'invitait régulièrement à passer quelques jours avec lui à sa boutique de la rue Saint-Paul, ce qui déchargeait le tuteur officiel de l'enfant, l'abbé Bissonnette. Le vieillard déclinait rapidement dans son presbytère de Longueuil. Stéphane et Marie-Violaine comptaient, dès que leur situation le permettrait, adopter Kevin, qui autrement, à la mort du curé, devrait prendre la route de l'orphelinat ou du séminaire.

———— • ————

Stéphane leva les yeux vers la fenêtre de l'étage, derrière lui, qu'il avait laissée grande ouverte afin que se dissipât le gaz, puis il les abaissa sur la vitrine du petit commerce qu'il gérait pour le compte de Gustave Hamelin, le père de Marie-Violaine. Pourrait-il jamais revenir ici ? Il se sentait étrangement calme pour quelqu'un qui venait de frôler la mort. Peut-être parce qu'il savait que le danger rôdait encore et qu'il aurait besoin de tout son sang-froid pour se rendre à l'autre bout de Montréal, chez le père de Marie-Violaine, qui saurait comment soigner sa fille.

Des cris avinés et des sifflements se firent entendre. Un groupe d'hommes venaient à leur rencontre en se bousculant. En temps normal, les habitants de la rue auraient mis la tête à leurs fenêtres en menaçant ces voyous d'appeler les constables. Mais en ce 25 avril 1849, Montréal n'avait plus rien d'une ville paisible et sûre.

Le gouverneur général du Canada-Uni, Lord Elgin, avait provoqué la colère des ultraroyalistes canadiens-anglais en acceptant que soient indemnisés les gens dont les biens avaient été détruits durant la Rébellion de 1837. Stéphane lui-même toucherait un dédommagement de trois mille livres, avec lequel il comptait reconstruire la seigneurie de son père, rasée par les tirs de l'artillerie anglaise. À l'époque, la *Gazette* avait publié les noms et les adresses des indemnisés, et des orangistes, armés de gourdins et de roches, les traquaient, avec l'accord tacite des passants car Montréal était devenue majoritairement anglophone.

Stéphane aurait pu retourner dans sa vallée du Richelieu pour y mettre tout de suite en chantier le nouveau moulin à eau des Talbot. Mais il considérait qu'il y allait de son honneur d'être présent quand Lord Elgin, le jour suivant, donnerait la sanction royale au projet de loi de 1837-1838 de Louis-Hippolyte Lafontaine — indemnisant les dommages subis au cours de l'insurrection — dans l'enceinte de l'ancien marché Sainte-Anne, où siégeait le parlement du Canada-Uni.

Pour éviter de croiser la troupe qui venait vers eux, Stéphane décida de prendre par les quais et tourna à gauche à l'angle de l'église Notre-Dame-du-Bonsecours. Une brume légère s'effilochait sur le Saint-Laurent, où défilaient des glaçons dans un tumulte d'entrechocs qui s'atténuait chaque jour davantage à mesure que fondaient les vestiges de la banquise. Depuis la débâcle, survenue deux semaines plus tôt, une douzaine de frégates en provenance d'Europe avaient déjà mouillé dans le port. Et pour une fois, le fleuve restait dans ses berges, même si les navires amarrés en rangs serrés flottaient si haut qu'il semblaient vouloir continuer leur navigation à l'intérieur des terres.

Une odeur de goudron et de copeaux de bois montait des hangars qui abritaient les ateliers de cale sèche; les maillets résonnaient en une cadence frénétique, tandis que les équipes de nuit achevaient de calfater trois nouveaux vapeurs destinés à descendre à New York, par le Richelieu, le canal de Chambly, le lac Champlain et l'Hudson. Lourdement chargé de bois d'œuvre, le quatrième *steamer* de cette ligne, le *Kent*, étirait un filet de vapeur

15

au-dessus de sa haute cheminée à tromblon. On entretenait le feu dans la chaudière pour appareiller dès l'aube.

Stéphane entendit au loin un fracas de verre et il eut la certitude que les voyous qu'il avait évités de justesse venaient de casser sa vitrine. Il mit son cheval au trot et fila sans encombre vers l'ouest, laissant derrière lui la Vierge qui, depuis l'arrière de l'église, ouvrait les bras sur le port. Ce geste qui se voulait protecteur, Stéphane l'avait trouvé bien inefficace quand son navire était rentré au port après que deux de ses amis matelots s'étaient noyés dans les rapides de Lachine. Il se demanda ce que devenait le pilote iroquois Téhostoseroton. Il travaillait sûrement encore pour l'une des compagnies de navigation. Avec sa veste de daim ornée de verroterie et son casque de plumes d'aigle, le géant constituait une attraction aux yeux des touristes qui recherchaient les sensations fortes au milieu des rapides.

Stéphane passa devant la place Jacques-Cartier, aux immeubles de granit gris en face-à-face éternel de chaque côté d'un champ boueux, jonché des immondices que le marché avait laissées à sa fermeture et couvrirait, dans quelques heures, d'une nouvelle couche de déchets animaux et végétaux. Comme dégoûté par ce spectacle, l'amiral britannique Nelson lui tournait le dos et, du haut de sa colonne, il jetait un regard sur l'hôtel de ville et l'esplanade du Champ-de-Mars.

Comme chaque fois qu'il passait près de la statue du destructeur de la marine française, Stéphane éprouva la vague envie de la faire sauter par une charge de poudre bien placée, mais des éclats de voix l'arrachèrent à sa rêverie. Des hommes sortaient en criant de l'une des tavernes du port et, au lieu de se disperser, ils s'attroupaient dans la rue de la Commune, bloquant le passage. C'étaient des orangistes, reconnaissables au cochon, coiffé d'une mitre pourpre d'évêque, qu'ils brandissaient au-dessus de leurs têtes. Embroché sur un pieu de fer, l'animal ressemblait de loin à un bébé nu et rose.

Un instant, Stéphane songea à rebrousser chemin, mais un coup d'œil par-dessus son épaule lui permit de constater qu'un autre groupe venait de déboucher de la place Jacques-Cartier et lui interdisait à présent toute retraite. Son attelage fut bientôt rejoint et entouré par les manifestants échauffés par le gros gin et les discours antipapistes qu'on venait de leur servir à profusion.

— *Hey friends, look here, we've got ourselves a Frog!* s'écria un des hommes en désignant Stéphane, qui n'avait pourtant pas ouvert la bouche, mais que trahissait son physique.

Des rires fusèrent. Quelqu'un eut l'idée d'enlever sa mitre au cochon et de s'avancer vers le cabriolet en dépliant le soufflet de la coiffure triangulaire.

— *Let's see if it fits!*

Le cœur pris dans un étau, Stéphane se baissa pour prendre, sous son siège, la seule arme à sa disposition : un long fouet de charretier. Une main se posa aussitôt sur la sienne et l'empêcha de compléter son geste. Il se retourna vivement. Marie-Violaine s'était levée à l'arrière du cabriolet et, bras croisés, elle examinait la foule sans hâte, comme un officier qui passe des troupes en revue.

— *Pray tell me, what are you gentlemen doing with this hat and this pig?* interrogea-t-elle, d'une voix rauque qui dénotait l'accent de curiosité blasée qu'affectionne la noblesse britannique.

Il y eut un flottement dans la foule. On croyait s'attaquer à un Canadien et on tombait sur un dandy londonien, peut-être le fils d'un général ou d'un lord. Stéphane lui-même était stupéfait : il avait tellement l'habitude de penser à Marie-Violaine comme à sa petite Française qu'il oubliait trop souvent qu'elle avait fréquenté un des collèges les plus huppés d'Angleterre. Comme personne ne lui répondait, elle secoua la tête avec impatience :

— *This will have to wait. My brother is sick and we have to hurry to the doctor.*

Elle se rassit lentement à côté de Kevin qui, les yeux fermés, gémissait à souhait en se tenant le ventre.

— *Quickly, please!* lança-t-elle à son cocher.

Cette comédie eût-elle suffi pour qu'on leur ouvre enfin le passage? Ils n'en surent jamais rien puisque, à l'instant même, une sourde explosion fit trembler le sol. Aussitôt des flammes s'élevèrent de l'arrière du marché Bonsecours, atteignant presque la hauteur du dôme inachevé. Le jeune Londonien de mascarade et son cocher estomaqué en perdirent tout intérêt pour les orangistes. Tous partirent au pas de course en direction du sinistre. Une voix hurla : « *That's the idea, boys! Roast them!* » ce qui fut repris en chœur par une trentaine de voix : « *Roast them!* » Et toute la troupe courait derrière le cochon privé de sa mitre qui se balançait au bout de son pieu d'acier.

— Quand les cochons se mettent à voler, ça donne de gros oiseaux, dit le petit Kevin, dont les crampes à l'estomac venaient de disparaître comme par enchantement.

Cette plaisanterie d'enfant n'eut pas le don de faire rire Stéphane. La violence soudaine des flammes et leur couleur bleutée, le fait qu'elles ne dégageaient aucune fumée, tout cela signifiait sans doute que c'était la boutique *Les Lumières* et son importante réserve de combustible qui disparaissaient dans le néant, en même temps que le rêve entretenu par les deux associés d'utiliser leurs profits pour financer leur laboratoire d'électricité.

Marie-Violaine devait avoir deviné les craintes de son amant car, comme pour le consoler, elle se pencha, lui prit les mains et les plaça sur ses hanches rondes, lui effleura la nuque et appuya son buste épanoui sur son thorax. Les yeux de la jeune femme pétillaient de malice, tandis qu'elle approchait lentement ses lèvres charnues des siennes.

— Sauriez-vous encore, monsieur, comment donner des baisers électriques?

———— · ————

L'été précédent, elle lui avait rendu une visite impromptue rue Saint-Paul, quelques semaines après que son père et elle eurent fini de s'installer dans leur nouvelle maison, rue Wellington. Elle était passée par l'escalier extérieur, à l'arrière, puis avait frappé à la porte qui donnait sur la grande pièce servant de chambre et de laboratoire, au-dessus de la boutique. Torse nu, penché sur une soupe fumante, une cuillère entre les dents, Stéphane prenait des notes dans un cahier. Au lieu de lui reprocher son effronterie, il sourit et lui ouvrit, puis enfila une chemise et lui apporta une serviette pour qu'elle se séchât, car elle avait couru tête nue sous la pluie et sa robe mouillée lui collait à la peau. Elle voulut savoir ce qu'il fabriquait avec tous ces objets étranges, ces assemblages de cornues et de serpentins qui dégageaient de puissantes odeurs d'acide, cet énorme aimant qui tournait à l'intérieur d'un anneau de cuivre. En guise de réponse, il saisit les extrémités de deux câbles reliés à une pile formée de rondelles métalliques étagées à l'intérieur d'un tube de verre : ses cheveux se dressèrent comme les épingles d'une pelote, des éclairs fusèrent de ses mains tandis que tout son corps était pris de légères trépidations. Marie-Violaine avait reculé d'un pas.

— Embrasse-moi, nigaude !

La curiosité et le désir l'avaient emporté sur la crainte. Mains dans le dos, elle s'était haussée sur la pointe des pieds et ses lèvres avaient effleuré celles de Stéphane. De minuscules étincelles avaient jailli sous son nez ; un picotement délicieux l'avait alors parcourue, de la pointe de la langue jusqu'à la racine des cheveux. Elle avait détourné son visage.

— Qu'est-ce que tu fabriques, finfinaud ?

— Devine ! avait-il répondu en riant.

Elle avait cessé d'hésiter et l'avait étreint de toute la fougue de ses dix-neuf ans, croisant ses cuisses autour de sa taille, s'agrippant à sa nuque, lui mordillant la lèvre supérieure et la moustache, dont elle sentait les poils hérissés sur ses gencives.

19

Des convulsions l'avaient parcourue, lui secouant le corps d'une volupté si intense qu'elle avait songé un instant à desserrer son étreinte mais, l'eût-elle voulu, elle n'aurait pu s'arracher au champ magnétique qui soudait leurs deux corps. Ils avaient vibré ainsi à l'unisson, avec une violence croissante, jusqu'au moment où Stéphane avait laissé tomber les deux câbles qu'il tenait entre ses doigts, les bras encore en croix.

———— • ————

Le petit cheval bien croupé piaffait d'impatience entre les harnais. Les cris des émeutiers s'amenuisaient au loin.

— Un baiser électrique ? Mais... fit Stéphane avec un geste d'embarras, comme pour montrer qu'il n'avait pas avec lui les instruments qui lui avaient permis de donner sa démonstration des vertus conductrices du corps humain. Le poison commençait-il à la faire délirer ?

— Embrasse-moi, nigaud !

Il comprit enfin qu'elle se moquait gentiment de lui et, s'inclinant par-dessus le banc de chêne qui séparait le cocher des passagers, il la saisit par la taille et la souleva, lui baisant les joues et le cou avec ferveur.

— Alors, coquine, tu veux que je te donne du courant ? Tiens, en voilà ! Encore et encore !

Le petit Kevin riait en tapant des mains.

Tout à coup, Stéphane sentit que sa maîtresse était devenue toute molle entre ses bras. Pour ajouter du piquant à leur jeu, lui jouait-elle la comédie de l'évanouissement ? Inquiet tout de même, il la déposa sur la banquette : elle s'effondra sur le côté. Kevin la rattrapa aussitôt, sinon elle aurait roulé au fond du cabriolet. N'eût été la respiration qui lui soulevait la poitrine, elle offrait toutes les apparences de la mort.

— Vio ! hurla Kevin, qui appelait ainsi celle dont il n'arrivait jamais à prononcer correctement le prénom.

— Tiens-la bien, mon petit, dit Stéphane, qui se retourna et lança son cheval au galop.

Kevin s'agrippait d'une main à la poignée de la portière, et de l'autre, au bras de sa Vio. Il n'était ni assez lourd ni assez fort pour empêcher que les pavés disjoints de la rue de la Commune la secouent dans tous les sens, mais il arrivait à l'empêcher de heurter son visage contre les arceaux métalliques de la capote abaissée en demi-cercle autour d'eux. Le haut-de-forme de Marie-Violaine avait roulé sur le siège et son abondante chevelure noire claquant au vent donnait à son corps désarticulé la sensualité trouble d'une noceuse ivre morte. Les rares passants hochaient du chef en se demandant quel chagrin avait pu pousser une si rare beauté à plonger dans pareil état d'ébriété.

Malgré le froid qui lui tirait des larmes et lui faisait couler le nez à grosses gouttes, Stéphane tendait la tête et le torse comme s'il avait voulu tirer le cabriolet de concert avec son cheval, dont les naseaux fumaient dans le halo jaune des becs de gaz.

Deux

Au bout de la rue, une maison normande avec son double rang de lucarnes et son écurie de bois en retrait sur la gauche. Il sembla un instant que l'attelage s'empalerait sur les pointes acérées de la grille qui protégeait la propriété et ses grands arbres bourgeonnants. Mais le cocher vira à gauche sur la côte Metcalfe, qui menait vers les hauteurs du mont Royal, puis il tira énergiquement sur les rênes. Le cheval se dressa sur ses pattes postérieures en hennissant puis ses sabots frappèrent lourdement le pavé.

Gustave Hamelin, devant chez qui le cabriolet venait de s'arrêter, souffrait fréquemment d'insomnie. Stéphane eut une prière muette pour qu'il fût en train de dévorer une de ces revues scientifiques les plus récentes dont chaque bateau arrivant au pays lui faisait livraison. Comme en réponse à son vœu, la porte de la maison s'ouvrit en grinçant et un quinquagénaire parut sur le seuil, plissant les yeux par-dessus son pince-nez pour scruter la nuit. Il portait à bout de bras une lanterne qui faisait scintiller les boutons en argent de sa redingote gris-vert de coupe militaire. La pointe de son bonnet rouge se recourbait vers l'avant. Cette coiffure, durant la Terreur, permettait de reconnaître les partisans de Robespierre. Stéphane savait que le bonhomme Hamelin ne l'arborait que par plaisanterie, pour faire la nique aux monarchistes britanniques du Conseil municipal. Cette nuit, la goutte devait enfler les pieds de Gustave Hamelin car il s'appuyait ostensiblement sur la canne de dandy avec laquelle, d'habitude, il affectait de jouer.

— Vite ! s'écria Stéphane en se ruant, suivi de Kevin, vers la maison avec Marie-Violaine, dont le bras gauche oscillait dans le vide.

— Il y a eu une fuite de gaz pendant que nous dormions. Elle n'avait pas l'air trop affectée, mais plus tard elle a perdu connaissance dans la voiture.

Hamelin s'effaça devant Stéphane, qui, le vestibule traversé, déposa son fardeau dans un immense canapé de cuir fauve à capitonnage moelleux.

Les arômes d'un café corsé se mêlaient au parfum d'une pipe qui fumait dans un cendrier. Derrière le canapé et appuyée contre lui s'étendait une immense table sur laquelle s'étageaient des livres, des revues et des cahiers qui menaçaient de s'écrouler sur des bouteilles d'encre ; des dés à schnaps et des tasses d'argent pleines d'un café turc refroidi voisinaient avec des pilons de guinguois dans des mortiers aux macérations durcies. Jamais l'ingénieur ne débarrassait suffisamment cette table pour y faire asseoir des convives. Cela d'ailleurs ne prêtait guère à conséquence car il n'invitait que Stéphane et Marie-Violaine, dont aucun ne se formalisait ni des grimoires mêlant leur odeur de moisi à celle de la soupe ni des cornues et des serpentins où bouillonnaient d'étranges sauces incomestibles.

Mais quand sa fille venait manger chez lui, Hamelin devait cacher dans un placard les grenouilles mortes qui s'alignaient sur le pourtour de la table, épinglées à des planchettes sur trépied. En les disséquant, il s'appliquait à leur enlever les chairs et à ne garder sur le squelette que les muscles et le système nerveux. Fichés dans leurs quadriceps, des fils de cuivre se déroulaient en spirale jusqu'à une série de rhéostats, eux-mêmes branchés à une énorme sphère d'acier, la pile brevetée par Hamelin et qu'il utilisait pour diverses expériences. Les batraciens, même morts depuis longtemps, levaient faiblement la patte ou la secouaient avec toute la vigueur d'un danseur cosaque, selon la charge électrique qu'on leur transmettait.

La pile de l'ingénieur fournissait également du courant à une vingtaine de lampes électriques disséminées un peu partout dans la maison. Les filaments des ampoules ne duraient jamais plus de quelques heures, quand ils ne se consumaient pas à l'instant où on les fixait : ces comportements étaient notés scrupuleusement par Hamelin, qui expérimentait avec une multitude de matériaux, persuadé qu'un de ces filaments, un jour, produirait une belle lumière capable de durer des semaines et de lui assurer du même coup une place au panthéon des inventeurs.

L'éclairage électrique avait plusieurs vertus : il pourchassait l'ombre implacablement, ne la laissant subsister que sous les tables, dans les angles des commodes et dans les plis les plus profonds des rideaux ; il ne dansait ni ne vacillait au gré du vent ou des courants d'air, comme les mèches à l'huile ou au gaz, et vibrait si rapidement que l'œil humain se croyait en présence d'une lumière absolue et continue. Dans cette magie, au lieu de se laisser ternir et obscurcir par les ténèbres, les couleurs s'affichaient avec autant d'intensité et de franchise qu'en plein jour, et les lettres sur les pages imprimées se distinguaient avec une telle netteté qu'Hamelin passait ses nuits à lire sans fatigue.

Les ampoules brûlaient, mais avec une telle intensité qu'elles finissaient par aveugler les occupants de la maison et par leur donner des migraines. Le coût de fabrication et de remplacement des ampoules absorbait une partie importante du salaire de l'ingénieur. Et quand il lui fallait ouvrir l'œuf métallique de sa pile pour y remplacer les électrodes de zinc et de cuivre — ce qui n'arrivait heureusement qu'une fois par mois —, une telle odeur montait de la cuve pleine d'acide sulfurique qu'elle mettait des jours à se dissiper et que l'on devait servir les repas dehors ou, en hiver, devant des fenêtres grandes ouvertes afin de ne pas subir l'arôme d'œufs pourris qui flottait dans la cuisine.

Cette lumière, qu'on ne retrouvait nulle part ailleurs, révélait à Stéphane mieux que le soleil la beauté de sa compagne toujours inerte sur le divan.

Trois

Le petit Kevin s'était réfugié dans un profond fauteuil et, quoique toujours inquiet, tomba endormi presque aussitôt.

— Des couvertures ! lança Hamelin à Benoît, son domestique, qui descendait de sa chambre après avoir rentré sa chemise de nuit dans son pantalon enfilé à la hâte.

Le solide vieillard avait la raideur des anciens militaires et son visage, variolé et cousu de cicatrices, ressemblait à un champ de bataille. Il tourna les talons et remonta à l'étage.

Hamelin ouvrit toutes les fenêtres du salon.

— Il leur faut le plus d'oxygène possible.

Il entreprit d'étouffer le feu dans l'âtre avec une petite pelle de fonte, tandis que son domestique couvrait Marie-Violaine et Kevin d'édredons matelassés.

Agenouillé au chevet de sa bien-aimée, Stéphane lui caressait le front du bout des doigts. Il ne pouvait détacher son regard des lèvres de sa Marie-Violaine, de ce filet d'air qui circulait entre elles de façon si ténue et si lente, avec des pauses si longues qu'il craignait qu'elle rendît son dernier souffle.

— La fuite de gaz : comment est-ce arrivé ? demanda le père d'une voix sourde.

— Un faux employé du gaz s'est introduit chez moi et a scié la conduite principale, près du compteur.

— Nous savons tous les deux par qui ce quelqu'un a été envoyé, n'est-ce pas ?

— J'ai reconnu l'ancien cocher de Blake qui faisait le guet devant ma porte. Il devait probablement venir s'assurer de notre mort à tous les trois avant le lever du soleil.

Gustave Hamelin s'accroupit pour prendre le pouls de sa fille. Puis, du pouce, il releva sa paupière droite, qui ne laissa entrevoir que le blanc de l'œil révulsé.

— Vous allez la guérir ? le supplia Stéphane, plein d'espoir en celui qu'il considérait comme son beau-père depuis qu'il avait épousé secrètement sa fille en une cérémonie qui abrogeait du même coup le mariage de Marie-Violaine avec Blake. « Sinon devant la loi, du moins aux yeux de l'Être suprême », avait déclaré Gustave Hamelin en les bénissant après avoir ceint le tablier des francs-maçons.

Blake, tentant de faire assassiner son épouse, avait détruit sans retour les liens qui l'unissaient à Marie-Violaine Hamelin.

Stéphane attendait la réponse comme un accusé attend sa sentence. Nul ne pouvait juger mieux que lui de la gravité réelle de la situation. Des victimes du gaz, l'ingénieur Hamelin en avait dégagé de sous les décombres de leur habitation, il en avait arraché aux bras de leur père ou de leur époux qui respiraient encore, il en avait rescapé dans leur cuisine sous le chaudron qui leur avait ébouillanté le visage.

Le Conseil municipal lui avait écrit à Manchester, en Grande-Bretagne, deux ans auparavant, pour le prier de venir à Montréal faire une expertise du réseau de distribution de gaz. Gustave Hamelin avait remis un rapport catastrophique pour les autorités et surtout pour Blake, le président de la compagnie de gaz. L'ingénieur avait conclu qu'il fallait de toute urgence remplacer une partie importante du réseau, devenu un volcan avec ses tuyaux rouillés, posés parfois à fleur de sol, où les grands gels les déplaçaient et les brisaient.

La réputation d'Henry Blake sembla noircie à jamais, puisqu'on attribuait à son incurie la mort de dizaines de ses concitoyens. Mais ses amis soulignèrent que les défauts de fabrication n'affectaient que les quartiers peuplés d'une populace récemment immigrée qui, en piochant ses potagers sauvages ou en laissant illicitement ses cochons fouiller les ruelles boueuses, creusait elle-même sa tombe. Les propriétaires de taudis, qui toléraient mal les retards de paiement des loyers, chuchotaient bassement que « les vapeurs de Blake » avaient le mérite de les débarrasser de la vermine sans qu'ils aient à recourir aux huissiers.

La Montreal Gas Light Heat and Power irrigua de livres sterling les rangs du Conseil municipal. Blake jura d'effectuer toutes les réparations que réclamait l'ingénieur commissionné par l'Hôtel de ville. Et comme preuve de sa bonne foi, il ajouta qu'il confierait la responsabilité des travaux à l'intraitable Gustave Hamelin lui-même. Tout cela, à ses propres frais. Il laissait ceux qui réclamaient la municipalisation du gaz calculer ce que leurs idées saint-simonistes coûteraient à Montréal.

Ce dernier argument fit pencher la balance en sa faveur. Quant à Gustave Hamelin, il accepta la proposition du magnat en se disant qu'il sauverait ainsi des vies humaines. L'année suivante, il revint de Manchester pour s'établir au Canada avec ses deux filles, sachant pertinemment qu'il devrait lutter pied à pied contre son employeur pour réaliser les réformes promises. Mais il comptait réussir avec l'appui de quelques échevins courageux et la force de persuasion du sens commun. Marie-Violaine lui annonça bientôt que Blake la demandait en mariage. L'ingénieur se garda bien de tenter d'influencer la décision de sa fille, mais il ne put s'empêcher de songer qu'avec son patron comme gendre sa position dans l'entreprise serait fortement consolidée.

Mais cette nuit, alors qu'il sentait le pouls de Marie-Violaine ralentir et s'affaiblir, Gustave Hamelin regrettait de n'avoir pas mieux conseillé son enfant. Il s'était félicité de son libéralisme, songea-t-il avec colère, alors qu'il n'avait pas eu le courage d'agir en père. Au lieu de ne s'inquiéter que de la profondeur des canalisations et de la qualité de l'alliage des tuyaux du réseau gazier, il aurait dû voir ce qui sautait aux yeux de tout le monde : Stéphane Talbot et sa fille s'aimaient. Derrière les trop soudaines ambitions nuptiales de Marie-Violaine, il aurait dû deviner la volonté d'assurer les vieux jours d'un père adoré. Et derrière le masque de Blake, surtout, il aurait dû deviner que se cachait un assassin.

Pour que Gustave Hamelin comprît la vérité, il avait fallu que ce monstre de Blake attentât une première fois aux jours de Marie-Violaine, en lui administrant du laudanum dans son vin et en l'exposant, devant les fenêtres grandes ouvertes de sa chambre, à un des pires blizzards des dernières années. Dieu merci, son jeune associé et sa fille avaient écouté leur cœur et étaient devenus amants, de sorte que cette nuit-là Stéphane, venu à leur rendez-vous secret, était arrivé à temps pour la sauver.

Croyant que Blake n'hésiterait pas à récidiver, le père et l'amoureux avaient imaginé de faire passer la jeune femme pour morte. Quelques vêtements déchirés accrochés à des buissons, près des crevasses les plus dangereuses du mont Royal, sur les pentes duquel s'aventuraient encore des loups, avaient servi de mise en scène à la comédie. Devant des bancs de neige qui, dans les ravins, recouvraient presque la cime des arbres, on avait fini par reporter les battues au printemps. Quel misérable subterfuge pourtant ! Marie-Violaine avait beau ne sortir que très rarement de chez Stéphane, et toujours déguisée en homme, il était fatal que, dans une petite ville comme Montréal, on la reconnût assez rapidement.

À mesure qu'il repassait le fil des événements, l'ingénieur s'accablait de reproches. Son incurie lui avait fait perdre déjà Augustine, sa fille aînée, qui, se sentant négligée par son père qui lui préférait la compagnie des livres, avait profité de l'escale de

Halifax pour s'enfuir à New York avec un baron du textile. Si, cette nuit, Gustave Hamelin perdait sa cadette et se retrouvait seul, ce serait par la faute de sa faiblesse et de sa lâcheté. Il ne pouvait rester dans ce dégoût de lui-même...

Quatre

— Pourrez-vous la sauver? demanda Stéphane d'une voix étranglée.

Gustave Hamelin restait agenouillé au chevet de sa fille inconsciente, perdu dans ses mornes ruminations. En savait-il davantage sur les gaz du charbon que les philosophes anciens, qui les inhalaient à l'occasion pour échapper au déplaisir d'un empereur, ou que ce qu'en affirmait Aristote : « Ces fumées provoquent des lourdeurs à la tête et conduisent à la mort »? Que pouvait-il répondre à Stéphane? Qu'un danger pire que la mort guettait sa fille : ce gaz pouvait en effet éteindre à jamais la conscience tout en maintenant intactes les fonctions vitales.

Mais Hamelin eut pitié et présenta comme une certitude ce qui n'était qu'une hypothèse :

— Elle est jeune et forte. Chaque respiration qu'elle prend dilue une partie du poison. Il faut laisser le temps faire son œuvre.

Stéphane poussa un soupir de soulagement.

— J'ai déjà perdu une fille... commença Hamelin.

— Vous ne l'avez pas vraiment perdue, le rassura Stéphane.

Hamelin se contenta de secouer la tête avec obstination, l'air de dire qu'il ne reverrait jamais Augustine.

Le salon, cheminée éteinte et toutes fenêtres ouvertes, s'était transformé en glacière. On y produisait de la buée en parlant, mais on y respirait autant de pur oxygène que sur le pont d'un navire. Annette, épouse du domestique de la maison et cuisinière, glissa des bouillottes sous les édredons de Marie-Violaine et de Kevin.

— Ces pauvres enfants, vous allez me les faire mourir de froid, soupira-t-elle en secouant la tête à l'idée d'un tel malheur, lequel ne semblait pas guetter sa personne étant donné l'épaisse couche de graisse qui l'enveloppait.

Annette avait suivi son maître depuis Paris, avec l'espoir que ses talents de cordon-bleu lui rendraient son exil moins odieux. Mais l'estomac de l'ingénieur, déjà fragile, avait achevé de se déglinguer en terre canadienne et ne supportait plus que le gruau et le riz étuvé. Hamelin n'eut pas la cruauté de demander à ses domestiques de partager son indigence gastronomique. Au contraire, il encouragea Annette à préparer les plats les plus exquis, qu'elle lui servait pour qu'il puisse en déguster le fumet, puis qu'elle ramenait à la cuisine, où elle et son mari leur faisaient un sort mérité.

Sans qu'on lui eût rien demandé, Benoît leur apporta du cognac et s'assit pour trinquer avec eux.

— Elle va s'en sortir ce coup-ci, dit-il de sa voix rauque, mais pour sûr que son mari va recommencer et qu'à force...

— Cette fois, je vais à la police, annonça l'ingénieur en essuyant son pince-nez avec son mouchoir.

— Et quelles preuves avons-nous pour accuser cet homme éminemment respectable ? demanda Stéphane, qui marchait de long en large et soufflait dans ses mains pour les réchauffer.

Benoît déposa son verre déjà vide et lâcha une éructation qui ressemblait au bruit d'un sabre qu'on aurait traîné sur le pavé.

— Votre Blake, c'est un cochon enragé. On ne raisonne pas un animal pareil, on lui tranche la gorge. Sauf votre respect, mon capitaine !

Benoît avait servi d'ordonnance à Gustave Hamelin dans l'artillerie impériale et il s'adressait encore à lui par son grade.

Paralysé par le chagrin et le remords, Gustave Hamelin ne réagit pas aux allusions de Benoît.

— J'aurais dû comprendre que j'avais affaire à un enragé dès ma première visite chez lui.

Stéphane n'aimait pas beaucoup voir son mentor s'accabler ainsi et il répliqua :

— Vous m'avez toujours dit qu'il s'était comporté en hôte raffiné et courtois. Comment auriez-vous pu deviner...

— Benoît l'a dit, c'est un animal. Quand il a appris que j'avais été ingénieur dans l'artillerie, il a passé le reste de la soirée à me faire admirer le canon qu'il a installé en haut d'une butte, devant chez lui. Un modèle que je n'avais pas vu depuis 1812 : un des premiers à se charger par la culasse. Une pièce à âme lisse, qui tirait des boulets de deux livres, avec une portée de huit cents verges tout au plus. Vous voyez ce que je veux dire ?

— Absolument. Je peux même dire que j'ai acquis une connaissance très intime de ce canon.

— Mon pauvre Stéphane, j'oubliais...

Stéphane s'était lié de près avec cette pièce d'artillerie durant les Troubles de 1837. Henry Blake avait alors mis à la disposition de sa compagnie de miliciens cette arme qui datait de la fin du dix-huitième siècle. Jusque-là, il s'en était servi des plus pacifiquement, en tirant des charges à blanc pour prévenir les utilisateurs de son pont à péage qu'un bateau s'approchait sur le Richelieu et qu'il faudrait bientôt en relever le tablier de bois.

Quand les patriotes se soulevèrent contre l'Empire britannique, Henry Blake décida de redonner à sa pétoire une vocation militaire. Il fut alors chargé d'accompagner une colonne qui avait reçu la mission de pacifier la rive sud de la rivière Richelieu, en effectuant une marche forcée du fort Saint-Jean au fort Chambly.

Vers la fin de cette journée, le lieutenant Mervynn Parker s'écarta de la route et poursuivit, à la tête de ses dragons, des insurgés réfugiés dans la forêt. Blake se retrouva alors le plus haut gradé de la colonne et à ce titre il ordonna à ses artilleurs de tirer sur une maison dont il se méfiait parce qu'elle se trouvait en haut d'une colline dominant un pont étroit où les Britanniques devaient s'engager. Des fenêtres en meurtrière, l'ennemi aurait pu les mitrailler à volonté.

Bientôt flambèrent la maison et le moulin seigneurial qui la prolongeait, et la décision de Blake semblait couronnée de succès, à un détail près : les tireurs d'élite n'existaient pas et, dans la cave de la maison, il n'y avait qu'une mère et ses deux enfants, dont les cris de terreur alertèrent le lieutenant Parker qui revenait de son incursion en forêt. La grande roue à aubes se détacha du moulin et roula dans le Richelieu, où elle continua à brûler en dévalant les rapides. En se détachant ainsi de son essieu calciné, elle avait offert aux sinistrés une ouverture par où se glisser, à l'instant même où les flammes s'apprêtaient à les dévorer. L'aîné des deux enfants que le lieutenant Parker sauva ce jour-là en même temps que leur mère s'appelait Stéphane Talbot.

Voilà donc comment le jeune homme avait lié connaissance, douze ans plus tôt, avec le canon de douze livres du sieur Blake. Le même jour, son père, Pierre-Amédée, s'était noyé en tentant d'échapper à la nage aux Anglais qui l'avaient capturé et ligoté. Sa mère, Catherine Talbot, déménagée à Longueuil, avait attrapé le typhus en portant secours au petit Kevin Parker, puis aux Irlandais que les bateaux déposaient la nuit, en secret, sur les quais de Montréal, pour éviter qu'on leur impose des mesures de quarantaine. Elle avait transmis le mal à Marcel, son fils cadet, qui était mort dans ses bras, puis elle aussi, en 1847. Et Stéphane, unique survivant de sa famille et héritier de la seigneurie du Grand Remous, s'apprêtait à recevoir sa part de l'indemnité générale de cent mille livres sterling que le gouvernement Lafontaine-Baldwin avait décidé d'attribuer aux victimes de la guerre civile.

— Mon capitaine, ce canon du citoyen Blake peut-il encore tirer ? s'informa Benoît auprès de son maître ingénieur.

— Oh, il le fait entretenir soigneusement. Au cas, j'imagine, où certains voudraient le lyncher après une fuite de gaz. Et chaque fois qu'un haut dignitaire passe en bas de chez lui, sur la rue Sherbrooke, il le salue avec une salve d'artillerie.

— À votre avis, va-t-il gratifier de cet honneur le gouverneur Elgin quand il va se rendre signer la *Loi des indemnités* au Parlement, aujourd'hui ? demanda Stéphane.

— Ce serait étonnant ! Personne ne s'est opposé avec autant de fureur que lui à cette loi.

Pour répondre aux mines étonnées de ses deux compagnons, Gustave Hamelin expliqua que, lorsqu'on avait coulé les tubes de ces vieux obusiers, les techniques d'alliage ne permettaient pas d'obtenir un acier sans défaut. Chaque explosion travaillait le métal, des fissures invisibles à l'œil nu se formaient, dans lesquelles la rouille se propageait. Avec le temps, même des pièces astiquées deux fois par jour finissaient donc par rendre leur âme, cette partie évidée du tube où on plaçait le projectile.

— Quand un canonnier doit maintenir une cadence de feu de six coups à la minute, son âme à lui et celle de son arme fusionnent. Ensemble, ils montent au paradis, ou se perdent dans la défaite.

Le domestique de la maison écoutait avec ravissement ces mots qui décrivaient si bien ses propres sentiments chaque fois qu'il lui avait fallu augmenter le rythme des tirs. Après une heure de bataille, sachant que l'acier du tube avait considérablement faibli, quand il déposait son boutefeu sur la mèche du canon, il se demandait qui l'explosion allait tuer : lui ou l'ennemi.

— Quels fous nous étions, mon capitaine. Prêts à tout pour l'empereur. N'empêche que les officiers s'arrangeaient pour refiler aux jeunots les bombardes les plus usées pour ne pas perdre, en cas d'accident, leurs artilleurs d'expérience. Une fois, quand j'avais quinze ans, j'ai même eu droit à un tube de bronze qui avait dû servir à Jeanne d'Arc elle-même...

— Et alors? demanda Stéphane, que cette conversation, malgré le malaise de sa compagne toujours inconsciente, passionnait sans qu'il sût trop pourquoi.

— Ça nous a pété au nez après dix minutes. Brûlures et contusions, mais personne n'y a laissé sa peau. Et vous savez ce qui nous a sauvés : notre douze livres datait de Mathusalem. Le bronze, quand il explose, s'ouvre en éventail, à la gueule, comme une banane qu'on pèle.

— Et le canon de Blake, il est aussi vieux que cela?

— Non. Une pièce en acier, qui se charge par la culasse, ça explose vers l'arrière, en se fragmentant en dizaines de pièces de métal. Un vrai obus en mitraille qui ne laisse aucune chance à ses servants.

Cinq

Tout le long de la conversation, Gustave Hamelin avait gardé sous son coude le bras gauche de sa fille et perçu son faible pouls. Soudain, il réclama le silence, son pouce tâtonnant nerveusement la face interne du poignet de Marie-Violaine. Son visage devint livide. D'un geste brusque, il repoussa l'édredon et colla son oreille à la hauteur du cœur. Visiblement, il n'entendait rien, car il arracha ses besicles et les plaça devant les narines aux ailes pincées, comme affaissées. Aucune buée ne se forma sur les verres cerclés d'argent.

Comme mu par un ressort, il se leva en renversant sa chaise derrière lui. Tournant le dos à Stéphane, il s'avança jusqu'à la fenêtre, qu'il referma d'un coup sec : ce n'était plus la peine de laisser entrer l'air glacial. Il n'avait encore rien dit, mais tout le monde avait compris.

— Le cœur vient d'arrêter de battre, fit-il enfin en se retournant, les yeux secs, les lèvres, qu'il mordait de l'intérieur, comme disparues de son visage. Il n'y a plus rien à faire.

— Non ! cria Stéphane.

Il ne pouvait accepter cette inaction. Il en avait honte comme d'une forme de lâcheté.

— On ne peut pas ressusciter les morts, soupira l'ingénieur en s'écroulant sur sa chaise.

Cette phrase, prononcée sur un ton morne, fouetta Stéphane et le convainquit de mettre à exécution l'idée folle qui venait de lui traverser l'esprit. Le cœur de Marie-Violaine ne battait plus, soit, mais seulement depuis quelques secondes. La limite entre la vie et la mort restait ténue, dépendant peut-être d'une simple chute du potentiel magnétique de l'organisme. Juste avant de s'évanouir dans ses bras, elle lui avait réclamé un baiser électrique. Eh bien, ici, avec tout le laboratoire de Gustave Hamelin à sa disposition, il allait exaucer ce vœu. Mais il disposait de très peu de temps et il n'avait pas le loisir d'expliquer son projet à l'ingénieur, qui, prostré au chevet de sa fille, gardait la tête entre les mains.

———— • ————

Marie-Violaine s'était retrouvée à bord de ce train, sans qu'elle sût trop ni comment ni pourquoi. Dans ce pays, la terre exsudait un gaz inflammable que la locomotive recueillait au moyen de pompes aspirantes et qui lui servait de carburant. Assis devant elle, sur la banquette opposée du compartiment, son mari Henry Blake lui montrait des monticules formés de cadavres entassés les uns sur les autres et que l'on s'affairait à jeter dans des fosses communes creusées de part et d'autre de la voie ferrée. Il lui expliquait que le sol de cette vallée était si acide qu'il décomposait les morts en quelques minutes et permettait de produire à volonté ces jets de gaz qui servaient à leur transport et à leur éclairage.

— Tu remarqueras, ma chère, que mes lampes constituent la seule source de lumière de cette contrée.

———— • ————

Veillant à ne pas renverser les cornues et les bouteilles pleines d'acide, Stéphane dégagea, du revers du bras, un espace vide au milieu de l'immense table de travail. Livres, cahiers, bouteilles d'encre tombèrent sur le sol avec fracas. Benoît sursauta et regarda avec inquiétude le jeune Talbot, mais comme son maître ne réagissait pas à ce vacarme, il entraîna doucement sa femme vers l'office pour lui faire des compresses d'eau froide car, avec ses joues cramoisies, son souffle court, la brave Annette semblait au bord de la crise d'apoplexie.

Hamelin avait couvert le visage de sa fille avec l'édredon. Stéphane arracha ce linceul improvisé, prit la morte dans ses bras et la transporta jusqu'à la table, où il la déposa le plus près possible de la pile électrique en forme de sphère d'acier. Marie-Violaine portait encore son smoking à revers de soie bleu nuit, qu'il tenta de déboutonner de ses doigts tremblants. Exaspéré de sa propre lenteur, il empoigna les deux pans de tissu à la hauteur des genoux, et les écarta de toutes ses forces, arrachant les boutons de nacre, qui volèrent dans toutes les directions, et découvrant la robe de lainage bleue, qu'il releva par-dessus la poitrine. Découvrant le corset que Marie-Violaine portait pour cacher sa poitrine et qui emprisonnait le torse d'une gaine baleinée et lacée de la taille jusqu'au sternum, il poussa un cri d'exaspération, s'empara d'un scalpel et, grimpant sur la table, il s'accroupit au-dessus de son amour, lui serrant la taille de ses genoux.

————— · —————

Elle leva les yeux et aperçut un ciel d'une noirceur absolue. En l'absence de toute lune, de toute étoile et de tout nuage, seuls les projecteurs qui tournoyaient au sommet de phares dressés à intervalles réguliers permettaient d'établir qu'il y avait bien un dégagement d'une certaine ampleur vers le haut, et non pas un plafond contre lequel on risquait de se frapper le crâne. Parfois, le train s'arrêtait et des passagers en descendaient. En silence, ils se plaçaient côte à côte, le dos tourné aux tranchées profondes. Lentement, le chef de convoi remontait le rang des voyageurs à la nuque baissée, au regard soumis. Il portait un uniforme couleur de charbon, avec des boutons d'argent, et une casquette dont l'avant remontait vertigineusement au-dessus de la visière luisante. Quand il s'arrêtait devant quelqu'un, son vis-à-vis se

raidissait, comme un soldat au garde-à-vous, et tombait à la ren-
verse dans la fosse commune. Des ouvriers enterraient même les
victimes encore vivantes. À mesure que se poursuivait ce rituel
atroce, les lampadaires éclairaient plus intensément la vallée
qu'ils sillonnaient selon des tracés absurdes, ne correspondant à
aucune rue, aucun canal, aucune habitation. Enfin, la locomotive
siffla : on lui avait fourni assez de futurs morts pour qu'elle
puisse se remettre en marche. Les passagers du train se remirent
à discuter ou à lire leur journal comme si rien ne s'était passé.

— Au prochain arrêt, tu devras descendre toi aussi, dit Blake.
Nous ne pouvons t'accorder un traitement de faveur sous prétexte
que tu es mon épouse.

———— • ————

La lame sectionna tous les entrecroisements du lacet et le
corset s'ouvrit comme une huître qui bâille, découvrant un buste
que sa perfection et sa totale immobilité rendaient semblable à celui des déesses de marbre dont Stéphane avait admiré des copies
dans le salon des Blake, à l'occasion de ses rendez-vous secrets
avec Marie-Violaine.

Cela se passait toujours tard en soirée, quand le magnat venait de descendre dans un des bordels du port, où il exigeait que
toutes les pensionnaires, les unes après les autres, viennent lui
présenter leurs hommages et cherchent, toujours longuement et
souvent vainement, à obtenir qu'il exauce leurs caresses. Comme
Blake maltraitait ses domestiques au point de craindre que l'un
d'eux tentât éventuellement de le tuer dans son sommeil, il les
enfermait dès vingt et une heures dans le sous-sol de son manoir,
à l'exception de son cocher, à qui il confiait la mission de libérer
la valetaille dès l'aube. Ce comportement de geôlier permettait à
madame Blake de recevoir son amant sans risque de regards in-
discrets et de circuler librement dans toutes les pièces, particulièrement dans ce salon où Stéphane lui demandait de se mettre nue
et de prendre des poses identiques à celles des statues qui les en-

touraient. Il s'amusait ensuite à corriger les erreurs qu'elle commettait dans ses imitations, relevant davantage le coude de ce bras qu'elle portait à son front, dans un geste éploré; accentuant la flexion de sa nuque, l'écartement de ses cuisses dans cette saynète où elle jouait à la nymphe s'admirant dans l'eau d'un ruisseau. Parfois même, il lui relevait les cheveux en chignon, ou les tissait en tresses sur chaque tempe, pour que la ressemblance avec le modèle de marbre ou de bronze fût encore plus saisissante. Entre ses mains, elle devenait totalement malléable et docile, sauf quand il la caressait comme par mégarde à la pointe d'un sein ou dans le creux d'une fesse, et qu'elle ne pouvait retenir un frémissement de plaisir. À ce jeu, elle se montrait plus forte que lui, car il était toujours le premier à rompre le cercle enchanté des statues et à la coucher sur le tapis de haute laine, devant la flambée de cèdre de l'âtre. Elle poursuivait encore un peu la comédie, faisant la morte sous lui, jusqu'à ce qu'elle s'embrasât elle aussi.

Alors qu'elle gisait sur la table de laboratoire de son père prostré, Stéphane aurait pu croire qu'elle continuait encore leur jeu de naguère s'il n'avait senti sous ses paumes le froid terrible de son ventre.

— Stéphane, que faites-vous là? Vous avez perdu la raison!

Sans se soucier des cris d'Hamelin qui était sorti de sa torpeur, Stéphane saisit deux électrodes et appliqua le premier disque métallique sur le sternum de Marie-Violaine, et l'autre, sur son sein gauche, à la hauteur du cœur.

———— . ————

L'éclairage sulfureux et ardent qui permettait aux vivants d'utiliser leur sens de la vue provenait donc des morts? Et Marie-Violaine se disait que cette lumière artificielle était pire que la nuit car, au lieu de cacher la vérité, elle en fabriquait une autre, à laquelle on s'attachait en l'absence de toute clarté venue du ciel. Petit à petit, on ne pouvait plus distinguer la réalité du mensonge. Qui était cet homme coiffé d'un haut-de-forme de soie

rouge, qui grattait sa longue barbe tout en additionnant des co-
lonnes de chiffres dans son livre de comptes ? À première vue,
c'était son mari, mais, dès que la flamme tremblait un peu dans
les becs de gaz, les apparences elles-mêmes changeaient et Blake
se mettait à ressembler à un de ces crapauds que son père
conservait dans des bocaux pleins de formol.

— Il faut que tu descendes avec les autres, ma chère.

———— • ————

— Vite, aidez-moi ! ordonna Stéphane en désignant le rhéos-
tat qui réglait l'intensité du courant dans les câbles.

Gustave Hamelin comprit où son gendre voulait en venir.
Puisqu'il se servait déjà de la pile pour traiter, par galvanothérapie, ses propres migraines et les douleurs arthritiques de Benoît,
pourquoi ne pas l'utiliser pour tenter de vaincre le plus grand de
tous les maux ? Il se précipita auprès de la batterie, qui pouvait
fournir une énergie supérieure à celle du Bureau de télégraphe qui
venait d'ouvrir sur la rue de la Commune. Mais à cet instant déci-
sif, une sourde appréhension le faisait hésiter à transmettre cette
énergie physique presque inconnue au cadavre de sa fille. Cette
pile, il venait juste de la construire en remplissant une énorme
sphère d'acier avec de l'acide sulfurique. Une plaque de zinc et
une autre de cuivre baignaient dans ce puissant catalyseur et pro-
jetaient vers le cœur de Marie-Violaine deux tiges métalliques qui
transmettraient une fulguration de plus de mille volts. Quel serait
l'effet de cette décharge ?

L'ingénieur se dit encore qu'il n'y avait plus rien à perdre.
Mais en était-il sûr à ce point ? Stéphane et lui n'allaient-ils pas
détruire une âme en voulant sauver un corps ? Et si la tentative
réussissait, que ramèneraient-ils exactement d'entre les morts ?
Sa fille, avec tous ses souvenirs et son esprit intacts, ou une
chose qui l'horrifierait d'autant qu'elle posséderait l'apparence de
Marie-Violaine ?

— Auriez-vous peur de tenter ce qu'un Écossais prétend pouvoir réussir? lança Stéphane en cherchant à fouetter son orgueil national.

Il faisait ainsi allusion au docteur Andrew Ure, fondateur de l'Institut de mécanique de Glasgow et grand spécialiste des champs magnétiques, qui avait proclamé dans différentes revues scientifiques qu'il pourrait bientôt rendre la vie grâce à l'électricité. Ces affirmations ne semblaient en rien outrecuidantes à Gustave Hamelin, qui se souvenait parfaitement des expériences que le grand chirurgien Marie-François-Xavier Bichat avait conduites en 1798, avec la permission et même les encouragements du général Bonaparte. Quand on apportait les cadavres des guillotinés à son cabinet de l'Hôtel-Dieu de Paris, Bichat les « travaillait » — selon sa propre expression — en les soumettant à différentes décharges électriques qui provoquaient des mouvements respiratoires, la contraction des mâchoires ou encore le battement des paupières. Dans ses *Recherches physiologiques sur la vie et la mort*, dont l'ingénieur avait souvent lu des extraits à voix haute à Stéphane, le médecin expliquait en détail la force et l'intensité des fulgurations magnétiques qu'il avait utilisées. Après la signature du Concordat en 1801, ces travaux avaient été stoppés net par les autorités catholiques, qui les jugeaient blasphématoires. À la mort de Bichat, l'année suivante, Napoléon avait ordonné qu'on plaçât un buste du défunt scientifique dans le vestibule d'honneur de l'Hôtel-Dieu.

Le vacarme avait fini par arracher le petit Kevin à son sommeil. Les genoux au menton, il observait les événements avec des yeux effrayés et perdus. Quand il comprit enfin qui gisait à demi nue sur la table, il se jeta sur le parquet en gémissant de douleur. Ce chagrin violent, presque animal, décida Hamelin, car il ne lui venait aucun mot pour l'apaiser : il actionna le commutateur.

Le corps de Marie-Violaine s'arc-bouta sous Stéphane, de la nuque aux talons, avec une telle violence qu'il en fut presque projeté à terre. Alors, il se cramponna, enserrant la taille de son aimée avec les cuisses, et réussit de cette façon à maintenir le contact des deux électrodes avec sa poitrine. Des secousses parcoururent tout le corps, de plus en plus lentes et amples. Combien de temps devait-il persister à électrifier ainsi la région du cœur? Il n'en avait aucune idée mais, après quelques secondes, une odeur de roussi le persuada d'interrompre le traitement. Instantanément, les muscles de Marie-Violaine se relâchèrent et son corps s'affaissa avec le bruit sourd d'une chose inanimée.

———— · ————

— Tout le monde descend!

Le chef de convoi frappa contre la portière du compartiment que Marie-Violaine partageait avec son mari, alors qu'il l'avait ignorée au moment des arrêts précédents. Blake déplia pour elle le marchepied escamotable et elle l'emprunta en se mettant de côté, à cause de sa robe étroite qui la gênait aux chevilles. Elle se plaça devant la fosse, les yeux baissés, dans l'attitude qu'on attendait d'elle. Le gravier du talus grinça sous les bottes du vieillard chétif qui avait le droit de vie ou de mort sur elle et, quand le bruit s'arrêta près d'elle, elle comprit que le sort venait de la désigner et se laissa tomber à la renverse. Au fond de la tranchée, elle atterrit sur une terre meuble et légère qui ne lui causa aucune douleur. Une pelle manœuvrée par un ouvrier des chemins de fer s'inscrivit dans le rectangle d'où tombait ce qu'elle aurait dû appeler un éclairage artificiel, mais qu'elle considérait comme un rayonnement maléfique qui engendrait un univers de monstres et d'illusions qu'elle ne regrettait pas de devoir quitter. La pelle bascula sur le côté et laissa glisser vers elle une terre noire et humide. Les yeux de Marie-Violaine ne cillèrent même pas : elle était curieuse de voir la forme que prendrait sa mort. Au moment où elles allaient toucher son visage, les mottes de terre se transformèrent en boules lumineuses si aveuglantes qu'elle dut fermer les paupières, mais celles-ci ne la protégeaient pas de la clarté qui dessinait sur ses pupilles des objets de plus en plus précis. Ces formes venues d'en haut, elle ne pouvait pas encore les reconnaître, mais elle savait que leur lumière n'était pas celle, trouble et mensongère, que son mari tirait de la décomposition des morts.

———— • ————

Un long moment passa. Gustave Hamelin jeta un coup d'œil à sa montre : près de deux minutes s'étaient écoulées depuis que le cœur de Marie-Violaine avait cessé de battre. La poitrine de la jeune femme se souleva, puis s'abaissa. Le mouvement se répéta plusieurs fois avant que Stéphane conclût qu'il n'assistait pas à de simples spasmes causés par les décharges électriques. Une joie violente l'envahit. Il enleva Marie-Violaine dans ses bras et, fermant les yeux, il resta un moment à laisser le souffle de sa bien-aimée lui caresser le visage. Il revenait lui-même à la vie. Esquissant quelques pas de valse, il s'avança vers le canapé et y déposa la miraculée. Le petit Kevin battait des mains et criait de joie. Hamelin, quant à lui, prit entre ses mains tremblantes celles de Stéphane et, les yeux pleins de larmes, il dit :

— Vous l'avez sauvée.

— Pour de bon ?

— Nous ne pourrons avoir de véritable certitude sur son état que lorsqu'elle aura repris ses sens.

Et il se mit à arpenter la pièce d'un air soucieux. Benoît revint de l'office avec Annette qui, appuyée contre son épaule, pleurait doucement en répétant :

— Pauvre petiote... Partir si jeune...

À ce moment, Marie-Violaine poussa un gémissement et bougea sous l'édredon dont Stéphane l'avait recouverte. La cuisinière sursauta. Les yeux écarquillés de frayeur, elle fit plusieurs signes de croix dans les airs, pour conjurer ce fantôme. Benoît lui-même, malgré tout son sang-froid, ne put retenir un de ses « tudieu ! » d'ancien jacobin.

— Je ne comprends pas, capitaine ! Elle était morte, et bien morte !

Hamelin et Stéphane se regardèrent : dire la vérité leur vaudrait peut-être la gloire dans certains cercles, qui proclameraient que la science accomplissait réellement les miracles que la religion se contentait d'imaginer, mais partout ailleurs leur récit susciterait l'incrédulité, des accusations de supercherie ou de blasphème. Et au centre de cette controverse Marie-Violaine serait transformée en bête curieuse montrée du doigt.

— Quelle sottise racontes-tu là, mon brave ? Je n'arrivais pas à retrouver son pouls et j'ai commis une erreur de diagnostic.

Benoît hésita, puis éclata d'un rire sonore :

— Allons, calme-toi, ma bonne, le capitaine s'est trompé et nous a foutu une sacrée frousse !

Marie-Violaine gémit de nouveau, puis elle chuchota, mais si faiblement qu'il fallut que Stéphane s'agenouille à côté d'elle et approche l'oreille pour arriver à saisir quelques mots.

— Non, laisse-moi...Va-t'en, je t'en supplie, balbutiait-elle.

Il était clair que dans son délire elle s'adressait à Henry Blake. Mais une autre vérité s'imposa aussitôt à Stéphane avec la même évidence. Jamais le magnat ne renoncerait à son projet de meurtre. Et il arriverait à ses fins tôt ou tard, car il disposait de l'impunité et du pouvoir que donne une grande fortune. Brusquement, Stéphane sut comment il pourrait l'empêcher de parvenir à ses fins.

— Qu'est-ce que je fais ici ? murmura Marie-Violaine, qui venait de reprendre ses sens.

— Ce n'est rien, ma chérie, tu t'es endormie en chemin, et puis...

— Et puis, tu viens de te réveiller, enchaîna son père.

Marie-Violaine s'enquit du petit Kevin, qui vint aussitôt l'embrasser sur le front.

— Tu ne vas plus mourir ? dit le jeune Irlandais.

— Plus jamais, répondit-elle avec un sourire qui montrait qu'elle ne prenait pas la question au sérieux.

L'angoisse la saisit tout de même au souvenir de son voyage en train, de cette fosse au fond de laquelle des ouvriers des chemins de fer avaient commencé à l'enterrer vivante. Ce cauchemar, elle n'arrivait pas à s'en débarrasser comme d'un simple rêve. Il lui collait à la peau avec une telle intensité que ses retrouvailles avec les siens en pâlissaient et devenaient irréelles. L'oxyde de carbone était entré en elle comme une invincible tristesse, l'empêchant de respirer, lui étouffant le cœur.

Son père et son amoureux avaient fui son regard quand elle les avait interrogés. Elle doutait qu'ils lui aient tout raconté de son évanouissement. Ce soupçon se vérifia aussitôt quand, ressentant une brûlure à la poitrine, elle rejeta son édredon et constata qu'on avait coupé les lacets de son corsage et que deux cercles rouges marquaient son sein gauche.

— Mon amour, comme nous n'arrivions pas à te faire reprendre tes sens, nous avons décidé de te donner une galvanothérapie.

— Tu as mal? Je t'apporte une pommade, offrit Gustave Hamelin à sa fille retrouvée.

— Je m'en occupe, fit Annette en levant les bras au ciel. Et puis, cette pauvre enfant est toute dévêtue et a besoin qu'une femme s'occupe d'elle. Benoît, emmène mademoiselle chez elle.

La cuisinière faisait ainsi allusion à la chambre que Marie-Violaine avait brièvement occupée avant son mariage avec Blake et qui était restée inoccupée depuis. Le petit Kevin suivit celle qu'il considérait comme sa marraine et que le couple de domestiques soutinrent jusqu'à l'étage.

— Je crois que nous avons à discuter sérieusement, dit Stéphane dès qu'il eut entendu la porte se refermer là-haut. Blake sait déjà — sinon il l'apprendra bientôt — que votre fille lui a échappé. Il ne tardera pas à envoyer ses hommes ici.

— Il n'osera pas, ou alors nous demanderons la protection de la police.

— Si vous veniez de traverser la ville comme moi, vous sauriez qu'elle est livrée sans défense à des bandes d'orangistes qui mettent le feu aux maisons. Je crois d'ailleurs qu'ils ont incendié notre boutique.

— Comment! Je vais me plaindre au chef de police Hays. C'est un ami et il...

— Et il ne pourra rien faire. Ou alors il sera trop tard. Parmi les émeutiers, j'ai reconnu certains de ses constables en civil. Et leurs collègues en uniforme se cachent : je n'en ai vu aucun.

— C'est l'anarchie!

— Voilà! Il n'est plus possible de rester ici. En passant dans le port, tout à l'heure, j'ai vu que le *Kent* avait allumé sa chaudière et qu'il se préparait à partir à l'aube...

— Et où ce bateau nous emmènerait-il?

— Il remonte le canal de Chambly. Vous descendrez à la hauteur de ma seigneurie. Elle est en ruine, mais j'y ai bâti une cabane qu'on peut chauffer. Vous y serez en sécurité pour l'instant.

— Comment cela : vous?

— Je ne peux pas partir tout de suite. Il me faut rester pour toucher les indemnités demain après-midi. J'espère seulement qu'avec ces émeutes le gouvernement ne changera pas d'avis... Et puis, il faut que j'aille voir Blake.

— Mais vous êtes fou!

— Pas du tout. Je pense pouvoir le convaincre qu'il est démasqué et qu'il a intérêt à rappeler sa bande d'assassins.

— Vous parlez comme si cet homme était sensible à la raison.

— Si je ne réussis pas, nous devrons nous enfuir à l'étranger et y rester aussi longtemps que Blake sera vivant.

L'ingénieur réfléchit.

— Malheureusement, je crois que vous avez raison. Laissez-moi vous montrer un argument qu'il comprendra peut-être.

L'ingénieur se leva et se hissa sur la pointe des pieds pour saisir, sur le dessus d'une armoire, une boîte richement armoriée qu'il déposa sur un guéridon et ouvrit. Deux superbes pistolets de duel reposaient sur un écrin de velours rouge, leur crosse d'argent incrustée de l'aigle napoléonien.

— De magnifiques antiquités, s'écria Stéphane. Mais que voulez-vous en faire ?

— Je vais convoquer en duel cet Anglais de malheur.

— Et s'il vous rit au nez ?

— Il n'osera pas passer pour un lâche.

— C'est un homme sans honneur. Il n'hésitera pas à s'enfuir ou à vous tirer dans le dos.

Hamelin haussa les épaules, l'air de dire qu'il s'en remettait au destin.

— Monsieur, pourriez-vous m'apporter votre pommade contre les brûlures ? cria Annette du haut de l'escalier.

Six

Quand l'ingénieur redescendit cet escalier, le salon était vide et, dans l'écrin de velours, il manquait un des deux pistolets de duel. Gustave Hamelin se précipita à l'extérieur : le cabriolet avait disparu. Aussitôt il devina, avec une certitude qui ne laissait place à aucun doute, ce que Stéphane avait l'intention de faire. Les mains moites, le cœur battant, il rentra chez lui, descendit à la cave avec une lanterne et se rendit jusqu'à la muraille sud des fondations. Derrière les lourdes pierres au mortier effrité, il entendait couler la rivière Saint-Pierre, que la compagnie des eaux avait enfouie pour en faire son grand égout collecteur, le *maxima cloaqua* de Montréal. Il posa sa lanterne sur un coffre-fort, devant lequel il s'accroupit. La serrure se composait de quatre pênes prolongés par de longs conducteurs : son fabricant londonien la proclamait à l'abri de tout crochetage. À l'intérieur du cabinet d'acier, Gustave Hamelin gardait ses biens les plus précieux — une dizaine de brevets d'invention, quelques centaines de livres sterling, des actions de la Montreal Gas Light Heat and Power qu'il avait obtenues de Blake au moment de sa nomination au poste d'ingénieur en chef de l'entreprise. Au milieu de tous ces trésors de papier, seule sur un rayon d'acier, scintillait une fiole de verre fermée d'un bouchon de liège et dont la panse contenait un liquide ambré légèrement visqueux. Hamelin la saisit et la brandit au-dessous d'une lampe pour bien en mesurer le contenu. Avec des gestes lents et mesurés, il glissa le flacon dans la poche intérieure de sa redingote gris-vert qu'il boutonna soigneusement de haut en bas pour éviter que les deux pans d'étoffe battent librement. Il referma le coffre, se releva et, tout en maintenant le torse bien droit, il entreprit de fouiller du bout des doigts le capharnaüm d'outils divers qui encombraient un petit établi, jusqu'à ce qu'il en eut extirpé un compte-gouttes à pipette extralongue, qu'il glissa à l'intérieur de sa manche.

Il remonta au salon puis, d'une voix aussi douce que possible, pour ne pas éveiller Marie-Violaine et Kevin, il appela Benoît, qui avait dû renoncer à dormir car il se manifesta aussitôt :

— Où est passé monsieur Stéphane ?

Gustave Hamelin lui répondit qu'il n'avait pas le temps d'expliquer ce qu'il en était et il lui demanda de lui seller le cheval le plus rapide de l'écurie.

— Vite ! Je dois le rattraper.

Les deux hommes sortirent dans la cour et l'ingénieur attendit devant l'écurie, en s'appuyant des deux mains sur le pommeau de sa canne. À la seule pensée de ce qu'il cachait sous sa redingote, son cœur, affolé par cette proximité immédiate avec un si grand danger, battait à tout rompre.

— Mais où croyez-vous donc qu'il soit parti ainsi ? demanda Benoît, qui amenait par la bride un alezan court de reins et vigoureux à son maître.

— Vider un abcès que j'aurais dû crever moi-même depuis longtemps.

— Je devine de quel abcès vous parlez, mais ôtez donc votre bonnet. À moins que vous teniez à ce que tout le monde vous reconnaisse.

Au lieu d'enlever sa coiffure, l'ingénieur se l'enfonça davantage sur le crâne. Puis il sourit et tendit une liasse de billets à Benoît.

— Tiens. Si nous ne sommes pas de retour à l'aube, je veux que tu embarques sur le *Kent* avec tout notre monde. Vous nous attendrez à la seigneurie des Talbot.

— Mais...

— C'est un ordre !

Benoît fit le salut militaire et ne dit plus mot. Gustave Hamelin enfourcha sa monture. Sa goutte le fit grogner de douleur. Se souvenant des bandes armées qui rôdaient dans la ville, il commanda à Benoît de s'armer et de tirer sur quiconque essaierait de forcer l'entrée de sa demeure.

— Veille à ce qu'il ne leur arrive rien !

— Comptez sur moi, mon capitaine, tenta de le rassurer l'ancien soldat.

Conscient de l'extrême volatilité de la nitro qu'il transportait, Gustave Hamelin n'osa pas mettre son cheval au galop et il lui fallut plus de dix minutes pour remonter la côte Metcalfe jusqu'au plateau de la rue Sherbrooke. Sur sa droite, protégée par une grille hérissée de chardons et formée de barreaux aussi pointus que des piques de légionnaires, se dressait la colonne funéraire de Simon McTavish, le richissime Écossais mort avant d'avoir pu achever son château, qui restait, immense coquille vide, au milieu de son parc retourné au chaos primitif de la forêt. On racontait que McTavish, l'ancien maître de la Compagnie du Nord-Ouest, pour qui chaque année les trappeurs du continent tuaient dix millions de castors, sortait du mausolée construit au pied de la colonne et errait en gémissant dans son château inachevé, que ses fenêtres fracassées livraient aux intempéries et à quelques nichées d'étourneaux et de corneilles.

Gustave Hamelin connaissait bien le chemin qui menait chez son patron et gendre officiel. Il s'engagea sans hésiter à droite, dans une large allée de gravier qui s'enfonçait en plein bois. Il s'arrêta, juste avant d'émerger du couvert des arbres. Le cabriolet de Stéphane était arrêté devant le château, qu'éclairait une double rangée de réverbères au mât torsadé. Pour faire la réclame de son éclairage au gaz, l'homme d'affaires Blake avait voulu que sa demeure se vît d'aussi loin que du pont des vaisseaux arrivant d'Europe par le Saint-Laurent et que sa fastueuse illumination en haut du mont Royal illustrât à quel point Henry Blake dominait la ville au propre et au figuré. Sa demeure tout entière témoignait du même tape-à-l'œil : le marbre du portique à colonnades jurait avec les créneaux médiévaux de la toiture. Blake entretenait de nombreux domestiques vêtus de somptueuses livrées à boutons d'argent et à galons dorés, mais aucun d'entre eux ne veillait pour accueillir d'éventuels visiteurs. C'est que la nuit, Blake enfermait son personnel au sous-sol, derrière des barreaux aussi solides que ceux d'une prison. Il traitait si mal ses serviteurs, les injuriant et les frappant, qu'il les redoutait comme autant d'assassins en puissance. D'ailleurs, cette maisonnée qui se donnait des airs de château ressemblait bien davantage à un pénitencier, avec sa façade percée de fenêtres en meurtrières et où était gravée, au fronton du portique, cette devise de bagnard : *Labor omnia vincit improbus*. Qu'un travail acharné réussît à triompher de tout, Blake n'en doutait point quand il s'agissait de celui des autres, approprié à vil prix dans des usines où la maladie et la mort assuraient une constante rotation du personnel, éliminant ceux dont l'expérience aurait pu faire des chefs révolutionnaires.

Hamelin mit pied à terre et, prenant sa monture par la bride, il suivit l'allée forestière qui permettait de faire le tour de l'édifice tout en restant caché dans le bois. Il songeait aux soulèvements populaires qui avaient balayé l'Europe quelques mois plus tôt, à Prague, Vienne, Paris, Francfort, Rome, Naples et Londres, alors que rien ne bougeait dans ce Montréal frigorifié par ses climats géographique et religieux. Mais si la révolution canadienne ne devait faire monter qu'un homme sur l'échafaud, il faudrait que Blake fût celui-là. La veille encore, il avait expliqué à son ingénieur-chef et beau-père comment il entendait mater les mécontents qui se plaignaient de respirer les émanations délétères des cuves à distiller la houille ou de payer une amende exorbitante pour un retard de deux minutes : « Il y a les coups de bâton des contremaîtres, les cachots dans les caves de l'usine, les renvois assortis d'expulsion des logements qui m'appartiennent. Et puis, je peux compter sur mes amis à la police pour régler les cas les plus difficiles. Mais rien ne vaut les visites régulières de la Grande Faucheuse. À trente ans, mes ouvriers sont déjà si malades qu'ils m'offrent tous les prétextes possibles pour les chasser au moindre trouble, et les plus coriaces, ceux qui se rendent à quarante ans, ne sont plus en état d'importuner qui que ce soit. »

Henry Blake n'avait pas pour autant l'esprit en repos. C'est qu'il vivait dans la terreur d'une révolution. Considérant qu'il était de son devoir d'exacerber ses craintes, Gustave Hamelin lui avait décrit les Grands Jours de la Terreur, et comment des citoyennes s'étaient alors transformées en furies vengeresses. Il avait même poussé l'outrecuidance jusqu'à lui lire un extrait du *Manifeste du Parti communiste,* qu'un certain Karl Marx et son ami Engels venaient de publier à Londres. Il croyait provoquer ainsi une explosion de colère. Mais Blake approuvait avec enthousiasme le philosophe allemand, lui portant même un toast après l'audition du passage : « Le capital est semblable au vampire, il ne s'anime qu'en suçant le travail vivant et sa vie est d'autant plus allègre qu'il en pompe davantage. »

« Cet homme est un génie, il a tout compris ! » s'était écrié Blake.

La pleine lune transformait en miroirs la triple rangée de fenêtres éteintes dans lesquelles des nuages se découpaient rectangulairement à mesure qu'ils glissaient dans le ciel. Gustave Hamelin entendit un bruit : il caressa l'échine de son cheval pour le rassurer et l'empêcher ainsi de hennir. À travers les ramures bourgeonnantes de grands érables, l'ingénieur aperçut enfin Stéphane au sommet de la butte de tir aménagée sur le côté de la maison. Ce talus gazonné commandait une vue plongeante, par-dessus les arbres des propriétés voisines, sur la rue Sherbrooke et le reste de Montréal. À son sommet, un bec de gaz éclairait une pièce d'artillerie que Blake disait conserver uniquement pour des raisons sentimentales : elle lui avait en effet servi, à son début dans les affaires au Canada, à prévenir ses clients de se hâter à passer sur son pont à péage ; la détonation signalait qu'il s'apprê-tait à ordonner la levée du tablier amovible à l'approche d'un vaisseau sur le Richelieu. Et il ajoutait que cette pétoire lui avait également servi à pulvériser un repaire de patriotes, se gardant bien de préciser qu'il avait alors tiré non pas sur un ennemi armé, mais sur Catherine Talbot et ses deux petits garçons. Comme per-sonne ne se souvenait de cet épisode obscur des rébellions de 1837, Blake pouvait passer pour un héros aux yeux des invités à qui il faisait visiter ce musée personnel. Quant aux autorités muni-cipales, elles toléraient qu'un simple particulier pût posséder chez lui une arme de guerre en considération de l'importance dudit par-ticulier et en feignant de croire qu'il s'agissait d'une antiquité à valeur purement décorative. Car cette pièce appartenait à un autre siècle, de sa gueule en tulipe jusqu'à son bouton de culasse en forme de pyramide effilée. Des amis officiers avaient prévenu le magnat que sa bouche à feu risquait d'éclater malgré le quadruple rang de renfort de cuirasse — ou astragales —, qu'il avait fait remplacer quelques années plus tôt par des bourrelets d'un acier mieux trempé. Par la même occasion, il avait commandé un nou-vel affût en chêne, avec deux roues munies d'un bandage de cuivre et de larges rayons de fer, et un caisson de munitions à l'arrière.

« Quel enfant, ce Blake, tout de même ! » concluait-on après avoir énuméré toutes ces réparations coûteuses qui ne servaient qu'à tirer à blanc à l'occasion des cérémonies officielles ou au passage du vice-roi, qui empruntait régulièrement la rue Sherbrooke pour se rendre de sa demeure officielle, le manoir Monklands, jusqu'au parlement du Canada-Uni, qui se réunissait dans l'ancien marché Sainte-Anne. Blake ne manquait pas de saluer chacun des passages de Lord Elgin devant sa demeure d'une salve d'honneur, ce qui avait l'heur de plaire au gendre de Lord Durham, qui, du fond de son fiacre découvert en toute saison, portait la main à son bicorne brocardé d'or et empanaché de plumes d'autruche, en guise de remerciement.

La journée serait fort occupée pour le canonnier amateur, puisqu'on célébrait la fête de saint Georges, le patron de l'Angleterre, et que Lord Elgin se rendrait au Parlement pour donner la sanction royale à la *Loi des indemnités*. Ce qui expliquait, dans l'esprit de Gustave Hamelin, pourquoi on avait déjà installé au sommet de la butte de tir un baril de poudre provenant de la casemate aménagée sous le talus lui-même et défendue par une porte bardée d'acier. L'arme était déjà prête à tirer et demain ce serait en grande pompe que Blake mettrait le feu à l'amorce enduite de soufre.

Un coup de vent venu des Laurentides fit frémir les aiguilles des conifères et souleva une odeur de pommes de pin pourries dans le sous-bois où se cachait l'ingénieur. Il avait décidé de ne pas révéler tout de suite sa présence à Stéphane. Celui-ci s'employait à soulever de gros cailloux et à les introduire dans la gueule du canon. Il enleva ensuite son manteau, découvrant ainsi le pistolet qu'il avait glissé à sa ceinture, posa le vêtement à terre et, s'agenouillant dessus, il commença à le découper en lanières à l'aide d'un canif. Puis il se releva et força cette bourre improvisée à l'intérieur du tube du canon. Hamelin secoua la tête : rien de cela ne réussirait à obstruer suffisamment la pièce pour la faire exploser. À présent, Stéphane briquait l'embouchure avec un chiffon afin de faire disparaître les traces de son intervention. Enfin, il s'arrêta et recula de quelques pas pour examiner son travail. Sous les pâleurs violacées du ciel qui annonçaient l'aube, sa chevelure blonde prenait un reflet argenté et sa peau se cuivrait, son corps entier se métallisait, parfaitement immobile. Son visage exprimait la détermination implacable d'un de ces automates en attente du coup à porter une fois l'heure à la cloche d'un beffroi. Puis il frissonna dans sa mince chemise de coton, et Hamelin retrouva le jeune homme vulnérable qu'il aimait comme son fils.

Protégé des regards par la futaie, l'ingénieur hésitait. S'il n'intervenait pas, le sabotage amateur de Stéphane risquait simplement d'arroser les environs de gros cailloux. Mais un de ces projectiles pouvait blesser ou tuer un passant, ou pire encore Lord Elgin lui-même, et il ne faudrait pas longtemps à la police pour retrouver Stéphane, dont le manteau laissé dans le tube du canon serait une pièce à conviction. Quant à Blake, il s'en tirerait peut-être indemne, prêt à confier à de nouveaux sbires l'assassinat de Marie-Violaine. Gustave Hamelin n'allait pas laisser les choses tourner ainsi. Il lui incombait de corriger les erreurs de l'inexpérimenté Stéphane, mais il devait s'y prendre de telle manière que l'autre ne se doutât de rien, qu'il s'ancrât dans la certitude que cette nuit il avait enfin vengé sa famille et sauvé son amour. On connaît les pouvoirs fondateurs de la décision de se marier, d'avoir des enfants ou de changer de pays, mais Hamelin respectait aussi ceux d'un assassinat politique. L'ancien jacobin estimait que le meurtre d'un tyran social représente un geste moral et libérateur pour son auteur. Dès que Stéphane croirait avoir exécuté Blake, il cesserait de se voir en éternelle victime.

Pour se réchauffer, Stéphane se frottait les épaules en piétinant le sol. Il semblait plongé dans une rêverie, mais les deux cloches de l'église Notre-Dame, qui se mirent soudain à sonner les matines, l'en arrachèrent. Tournant alors le dos à Hamelin, il se dirigea à grands pas vers l'avant du château, où il avait laissé son cabriolet.

Gustave Hamelin attendit quelques minutes, les mains appuyées sur le pommeau de sa selle, puis il mit pied à terre et attacha son cheval à la fourche d'un chêne. À peine eut-il quitté le petit bois qu'il sentit les fenêtres sombres de la demeure peser sur lui comme autant de regards. Il aurait volontiers traversé l'immense pelouse au pas de course si sa goutte le lui avait permis, et surtout s'il n'avait songé à la substance qu'il transportait dans le flacon posé contre son cœur. Une légère rosée s'était déposée sur le gazon et le rendait glissant, surtout que la pente du terrain s'accusait à mesure qu'il s'approchait du sommet de la butte de tir. À un moment, il sentit la semelle lisse de sa botte de cavalerie déraper sous sa jambe droite et il ne put éviter la chute qu'en se rattrapant avec sa canne.

Tous les détails techniques de l'invention du chimiste Ascanio Sobrero commencèrent à défiler dans son esprit. Trois ans plus tôt, en 1846, le professeur de l'université de Milan avait concocté un mélange d'acides nitrique et sulfurique auquel il avait ajouté, en suivant une de ces impulsions fantaisistes que les inventeurs partagent avec les grands chefs, une généreuse rasade de glycérine. Le mélange s'était mis à bouillonner et avait libéré avec violence d'épaisses fumées rousses. L'Italien avait décidé de répéter l'expérience mais en forçant la vapeur à suivre les circonvolutions d'un serpentin qui la refroidirait et lui donnerait une forme liquide.

Au bout de ce processus de distillation, quelques gouttes tombèrent dans la fiole de Sobrero. Il était près de minuit. Le chimiste déposa cette mixture sur un guéridon placé devant sa fenêtre et il alla se coucher. Le lendemain, quand il revint au laboratoire de l'université, il constata qu'il n'y avait plus ni guéridon, ni fenêtre, ni mur d'enceinte. Il se souvint qu'il avait laissé la fenêtre entrouverte et il en conclut que les forts vents de la nuit avaient dû ouvrir la croisée et renverser la bouteille qu'il y avait laissée.

Quand il eut terminé de s'expliquer avec les autorités universitaires et surtout fini de rebâtir son laboratoire, il reprit ses expériences et fabriqua de nouveau sa mixture infernale, la manipulant cette fois avec d'infinies précautions.

Dans un article que Gustave Hamelin avait lu quelques mois plus tôt dans le journal de l'Académie des sciences de Londres, Sobrero baptisait son invention du nom de pyroglycérine et conseillait à ses collègues de ne pas tenter de répéter son expérience tant qu'il ne leur aurait pas précisé, dans une prochaine communication, la nature des précautions à prendre pour manipuler cette substance qu'il décrivait comme la plus instable et la plus destructrice qui fût au monde.

Des chimistes estimèrent que les mises en garde de Sobrero visaient surtout à protéger son brevet de toute amélioration possible de la part de ses concurrents et, encouragés par les états-majors, ils s'attelèrent immédiatement à la fabrication du nouvel explosif. Manifestement, la pyroglycérine, renommée nitroglycérine, offrirait la suprématie absolue à la première puissance capable de la maîtriser. Une série de déflagrations survenues dans des laboratoires de Paris, Londres et Berlin prouvèrent que les exhortations de Sobrero n'avaient rien d'exagéré.

Ces accidents n'empêchèrent toutefois pas certains chercheurs avides et téméraires d'expédier des flacons d'explosif au fond de caisses blindées et paillées aux généraux qui leur en avaient passé la commande. Ceux-ci découvrirent rapidement que l'invention de Sobrero n'améliorait en rien les performances de leur artillerie, car aucun acier ne s'avérait assez bien trempé pour lui résister. Même les plus gros calibres des Krupp, des Schneider et des Moran se désintégrèrent sur place au lieu de propulser leur obus vers l'objectif. Parfois même, les munitions pulvérisaient les canonniers avant qu'ils eussent pu charger leur pièce. La nitro représentait bien une arme absolue, à ce détail près qu'elle n'anéantissait pas l'ennemi mais ceux qui s'en servaient.

Gustave Hamelin avait suivi avec passion ces péripéties et il en avait conclu que la nouvelle substance serait plus utile dans les travaux de minage et de forage que sur les champs de bataille. En sa qualité d'ingénieur en chef de la Montreal Gas Light Heat and

Power, il lui fallait faire creuser chaque année des dizaines de kilomètres de canalisations supplémentaires, souvent à travers le granit précambrien du plateau laurentien, un des plus durs de la planète. Il en fabriqua secrètement une petite quantité dans son laboratoire personnel avec l'idée de vérifier, au cours de l'été, la puissance d'attaque du produit sur certains des rochers du mont Royal.

Sa première expérience allait porter plutôt sur un canon vieux de plus de cinquante ans, dont l'acier présentait sûrement de minuscules fissures dues à l'usure du temps, élargies sournoisement par une rouille pulvérulente encore invisible à l'œil nu. Hamelin était parvenu à présent au sommet de la butte de tir, qui se trouvait à une dizaine de mètres à peine du mur sud du château, à la hauteur de portes-fenêtres qui donnaient sur les balcons à encorbellement de l'étage. Des embrasses écartaient les rideaux de velours pourpre et offraient à la vue une salle de bal où les rayons de la pleine lune faisaient scintiller les pendeloques d'un grand lustre. L'immense pièce était déserte, mais l'ingénieur aurait pu s'entretenir d'une voix normale avec quelqu'un qui eût ouvert une de ces croisées pour lui parler. Aussi appuya-t-il sa canne le plus silencieusement possible sur le fût du canon, avant d'arracher la mèche enduite de soufre qui dépassait de la culasse. Puis il sortit de sa poche le flacon de nitro et le débouchonna. Une légère odeur de sucre caramélisé lui monta au nez. Avec des doigts qui à son grand étonnement ne tremblaient pas, il saisit le compte-gouttes, le plongea dans le liquide huileux et transparent, et pressa doucement la poire de caoutchouc. Il retira la mince pipette de verre en s'arrangeant pour que la larme d'explosif qui perlait à son extrémité retombât dans le contenant. Il avait négligé d'emporter son pince-nez et il dut s'accroupir tout contre la culasse pour arriver à distinguer nettement l'orifice de mise à feu, appelé lumière dans le jargon militaire. Il savait que la poudre noire que Stéphane avait chargée tout à l'heure par la gueule du canon n'était pas réactive à la nitroglycérine, mais il retint tout de même sa respiration quand sa mixture bouillonna et que le tube d'acier expulsa par sa lumière une colonne de vapeur brunâtre comme une baleine soufflant par ses évents.

Il plaça délicatement sur le gravier entre ses genoux le flacon et le compte-gouttes, puis posa les mains à plat sur le canon, comme on fait pour calmer une bête dont on veut qu'elle vous serve bien. La culasse, qu'un maître armurier de Sheffield avait dû souder en place à la fin du dix-huitième siècle, affectait la forme stylisée d'un bouclier avec, en son centre, une saillie qui ressemblait à un gros clou étêté. En examinant de plus près la plate-bande de culasse, Gustave Hamelin découvrit une fissure causée sans doute par les vibrations des tirs et agrandie par l'oxydation de la rouille. Elle était si mince qu'elle serait restée invisible à un regard inattentif, mais l'ingénieur arriva à y infiltrer trois gouttes supplémentaires de nitro, lesquelles augmenteraient considérablement la possibilité que le tir de ce canon soit inversé. Il rangea ses récipients, à présent vides, dans la poche intérieure de sa redingote gris-vert, se releva, replaça la mèche, mais sans la pousser à fond. Et alors seulement il recommença à respirer.

La nitro avait déchiqueté même les nouvelles pièces d'artillerie auxquelles travaillait le Britannique William Armstrong en soudant, par des dispositifs chaud-froid, une série de tubes d'acier les uns à l'intérieur des autres ; elle transformerait cette bombarde en grenade et en propulserait les éclats selon un arc d'environ quarante-cinq degrés dirigé vers l'arrière, vers les grandes fenêtres de la salle de bal de Blake. Car avec son âme obstruée jusqu'à la gueule et sa soudure affaiblie par le temps, le point faible de l'arme se trouvait à la culasse et elle tirerait sur l'artilleur plutôt que sur l'objectif. Blake serait anéanti en voulant saluer le représentant de la reine, satisfaisant ainsi les voies tortueuses de la justice poétique. À condition que tout se déroulât comme prévu : qu'on ne vérifiât pas l'âme du canon avant de tirer la salve d'honneur, que le vice-roi James Elgin n'annulât pas sa visite au Parlement... Gustave Hamelin ne pouvait s'empêcher de songer à la nitro elle-même, dont il connaissait mal la puissance et qu'il testerait ainsi pour la première fois.

Pour éviter la mort d'innocents, il fallait que Blake fût seul dans un rayon de vingt mètres du point de détonation. Ayant eu le douteux privilège d'assister maintes fois à la cérémonie, Hamelin savait que le magnat interdisait à quiconque de monter avec lui sur la butte de tir, mais comment s'assurer que cette règle serait respectée? Il décida qu'il devrait renoncer au voyage à la seigneurie de Stéphane afin d'être présent sur les lieux au moment où son patron effectuerait le tir à blanc. S'il le fallait, il inventerait un prétexte irréfutable et empêcherait la mise à feu du canon. Inventoriant l'un après l'autre les dangers et les impondérables que comportait son plan, l'ingénieur songea un instant à y renoncer. Lui revint alors le visage de sa fille morte à peine une heure plus tôt, et il se dit qu'en lui permettant de la ressusciter le destin lui avait laissé une chance, une seule, et que Blake devait mourir pour que Marie-Violaine pût vivre.

Il redescendit du monticule gazonné d'un pas léger car il avait laissé toute la nitro à l'intérieur du canon de Blake. Il se dit que Stéphane venait probablement d'arriver rue Wellington, où Benoît aurait préparé une malle pour Marie-Violaine et Kevin, qui embarqueraient sur le *Kent* dans à peine une heure. Dès son retour, il se promettait de donner aux voyageurs une bourse bien garnie. Y avait-il du bois pour chauffer la cabane construite par Stéphane devant les rapides? Absorbé par ces réflexions, l'ingénieur traversa l'immense pelouse derrière la demeure d'Henry Blake et rentra dans le bois. Déjà lourds de chlorophylle, les bourgeons exploseraient bientôt en une gaze de jade qui voilerait les étoiles; mais en ce moment, leur inflexible scintillement le consolait de l'absence de Dieu.

Il reprit la bride qu'il avait nouée à la fourche d'un chêne et se hissa en selle. Comme à chaque printemps, le submergea une nostalgie de la France, ou plutôt de la rue Madame où jasaient des merles à queue rousse nichés dans le tilleul bruissant devant la fenêtre de sa chambre d'enfant, à deux pas des jardins du Luxembourg. Rien ne l'empêchait plus de rentrer à Paris, songea l'ingénieur, puisque Louis Napoléon Bonaparte y avait été élu en décembre 1848 président de la IIᵉ République. La seconde Terreur blanche, instaurée par les royalistes fanatiques contre les révolutionnaires, l'avait obligé, après la défaite de Napoléon Iᵉʳ à Waterloo en juin 1815, à s'exiler à Manchester cet été-là car on réclamait sa tête pour crime de régicide.

Heureusement pour lui, le mouvement n'était plus représenté que par quelques marquis valétudinaires qui n'effrayaient plus personne. Mais pourrait-il persuader ses filles de le suivre ? Augustine venait de lui écrire une série de lettres pour se faire pardonner de les avoir abandonnés, lui et Marie-Violaine, à Halifax. Elle les invitait à lui rendre visite à New York, chez son richissime Américain qui l'avait épousée et dont la demeure voisinait celle des Astor. Il avait répondu à sa fille que la joie de la savoir saine et sauve effaçait tout le chagrin qu'avait pu lui causer sa fredaine avec le Yankee Jack Grambs. Par orgueil, il avait gardé un ton réservé, regrettant que ses obligations l'empêchassent de se rendre auprès d'elle pour l'instant.

Folle de joie, Marie-Violaine avait tout raconté à sa sœur de ses malheurs avec Blake et de son grand amour avec Stéphane, celui-là même qu'Augustine s'était engagée à marier mais avait déserté pour Grambs. « Ma chère Titine, lui écrivait-elle, dans les choses du cœur, seuls comptent les engagements en chair et en os et les promesses épistolaires ne valent rien. Ni toi ni Stéphane ne vous étiez jamais vus et, bien pire, il avait confondu nos portraits dans ce double médaillon que nous lui avions envoyé. Quand il t'écrivait, il pensait déjà à moi, et tu te souviens que je rédigeais toutes tes lettres en les signant de ton nom. En t'enfuyant avec Jack Grambs, tu as permis au destin de corriger un imbroglio qui risquait de nous faire tous cruellement souffrir. Nous voilà donc chacune avec celui que nous aimons. De quoi nous plaindrions-nous, d'autant que tu m'annonces une naissance prochaine ? Sois certaine que nous serons tous là en octobre, le jour de l'heureux événement, dussé-je cacher les lunettes de notre père pour l'arracher à son laboratoire. »

Non, songea Gustave Hamelin, sa fille aînée était trop bien mariée pour envisager de quitter le voisinage des Astor. Mais Marie-Violaine le suivrait peut-être à Paris, surtout s'il lui proposait d'emmener Stéphane avec eux et de passer par New York pour y rendre visite à Augustine. Mettant son cheval au trot sur le sentier qui dessinait un cercle autour de la demeure, il jeta un dernier coup d'œil à la butte de tir. Ce qu'il vit l'amena à tirer si sec sur les rênes qu'il faillit vider les arçons.

Blake émergeait de derrière le monticule. Pas moyen de s'y tromper, même à cette distance : cette tête de roi babylonien avec une chevelure abondante qui se prolongeait en une barbe noire et annelée tombant jusqu'à la taille et qui recouvrait tout le haut du corps d'une pilosité triomphante, à laquelle échappait seul un masque de chair posé entre la ligne des sourcils et celle de la moustache. Là, roulaient deux yeux capables de tout comprendre mais aussi de tout dévorer de leur regard anthracite à l'ovale de tigre. Invisible sous les poils, la bouche n'apparaissait que lorsqu'elle s'ouvrait, comme en ce moment, où Blake semblait chercher à reprendre son haleine.

L'ancien artilleur, éveillé par des bruits suspects, faisait-il une tournée nocturne pour s'assurer que des voleurs ne rôdaient pas dans sa propriété ? Cette hypothèse fut démentie par l'émergence de Stéphane lui-même en haut de la même butte. Le jeune

Talbot releva le pistolet qui pendait au bout de son bras droit et il lança un ordre d'une voix sèche. Les deux hommes s'arrêtèrent à côté du canon et Blake se retourna.

La stupeur pétrifiait Gustave Hamelin. Il n'arrivait pas à s'expliquer la présence de son pupille, qu'il croyait déjà en sécurité rue Wellington. Talbot avait-il décidé d'abattre son persécuteur, de commettre un acte que tout le monde reconnaîtrait comme un meurtre de sang-froid et pour lequel il deviendrait assurément le principal suspect ? Cela semblait absurde, surtout qu'il venait de procéder à l'obstruction du canon, laquelle permettait de faire passer l'exécution du magnat pour un accident. Les becs de gaz qui entouraient la demeure ainsi que le réverbère à tige torsadée qui couronnait la butte de tir éclairaient d'un jour vif et artificiel la confrontation et lui donnaient l'aspect d'une scène jouée dans un théâtre de plein air, à l'acoustique déficiente cependant, puisque pas une seule des répliques échangées entre les acteurs ne parvenait de manière intelligible jusqu'aux oreilles de l'unique spectateur.

D'un geste vif du poignet, Stéphane lança devant lui un objet métallique et rectangulaire qu'Hamelin n'arriva pas à reconnaître tant que Blake, qui l'avait attrapé au vol, n'en eut fait jaillir une flamme qui se mit à danser dans son poing droit, à quelques centimètres seulement de la mèche du canon. Stéphane voulait donc obliger son prisonnier à tirer tout de suite plutôt que dans quelques heures, au moment du passage du vice-roi sur la rue Sherbrooke. Hamelin sourit : l'idée ne lui déplaisait pas ; on supposerait que le magnat avait voulu procéder à une répétition nocturne du tir d'honneur, geste discourtois digne d'un tel rustaud qui se souciait comme d'une guigne du sommeil de ses voisins. Visant toujours Blake à hauteur du cœur, Stéphane recula de trois ou quatre pas. Pourquoi augmenter ainsi la distance entre lui et son prisonnier, déjà suffisante pour risquer de rater la cible ? Le pistolet de duel ne pouvait tirer qu'une balle à la fois. Le recharger nécessitait une opération durant laquelle l'adversaire avait tout le temps de s'enfuir ou d'attaquer. Visiblement, l'honneur de Stéphane exigeait qu'il s'exposât lui-même à quelque danger et, malgré son inquiétude, Hamelin ressentit de la fierté à l'idée que son gendre adoptif n'aurait jamais l'âme d'un assassin. En revanche, peut-être possédait-il celle d'un fou : Stéphane venait de faire trois pas de côté et de se mettre ainsi en plein dans la ligne de tir de la pièce de douze livres. Il jouait ainsi à une roulette russe dont l'élément de hasard reposait sur l'efficacité de son sabotage : le canon allait-il tirer ou exploser ? Le pauvre ignorait qu'un ingénieur avait faussé le jeu en ajoutant une charge de nitro qui pouvait anéantir les deux adversaires à la fois.

Cette fois, Gustave Hamelin devait intervenir, et le plus rapidement possible. Il quitta l'abri du sous-bois et, tandis que son cheval prenait le galop sur la pelouse, il cria à pleins poumons. Mais il se trouvait encore à plus de deux cents mètres de la butte et avec le vent contre lui, de sorte qu'il n'arriva pas à attirer l'attention des deux hommes totalement absorbés par leur confrontation. Soudain, Gustave Hamelin vit Henry Blake abaisser son bras droit, celui qui tenait le briquet. Une gerbe d'étincelles fusa au-dessus de la culasse. La monture de l'ingénieur venait d'atteindre le pas de charge et, à cette allure, il se retrouverait incessamment dans la zone de danger mais, au lieu d'obliquer ou de ralentir, il se coucha sur l'encolure et accéléra encore. Il ressentait la même ivresse que jadis, sur les champs de bataille, quand il avait vingt ans et espérait mourir en pleine chevauchée. Il constatait avec étonnement que ce souhait demeurait vivace en lui et qu'il jouait autant, dans sa folle poursuite, que le désir de sauver le compagnon de sa cadette. La déflagration intervint plus tôt qu'il ne l'avait prévu et son éclair l'aveugla. Le monde s'effaça comme les images d'un daguerréotype lorsqu'on modifie l'angle de vision. Il se releva sur sa selle et se tourna sur sa droite : là aussi ne subsistait que cette lumière pâle et sans forme. Sa monture agitait la tête, privée de la vue elle aussi, mais ne ralentissait pas son allure, se fiant sans doute à son cavalier pour la guider. Comme d'habitude en ce siècle de progrès, songea-t-il, les aveugles conduisaient les aveugles. Ses pensées lui semblaient tournoyer dans un magma aussi chaotique que celui des projectiles qui sifflaient autour de lui, pierres et fragments d'acier traçant des trajectoires meurtrières dans l'air. La terre trembla comme la membrane d'un gong frappée par le marteau d'un dieu. Puis le silence retomba, aussi lourd que du plomb.

Gustave Hamelin put bientôt distinguer la forme du talus de tir, au sommet duquel il eut la joie d'apercevoir Stéphane ; apparemment indemne, son pupille scrutait l'épaisse fumée dissimulant le canon et Blake lui-même. Cette vision ne dura qu'un instant, car le cheval avait pris le mors aux dents et s'enfuyait le plus loin possible de la source de son effroi. L'ingénieur tirait sur les guides pour ralentir cette course folle, mais il semblait avoir perdu toutes ses forces et il décida de laisser sa bête s'épuiser sous lui. Il se réjouissait à l'idée que finalement, malgré tous ses aléas, son plan avait réussi, et qu'il s'en tirait sans autre mal que cette nappe de sueur entre les omoplates, qui semblait provenir de sa nuque, à laquelle il porta machinalement la main. Là, sous l'occiput, ses doigts sentirent un trou gluant dont ils tentèrent en vain de mesurer la profondeur. C'était du sang qui coulait dans son dos. Rien qu'une égratignure, sans doute, mais qui s'accompagnait d'une nausée fort désagréable. Un étourdissement faillit faire perdre l'équilibre au cavalier blessé. Le cheval s'étant arrêté à l'entrée du parc de Blake, l'ingénieur jugea plus prudent de s'asseoir contre un tronc d'arbre, sur un matelas de broussailles et de feuilles mortes. Au bout d'un moment, il tenta de se relever, mais ses membres ne lui obéissaient plus. Combien de temps faudrait-il pour que l'image de sa mort soit transmise jusqu'aux étoiles qui se balançaient au-dessus de lui ? Il pensa à l'expérience qu'Armand Fizeau avait menée cette année-là, qui avait réussi à mesurer l'incommensurable, la vitesse de la lumière elle-même, qui était exactement de deux cent quatre-vingt-dix-huit mille kilomètres... non de deux cent quatre-vingt-huit mille kilomètres, à la seconde. Il ne s'en souvenait plus, ni d'ailleurs de la distance qui séparait la Terre de Sirius, l'étoile la plus rapprochée. Un voile noir tomba devant ses yeux.

Sept

Benoît attendait le tonnerre d'une pièce de douze livres comme le signal d'une délivrance. Fatigué par sa longue nuit sans sommeil, il était appuyé au chambranle de la porte grande ouverte sur le salon plongé dans l'obscurité et il gardait les bras croisés pour soutenir le lourd pistolet à crosse courbe qui lui endolorissait le poignet droit. Une pipe pendait à sa bouche, pas parce qu'il avait le goût de fumer à pareille heure mais comme précaution au cas où son briquet le lâcherait au moment d'allumer l'amorce de son arme de duel. Il aspira profondément l'âcre tabac des Caraïbes, relevant la moitié gauche de ses lèvres sur des chicots jaunâtres et clairsemés. À ce moment, du coin de l'œil, il vit une boule de feu jaillir au loin, juste devant la demeure de Blake éclairée comme la vitrine d'un pâtissier la veille de Noël. Il se dit alors que son maître et Stéphane avaient décidé d'éliminer sans plus tarder le persécuteur de Marie-Violaine. Mais le grondement assourdissant qui lui parvint quelques secondes plus tard rendit fort perplexe l'ancien officier d'artillerie qu'il était, qui possédait une oreille infaillible pour évaluer la distance, le calibre et la charge des canons. Or, ce qu'il venait d'entendre exploser possédait plusieurs fois la puissance des armes d'artillerie les plus lourdes. Dans le quartier, des fenêtres s'éclairèrent ici et là, puis s'éteignirent, les dormeurs éveillés en sursaut ayant dû conclure qu'ils avaient entendu la foudre. Quant à Benoît, il finit par supposer que le capitaine avait probablement choisi de faire sauter tout le dépôt de munitions de Blake.

Le trot d'un cheval retentit soudain, indiquant qu'un cavalier venait de quitter une des ruelles boueuses menant au port pour s'engager sur les pavés disjoints de la rue Wellington. Un des mercenaires de Blake venait-il achever la tâche qu'il n'avait su mener à bien quelques heures plus tôt? Le domestique visa dans la nuit, sur sa droite, les deux bras à l'horizontale, la tête penchée de manière à rapprocher le fourneau de sa pipe des mèches enduites de soufre. Mais le cavalier passa sous un réverbère et Benoît reconnut un connétable de la veille de nuit, qui ne lui accorda pas un regard mais se lança à l'assaut de la côte Metcalfe avec l'intention probable d'aller identifier la cause de ce vacarme nocturne hautement suspect. Le temps qu'il arrivât là-haut, les deux auteurs de l'attentat auraient eu largement le temps de disparaître, se moqua intérieurement Benoît, puis il cracha à ses pieds en se disant que la force policière montréalaise n'avait rien pour inquiéter celui qui avait déjoué les limiers de la deuxième Terreur blanche. Comme l'aurore pâlissait le firmament, il passa son pistolet à sa ceinture et monta à sa chambre prévenir sa femme de réveiller Marie-Violaine et Kevin et de préparer leurs bagages. Le capitaine du *Kent* leur avait réservé ses deux plus belles cabines, mais il n'attendrait personne et appareillerait pour le Haut-Richelieu dès le lever du soleil.

— Tu ne préfères pas que j'attende que monsieur soit rentré? demanda Annette en se frottant énergiquement le visage pour se réveiller.

— Non. Prépare-lui ses affaires, mais nous partirons sans lui au besoin. Il a été formel là-dessus : l'important est de mettre Marie-Violaine et le petit en sécurité à la campagne.

Et le vieux serviteur fidèle retourna à son poste d'observation. Un certain temps passa, ce qui ne laissait rien présager de bon. Derrière lui, dans la maison, Benoît entendait Marie-Violaine rire en poursuivant Kevin qui refusait qu'elle lui fît sa toilette. Annette apporta à son mari sa tasse de thé matinale, sur la tôle de laquelle il se brûla les lèvres comme d'habitude. Depuis les quais, tout proches, un vapeur signala l'imminence de son départ en sifflant deux fois. Benoît se tourna vers l'intérieur de la maison et cria :

— Allez, vous autres, dépêchons ! Sinon, nous allons manquer le bateau !

Huit

Après l'explosion, Stéphane ne vit ni son beau-père emporté par son cheval devenu fou, ni Blake, ou plutôt le cadavre de celui-ci, qu'il imaginait réduit en charpie derrière l'épaisse fumée qui cachait presque toute l'aile sud du château. Il resta un long moment assourdi et aveuglé par la détonation puis, quand il retrouva ses sens, il éprouva une immense surprise en constatant qu'il s'en sortait indemne, sans la moindre brûlure ni égratignure. Une joie primitive l'envahit alors à l'idée d'avoir triomphé de son ennemi et lui donna l'énergie nécessaire pour tourner le dos au carnage et s'éloigner en courant. Le pistolet de duel lui pendant au bout du bras, il se mit à descendre le monticule en marchant de côté. Un cri le fit se retourner. Derrière des lianes de fumée noire, un jeune garçon de sept ou huit ans le regardait d'un des balcons de l'étage, le visage pressé contre les barreaux du garde-fou en fer forgé. Il portait une chemise de nuit rouge et serrait contre sa poitrine un ours en peluche. Le sort avait voulu que Julian Blake, d'habitude relégué dans un quelconque pensionnat au fin fond de l'Ontario, eût séjourné chez lui cette nuit-là, assistant ainsi au meurtre de son père.

Qu'avait-il vu au juste? Rien sans doute, car c'était probablement le vacarme qui l'avait tiré du lit. Même s'il avait suivi le déroulement de toute la scène, il n'avait pu comprendre grand-chose, sinon que son père avait eu un accident en tirant avec son canon. Et si jamais il avait découvert la présence d'un étranger sur les lieux, ne connaissant pas le nom de Stéphane, il ne saurait donc l'identifier avec précision.

L'idée qu'il venait de causer un tort peut-être irréparable à un enfant assombrit l'humeur de Stéphane, d'autant que lui-même devait encore lutter contre les cauchemars engendrés par l'horreur d'avoir assisté, enfant, à la destruction de son foyer par les troupes britanniques. Après avoir failli périr dans les flammes avec sa mère et son frère, il avait appris, de la bouche même de l'officier qui les avait sauvés, Mervynn Parker, la mort de son père. Blake, alors canonnier au sein de la troupe qui tentait de supprimer la rébellion, avait annoncé à Pierre-Amédée Talbot, capturé quelques minutes plus tôt, que le feu avait consumé sa famille au moulin seigneurial. Fou de chagrin, le seigneur du Grand Remous s'était noyé dans les rapides de Chambly en s'y jetant malgré les fers qui entravaient ses poignets.

On n'avait jamais retrouvé le malheureux. Mais le cadavre, que ses chaînes avaient dû retenir à quelque aspérité rocheuse du fond du Richelieu, avait habité durant des années les rêves de Stéphane, demandant de sa bouche pleine de sable qu'on le venge. La mort de Blake devrait apaiser ce fantôme transi, mais il n'aurait vraiment satisfaction — Stéphane le savait — que lorsque le moulin de Chambly aurait recommencé à tourner sous l'impulsion de ces pouvoirs d'eau qui appartenaient aux Talbot depuis près de deux siècles.

Songeant à ce qu'il avait dû faire, à ce qu'il lui restait à ac-complir pour rendre justice à son père mort, le jeune homme se dit qu'il vaudrait mieux, et pour lui et pour le petit Julian, que la mort d'Henry Blake passât à jamais pour un stupide accident.

La vengeance venait de faire basculer une existence du côté des morts. Un instant, Stéphane se demanda si l'acte qu'il venait de commettre, et qu'il voulait considérer comme une sentence d'exécution aussi méritée que celle rendue par un tribunal, n'était pas tout simplement un meurtre comme un autre. Il chassa aussitôt cette pensée, intuitionnant qu'elle l'anéantirait s'il s'y abandonnait.

Il préféra se souvenir de sa conversation avec le Yankee que Blake avait engagé pour assassiner Marie-Violaine. En se montrant aussi peu juste avec son tueur qu'avec les balayeurs de son usine, Blake avait réussi à se le mettre à dos, surtout qu'il l'avait obligé à suivre son propre plan, inutilement compliqué et dangereux, avec les résultats que l'on sait. Dépité, le tueur à gages avait décidé de retourner à Buffalo avec la mince avance que son client lui avait consentie, mais d'autres hommes poursuivraient l'épouse du puissant Henry Blake jusqu'aux confins de la Terre s'il le fallait car, avec son argent et aussi sa colère, Blake avait le bras très long, l'avait prévenu le Yankee.

Stéphane arriva à son cabriolet, dont il avait noué les rênes autour d'une des colonnes de marbre du portique. Des coups sourds et réguliers lui parvenaient à présent de l'intérieur du château. Les domestiques devaient chercher à enfoncer la porte qui les retenait prisonniers au sous-sol.

Son manteau envolé en fumée, Stéphane, vêtu de sa seule chemise de coton, grelotta aussitôt qu'il eut lancé la voiture légère sur l'allée forestière givrée par la rosée matinale. De l'autre côté du bois, juste avant de s'engager sur la rue Metcalfe, il reconnut le cheval arabe de Gustave Hamelin, qui, privé de son cavalier, broutait l'herbe du fossé.

Stéphane n'eut pas à chercher longtemps : adossé au tronc lisse et ocellé de noir d'un bouleau, l'ingénieur gisait, inconscient, le visage à moitié caché par la pointe recourbée vers l'avant de son bonnet phrygien de même couleur que le sang qui, suintant de sa nuque, avait imbibé l'encolure de sa tunique à boutons d'argent.

Stéphane s'agenouilla auprès du petit homme, lui enleva la canne qui reposait sur son giron et n'eut aucune peine à le faire basculer sur son épaule gauche. Puis il se releva en s'appuyant sur le pommeau du bâton de marche. Il entendit alors du verre qui se brisait sec et ressentit la brûlure d'une entaille à la clavicule gauche. Il revint en quelques enjambées au cabriolet et, après avoir installé le pauvre homme sur la banquette, il fouilla sa tunique et sentit, à travers la poche intérieure, des éclats de verre. Il se baissa pour renifler l'étoffe. L'odeur de sucre caramélisé l'éclaira du même coup sur les motifs de l'ingénieur à le suivre chez Blake ainsi que sur l'explosion colossalement démesurée produite par le petit canon. Stéphane avait immédiatement reconnu le parfum caractéristique de la nitroglycérine que lui avait fait humer son mentor, le soir où il avait fabriqué une petite quantité de l'explosif en suivant les indications du chimiste Ascanio Sobrero.

Il abaissa la capote de la voiture, enleva au blessé son bonnet qui le rendait trop facilement reconnaissable, puis il entreprit de descendre la rue Metcalfe au petit trot, pour ne pas attirer l'attention des quelques rares passants, des domestiques qui se hâtaient en soufflant vers les opulentes demeures nichées au flanc de la montagne. Le soleil se levait à l'horizon de la plaine montérégienne bosselée de montagnes, et signalait à tout un peuple de travailleurs qu'il devait se hâter vers les cuisines, les usines, les boutiques et, dans le port, vers les *steamers* qui fumaient tous en direction de l'île Sainte-Hélène à cause d'un fort vent du nordouest. Aux couronnes ducales de tôle dorée qui ébrasaient ses deux cheminées rouges, il reconnut le *Kent,* qui descendait déjà à toute vapeur vers l'embouchure du Richelieu. Il sourit en songeant que dans quelques heures Marie-Violaine serait en sécurité dans la seigneurie des Talbot, en compagnie de Kevin, ainsi que de Benoît et de son épouse.

Quelques regards se tournèrent vers le cabriolet et son étalon à la traîne, mais personne ne leur prêta attention jusqu'à ce qu'ils arrivent au plateau Sherbrooke. À ce moment, venant de l'ouest, quatre cavaliers s'engouffrèrent dans la rue Metcalfe, le visage dissimulé par le rebord de leur chapeau. Celui qui se trouvait à la tête du peloton leva le bras droit et ils s'arrêtèrent tous brusquement, entourant la voiture et l'empêchant d'avancer. À leur maintien et à leur façon de monter, Stéphane reconnut des militaires en civil, provenant sans doute de la garnison. Deux d'entre eux tenaient en remorque un cheval de trait, du genre de ceux qu'on utilise pour tirer les trains de vivres ou de munitions. Le chef rabattit derrière son épaule un pan de sa lourde cape, sans doute pour avoir plus facilement accès à son pistolet placé dans un étui sur sa hanche gauche, mais il découvrit ainsi une partie de sa tunique brodée aux écussons du 12e régiment d'infanterie stationné à l'entrée orientale de la ville, sur la route de Québec.

— Que fabriquez-vous par ici? demanda l'officier d'un ton cassant.

Stéphane se trouvait d'autant plus embêté par la question qu'au nord de la rue Sherbrooke la rue Metcalfe se terminait en une impasse où se trouvaient à peine une dizaine de demeures, parmi les plus riches de la ville. S'il prétendait sortir de l'un de ces châteaux bourgeois, il serait facile de vérifier sur-le-champ ses allégations. Et tandis qu'on les retiendrait ici, les risques que l'alarme soit donnée chez Blake augmenteraient. La vue de la tour funéraire de McTavish, dépassant de la futaie de sapins derrière la grille du parc, donna une idée à Stéphane Talbot.

— Mon ami — et il montra Hamelin allongé sur la banquette derrière lui — se vantait de ne pas croire aux revenants. Alors, j'ai gagé dix livres avec lui qu'il n'oserait pas passer la nuit dans la maison du vieux Simon.

— Et alors? demanda l'officier, intéressé malgré lui par cette histoire.

— Je l'ai aidé, hier soir, à forcer le portail, sur lequel j'ai tout de suite mis un nouveau cadenas inviolable, et je l'ai laissé dans le parc avec une bouteille de whisky. Quand je suis venu le chercher, il y a quelques minutes, je l'ai trouvé adossé à la clôture, la bouteille vide sur les genoux, et complètement inconscient. Je ne sais pas ce qu'il a vu, mais il m'a semblé avoir vieilli de dix ans.

— Et il ne vous a rien dit ?

— Non, rien de sensé en tout cas. Il m'a raconté que toute une partie de la montagne avait sauté, tout à l'heure, du côté de chez Blake. Mais avec tout ce qu'il avait bu...

Déjà les autres ne l'écoutaient plus et fonçaient à bride abattue vers le sommet de l'impasse. Ayant réussi à détourner leur attention par son petit conte improvisé, Stéphane détala à son tour sans demander son reste. Manifestement, le détachement d'artilleurs avait à faire chez Blake, ou plutôt avec son canon, ainsi que l'indiquaient leurs deux chevaux de trait visiblement destinés à déplacer tout le train d'artillerie à un point stratégique. Que tout cela se fît clandestinement suggérait qu'un coup d'État se préparait. Les orangistes avaient sans doute décidé qu'il ne leur suffisait plus de jouer aux boutefeux dans les rues de Montréal. Stéphane ne put s'empêcher de sourire en songeant qu'il venait de mettre hors d'état de nuire une partie, sinon la totalité de l'artillerie des extrémistes.

En arrivant rue Wellington, il eut un choc. Au lieu des volets clos et cadenassés auxquels il s'attendait, il aperçut des fenêtres grandes ouvertes et des voilages qui battaient au vent. Une odeur d'œufs et de bacon frits vint lui tordre l'estomac : il n'avait pas mangé depuis la veille. Une bande de pillards avait sans doute décidé de camper chez l'ingénieur Hamelin, le temps de s'y repaître et de brigander avant de transformer la maison en bûcher. Stéphane décida de faire le tour par l'arrière et d'entrer par la cuisine. Il sortit de sous son manteau le pistolet de duel avec lequel il n'avait toujours pas tiré, tourna doucement la poignée et, d'un coup d'épaule, fit voler la porte vers l'intérieur, l'arme pointée vers la table, où Marie-Violaine et Kevin dévoraient le petit-déjeuner qu'Annette venait de leur servir. Une assiette se fracassa sur le dallage, tandis que la cuisinière terrifiée portait les mains à sa poitrine.

— Monsieur Stéphane, en voilà des manières !

— Je suis désolé, ma chère Nanne, je vous ai pris pour des orangistes...

— Ah bon ! Vous trouvez que nous avons des têtes de brigands ?

— Non, mais comme je vous croyais tous en route pour la seigneurie...

Marie-Violaine s'était levée et, esquivant de ses pieds nus les éclats de faïence et les œufs frits qui encombraient le sol, elle courut jusqu'à Stéphane et lui sauta au cou.

— Toi qui t'entends si bien à décider de mes mouvements, tu devrais pourtant savoir que jamais je n'accepterais de me séparer des deux hommes de ma vie.

— Nous avons tout fait pour tenter de la convaincre, grogna Benoît, qui venait d'entrer dans la cuisine, avec, dans sa ceinture, un pistolet qui formait la paire avec celui que Stéphane venait de déposer sur la table.

— Où est papa ? Benoît m'a raconté que vous étiez allés ensemble chez mon horrible mari.

Stéphane prit Marie-Violaine par les épaules et la repoussa suffisamment pour pouvoir la regarder dans les yeux.

— Il faut que je t'explique... Ton père...

Et pendant qu'il cherchait les mots pour lui raconter l'accident survenu à son père, ce dernier surgit dans la cuisine, coiffé de son inévitable bonnet phrygien à pointe rouge qui dissimulait sa blessure à la nuque.

— Ton père est un vieillard qui a bien besoin de sommeil après toutes ces émotions.

Le regard groggy, Hamelin s'appuyait au montant de la porte avec un sourire blême. Stéphane ouvrit la bouche pour protester qu'avec sa blessure il devrait s'allonger et, sans plus tarder, faire venir un médecin mais, d'un geste impérieux, l'autre lui fit signe de se taire.

— Et mon mari, il vous a juré qu'il ne chercherait plus à me tuer ?

— Disons, ma petite, qu'il nous a fourni des assurances convaincantes à ce sujet.

Elle baissa la tête, tremblant de tous ses membres.

— Il ment comme il respire ! Comment avez-vous pu le croire ?

— Parce que, ma chérie, les morts ne mentent pas.

— Vous l'avez tué ? voulut-elle savoir, sans dissimuler sa joie.

— Non, il a eu un accident, l'interrompit le père, qui avait manifestement décidé d'épargner à sa fille le poids du crime qu'il avait commis avec son compagnon.

Stéphane, qui voyait où son beau-père adoptif voulait en venir, enchaîna, pour que son témoignage corrobore la version de ce dernier et la rende plus convaincante :

— Quand nous l'avons quitté, il a voulu nous pulvériser d'un coup de canon, mais l'arme lui a sauté à la figure.

La veuve éclata d'un grand rire à la fois nerveux et soulagé.

— Alors c'est fini ? Je ne suis plus madame Blake ?

— Oui c'est fini, et aussitôt que nous serons à la seigneurie, nous allons vivre en paix, dit Stéphane en la reprenant dans ses bras.

Benoît, qui n'avait pas quitté son maître des yeux, le prit par le coude et l'emmena vers l'escalier qui conduisait aux chambres. Stéphane rattrapa le domestique et lui jeta à l'oreille :

— Il lui faut un médecin !

— Benoît s'entend très bien à panser une blessure, répliqua le blessé, et même à faire des points de suture. Et maintenant, retourne vite auprès de ta femme avant qu'elle ne soupçonne quelque chose.

Rompu de fatigue et affamé, Stéphane dévora une demi-douzaine d'œufs sur le plat, une assiette pleine de bacon, des pommes de terre de l'Idaho, toute une miche de pain, et il engouffra trois tasses de café.

— C'est tout ? Tu ne veux pas que je te mette à la broche un gigot d'agneau ? le taquina Marie-Violaine, qui l'avait servi et regardé manger en feignant l'ébahissement, comme devant un numéro de fête foraine.

Stéphane sourit, s'étira et déclara qu'il lui fallait encore rentrer le cabriolet à l'écurie et s'occuper des chevaux. Sans un mot, elle le suivit dehors et l'aida. Elle avait troqué le haut-de-forme de la nuit précédente pour une casquette de toile et le smoking, pour une vareuse grise. Il la désirait violemment. Une fois les bêtes enfermées dans leur stalle, il ne put se retenir plus longtemps et il l'invita à monter l'échelle qui conduisait au grenier à foin. Il lui donnait de petites claques sur le derrière ; elle riait et tentait en vain de lui attraper le poignet. Il la coucha sur le fourrage sec de fin d'hiver, s'agenouilla au-dessus d'elle en lui serrant les hanches de ses cuisses, fit voler sa casquette, libérant ainsi sa chevelure noire qui se déploya en éventail dans le mélange de maïs, d'avoine et de luzerne, contrastant par sa souplesse et son lustre avec les herbes mortes et desséchées. Il s'agrippa à elle comme à une barque au milieu des rapides, sachant que la vie exigeait toute cette fureur, et qu'au moindre relâchement, les flots l'enverraient dinguer contre un rocher. Et pour la première fois, il songea à cette femme comme à la nef de son existence, à celle qui l'emporterait loin des courants meurtriers, dans des eaux calmes où déjà il entrevoyait le reflet d'une maison grande et solide, construite à la place des ruines noircies de sa seigneurie.

Tandis qu'il l'obligeait à fermer ses yeux pervenche en déposant une pluie de baisers sur ses paupières, il ne pouvait se retenir de trembler en songeant à l'extrême fragilité de ce vaisseau humain qu'il avait déjà, à deux reprises, réussi à extirper des abîmes. Du coup, il réalisa que Blake ne pourrait plus leur nuire et qu'ils pourraient commencer à penser à leur avenir. Et sous l'œil attentif et indulgent de Marie-Violaine, il n'aspira plus soudain qu'à dormir.

Deuxième partie

*Mettez votre confiance en Dieu, mes enfants,
et gardez votre poudre sèche.*

Oliver Cromwell

Un

Grâce à la précision et à la rigueur de ses calculs astronomiques, le savant juif Abrão Zacuto permit aux caravelles ibériques de conquérir la haute mer. Son *Almanach perpétuel* aida les pilotes portugais à rapporter à leur roi les trésors des Indes. Manuel Ier montra pourtant fort peu de reconnaissance à la communauté israélite. En 1497, afin que la monarchie espagnole acceptât de lui donner comme épouse Isabelle, l'infante de Castille, il expulsa de son royaume les Hébreux qui refusaient de se convertir. Ceux qui restèrent, les *cristãos-novos*, durent pratiquer leur religion en secret, sous le regard scrutateur et impitoyable de l'Inquisition, ce que plusieurs d'entre eux ne purent souffrir très longtemps.

La famille des Hays se réfugia d'abord à Londres, puis émigra à New York au dix-huitième siècle, avant qu'un de ses rejetons, Isaac, chef d'intendance dans l'armée du général Amherst, ne vînt s'établir à Montréal avec les troupes d'occupation, en 1761. Son fils, Moses Hays, fut le premier Israélite, avec Benjamin Hart, à être nommé juge de paix, à la suggestion du gouverneur général Aylmer, en 1832. Ils refusèrent tous deux cet honneur parce que leur serment d'office les eût obligés à abjurer leur foi. À la suggestion de Louis-Joseph Papineau, la Chambre d'assemblée du Bas-Canada venait pourtant de proclamer que les « personnes de religion juive détenaient les mêmes droits et privilèges que les autres sujets de Sa Majesté dans la province ». On avait oublié que les magistrats devaient s'engager à agir « en bons chrétiens ». De longs délais s'écoulèrent avant que l'Assemblée pût corriger cette erreur technique, mais elle finit par le faire, encore une fois sur la recommandation du chef des Patriotes. Le document qui nommait Hays et son ami Hart arriva à Montréal à l'été de 1837 et il était signé de la main même de la reine Victoria. Les deux hommes furent profondément touchés par ce témoignage d'amitié qui, par-delà leur personne, s'adressait à tout leur peuple, qui avait tant souffert de sévices dans les pays de la chrétienté. Ils se dirent que cette preuve d'affection de la plus puissante souveraine du monde aurait des conséquences bénéfiques même en dehors de son Empire. Les deux nouveaux juges devinrent des alliés indéfectibles de la monarchie britannique et, étant donné les circonstances, des ennemis acharnés des insurgés.

Membre fondateur de la Banque de Montréal, la première du Canada, Hays se lança dans les affaires et acquit, entre autres, la Compagnie des associés de l'aqueduc de Montréal. Les pompes à vapeur et les tuyaux de fonte de cet aqueduc en firent un certain temps un modèle de modernité. En 1845, Hays eut la sagesse d'accepter ce que Blake avait refusé tout net : la municipalisation de son entreprise. Cette souplesse tourna à son avantage. Il réalisa un profit appréciable, obtenant cinquante mille livres sterling de ce qu'il avait payé quinze mille livres en 1832. Deux ans plus tard, les services d'hygiène attribuaient en partie la récente épidémie de typhus et ses six mille morts au fait que l'aqueduc puisait son eau à deux cents mètres en aval de l'égout collecteur qui évacuait les eaux ménagères et industrielles de Montréal dans le Saint-Laurent. Au lieu de viser Moses Hays, la colère populaire retomba sur les autorités municipales, qui durent entreprendre une réforme majeure du système de distribution de l'eau potable.

Hays fut nommé chef de la police de Montréal. Sa loyauté indéfectible à l'Empire n'était sans doute pas étrangère à sa nomination à un poste aussi stratégique. Aussi, en ce printemps de 1849, fit-il preuve d'une extrême diligence quand lui parvint la rumeur d'un complot pour assassiner le vice-roi Elgin. Mais il lui fallait procéder également avec précaution, car ceux qu'on lui désignait comme les coupables provenaient de la haute société montréalaise. Son informateur, un homme éminent qu'on avait pressenti pour qu'il se joignît aux conjurés, ajoutait que Henry Blake, exclu des salons de la haute société, avait grossi les rangs des conspirateurs et leur offrait l'usage de la pièce d'artillerie qu'il gardait chez lui comme trophée de guerre.

Ce 25 avril, à la synagogue hispano-portugaise de Montréal, Moses Hays chanta comme tous les matins : « Écoute, Israël, le Seigneur, notre Dieu, est Seigneur unique. » Quand il sortit, à six heures, sur la rue de La Gauchetière, il n'avait qu'un projet en tête : assister aux répétitions de *La Flûte enchantée* qu'une troupe de Milan avait accepté de jouer pour une soirée seulement, au *Théâtre Hays,* place Dalhousie. Le chef de police avait en effet consacré une partie de sa fortune à la construction d'une salle de spectacle qui portait son nom et où il essayait d'attirer les plus grands noms de la scène dans leurs tournées nord-américaines. Cette fois, il avait réussi à mettre la main sur une des divas de l'heure : Jenny Lind. Celle qu'on appelait le rossignol suédois et qui avait fait ses débuts dans le rôle d'Agathe, dans *Der Freischütz* de Weber, venait de signer un contrat avec P.T. Barnum et s'apprêtait à faire la tournée des États-Unis. Sur les invitations pressantes de Hays, elle avait décidé d'inaugurer son voyage en Amérique à Montréal.

Mais à sa sortie de la synagogue, le chef de police apprit une nouvelle qui l'obligea à annuler son petit-déjeuner avec le directeur de son théâtre : Henry Blake venait de mourir chez lui dans une explosion dont on ne connaissait pas encore l'origine. Hays se fit la réflexion que ce n'était donc pas le bruit de la foudre qui les avait éveillés, lui et sa femme, au beau milieu de la nuit. Cet événement lui rendait brusquement beaucoup plus vraisemblable l'hypothèse d'un complot : les conjurés, s'étant querellés avec l'irascible Blake, avaient peut-être décidé de le supprimer.

En temps normal, Hays aurait personnellement mené l'enquête sur la mort du magnat du gaz. Mais Montréal était au bord de la guerre civile. Il lui fallait parer au plus pressé et veiller à la sécurité du vice-roi. Il fit mander à son bureau l'enquêteur le plus brillant de ses services, le détective Paul Leclerc.

Comme chaque fois que l'incorruptible Hays le convoquait d'urgence, Leclerc avait du mal à digérer. Le détective était marié à une femme qui le tenait par le ventre. Il n'avait pourtant rien d'un goinfre, ainsi qu'en témoignaient ses allures ascétiques, mais il avait une passion violente, presque sexuelle, pour un certain nombre de plats que seule Lisette savait réussir à la perfection : les cailles du Saint-Laurent, les tartes à la cannelle, le coulis de framboises, etc. Il ne mangeait que chez lui, soupçonneux de toutes les autres tables de la ville.

Tandis qu'il chevauchait vers le quartier général, place d'Youville, il repassait ses agissements récents sans rien y découvrir d'inhabituel : une partie de whist au bordel de madame Claire, une cuite solide mais paisible, puis une fille — mais laquelle ? — pour réchauffer son lit. Ce libertinage ne paraissait pas choquer Hays, qui passait pourtant une partie de ses journées en prières dans sa synagogue. Peut-être ne s'attendait-il à rien d'autre de la part d'un catholique dont le métier consistait de surcroît à patrouiller les mauvais lieux de la ville ?

Arrivé dans l'antichambre de Hays, Leclerc entreprit d'enlever des cheveux blonds de sa longue tunique noire. Il vit un officier au visage troublé sortir quelques minutes plus tard du bureau du chef de police. C'était un hussard de la garde personnelle du vice-roi. Avant même que l'enquêteur ait eu le temps de s'interroger sur les

92

motifs possibles de cette visite, Hays le prenait par l'épaule et l'installait sur une chaise basse, paillée, autour de laquelle il se mit à tournicoter.

— Vous avez entendu l'explosion cette nuit? demanda-t-il avec un accent qui enchevêtrait les nasalisations du portugais et les diphtongaisons de l'anglais. Non? Bien sûr, j'oubliais qu'il faudrait les trompettes de Jéricho pour vous réveiller.

Leclerc n'apprécia guère que l'autre se permit une allusion à son éthylisme chronique, mais il se tint coi, attendant la suite.

— Vous connaissez Henry Blake? Je veux dire personnellement.

Douze ans plus tôt, Leclerc avait participé à une expédition militaire visant à intimider la population et à appréhender certains chefs de la Rébellion. Henry Blake commandait le détachement d'artillerie de cette colonne et s'était amusé à faire sauter quelques fermes sur la rive sud du Richelieu. En sa qualité de policier, Leclerc aurait dû intervenir pour empêcher ces destructions gratuites et parfaitement illégales. Au lieu de quoi, il avait passé son temps à boire, caché au fond de son tilbury dont il avait rabattu la capote de cuir.

— Non, je n'ai pas l'honneur... Pourquoi?

— Sa pièce d'artillerie lui a sauté au visage, cette nuit. Probablement un accident. Mais je veux en avoir le cœur net. Alors, vous mettez votre nez là-dedans et vous venez me faire un rapport avant midi. Pour l'instant, je dois me rendre à l'Assemblée nationale.

— Très bien, monsieur.

Trop heureux de pouvoir quitter sa petite chaise paillée, Leclerc prit congé, mais, juste avant de refermer la porte sur son chef, qui s'était assis à son bureau pour y écrire frénétiquement, il lança :

— Un hussard du gouverneur, une visite au Parlement? Puis-je me permettre de vous demander ce que vous complotez, monsieur?

— Sachez seulement qu'il s'agit peut-être de sauver le pays. Alors revenez-moi vite.

De ces propos étranges, Leclerc conclut que son chef s'apprêtait à se lancer en politique. Quant à l'enquête qu'on venait de lui confier, rien ne pouvait le réjouir davantage. Une mission chez les riches. Il en salivait d'avance.

———— • ————

Absurdement, une vingtaine de réverbères brillaient toujours devant le château de Blake, leur clarté effacée par un éclatant soleil printanier qui s'apprêtait à faire fondre la gelée blanche sur la pelouse et l'allée principale. « Quel gaspillage, songea Leclerc, mais aussi quel insolent et magnifique étalage de richesse. » Un instant, il eut la vision que tous les arbres bourgeonnants de ce parc allaient se couvrir, non pas de feuilles, mais de billets de banque. Il se rappela qu'il se trouvait ici en maître absolu, puisque responsable de l'enquête sur la mort du maître de céans. Que diable ! il saurait bien faire souffler le vent de la justice sur ces branches jusqu'à ce qu'une pluie de livres sterling vînt s'abattre sur lui. Une occasion comme celle-ci ne se représenterait pas de sitôt. Il lui fallait se montrer à la hauteur.

Avant de descendre de cheval, Leclerc repéra deux sillons bien nets laissés par les roues d'une petite voiture du genre cabriolet ou tilbury. Une dizaine de connétables qui attendaient devant le portique de l'entrée s'étaient mis au garde-à-vous. Le détective leur ordonna de ratisser les abords de la demeure à la recherche d'indices, et particulièrement de traces de pas dans la rosée. Il leur interdit de monter sur la butte de tir, à l'arrière de la maison, voulant la réserver à son examen personnel. Puis il les regarda s'éloigner en se réjouissant que son grade l'exemptât du port de l'uniforme. Le costume dont on affublait alors les connétables montréalais leur donnait l'air de guignols de théâtre de marionnettes. Ils portaient à leur ceinture une matraque si longue qu'elle traînait presque dans l'herbe et ils devaient se coiffer d'un tube de feutre d'une hauteur interminable, orné d'une plaque matricule lisible à dix mètres (les officiers surveillants notaient ainsi facilement l'identité des hommes qui commettaient une faute quelconque).

Leclerc trouva le caporal qui commandait ce détachement assis sur une marche de l'escalier d'honneur du château en train d'écrire dans un bloc-notes posé sur ses genoux. Le détective se comptait chanceux de disposer d'un sous-officier qui ne fût pas analphabète comme la quasi-totalité de ses confrères.

— Où en êtes-vous ?

Le caporal se leva d'un bond et salua, en claquant des talons.

— Nous venons de terminer l'interrogatoire des domestiques. Ils établissent le moment de l'explosion à cinq heures du matin. Pour le reste, ils ne sont au courant de rien.

— Impossible !

— Leur patron les enfermait au sous-sol pour la nuit, derrière une porte renforcée de fer si solide qu'ils n'avaient toujours pas réussi à l'enfoncer quand nous sommes arrivés. C'est nous qui les avons fait sortir.

— Je vois. Et les membres de la famille ?

— Monsieur Blake était veuf depuis quelques mois. Mais son fils dormait ici, en visite de son pensionnat. Et il raconte une bien étrange histoire...

— Je lui parlerai tout à l'heure. Conduisez-moi auprès de la victime.

Le sergent se tourna et lui indiqua l'escalier d'apparat.

— C'est en haut, la porte à droite.

— Quoi ! vous ne m'avez pas attendu pour déplacer la victime ?

— Bien sûr que si, monsieur.

— Mais on m'a dit que l'accident avait eu lieu dehors, sur la butte de tir. Comment...

— Je préfère que vous constatiez par vous-même. Mes hommes n'en croyaient pas leurs yeux.

Intrigué, Leclerc gravit l'escalier en hélice. En suivant les indications du sergent, il arriva dans la salle de bal, parée de ses murs lambrissés de glace et de son grand lustre. Il aperçut Blake à l'autre bout, debout contre un mur, les morceaux d'un grand miroir dispersés autour de lui. En y regardant bien, Leclerc constata que les pieds du magnat ne touchaient pas le sol. Il s'approcha, écarta les poils de la barbe qui couvrait le torse. Un bloc métallique avait percé le thorax, à la hauteur du sternum, et épinglé le magnat contre le mur.

— C'est la culasse du canon, dit le sergent. Elle a sauté comme un bouchon de champagne, l'a projeté à travers la fenêtre jusqu'à la glace du fond.

— Il lui aurait fallu un estomac d'acier pour digérer ce plat... Jamais vu une explosion de cette force. Faites-moi venir le commandant du régiment d'artillerie du fort de l'île Sainte-Hélène.

Leclerc s'approcha du cadavre, qui ressemblait à un des ours noirs qu'on trouve fixés sur les murs des musées d'histoire naturelle. Les yeux écarquillés par la surprise auraient pu être de verre et, troublé, l'enquêteur en referma les paupières. Il fouilla les vêtements du mort et ne trouva qu'un trousseau de clés et un porte-monnaie bien garni qu'il empocha prestement. Un examen sommaire du corps ne lui fit découvrir aucune autre blessure, sauf à la main droite, brûlée, ou plutôt carbonisée, jusqu'à la hauteur du coude, sans doute par le souffle de l'explosion.

— Quand le coroner arrivera, demandez-lui de vérifier si cette brûlure est concomitante à la mort de la victime, dit-il au sergent, qui nota pieusement la question de son supérieur.

Près de la plinthe bordant le parquet en mosaïque, une flaque rougeâtre dessinait un ovale irrégulier qui avait dû se former par suintement de l'hémorragie interne de la victime. Leclerc s'accroupit et vérifia, en frôlant de l'index la flaque gélatineuse, que l'avancement de la coagulation correspondait à un arrêt des fonctions cardiaques survenu vers cinq heures du matin, au moment où une détonation avait réussi à réveiller tous les habitants de la ville, sauf les bienheureux ivrognes comme lui. Le sang avait cessé de dégouliner par la pointe des bottes, qui portaient toutes deux sur l'empeigne des brins d'herbe et des grains de sable. La semelle à rainure médiane était bordée longitudinalement par des carres.

Leclerc traversa le tapis au fleurage alambiqué jusqu'à la fenêtre fracassée, qui se trouvait à la même hauteur que la butte de tir. Le canon n'était plus qu'un tube tordu, fissuré, planté dans le sable du tertre comme une étrange plante métallique. À côté, fusait la haute flamme bleutée d'un réverbère décapité de sa lanterne, qui éclairait jusqu'au fond l'entonnoir d'environ un mètre de profondeur creusé par la déflagration. Sur le côté de la butte qui lui faisait face, le détective remarqua une porte blindée qui semblait conduire à l'intérieur du tertre lui-même.

— Qu'y a-t-il là-dessous ?

— Le dépôt de munitions de monsieur Blake, répondit le sergent. Son majordome a mentionné une centaine de barils de poudre...

Leclerc se claqua le front du plat de la main et hurla :

— Mais le dessus du tertre risque de s'effondrer ! Avec tout ce gaz qui brûle, on va retrouver tous nos cadavres en très petits morceaux sur la falaise derrière !

— Je fais couper le gaz tout de suite, répondit le sergent d'une voix blême.

— Et envoyez-moi le majordome ! cria Leclerc à son subordonné qui s'éloignait en courant.

Il continua seul son inspection des lieux. Dans la chambre de Blake, le lit n'avait pas été défait. Le maître de maison avait dû dormir dans le profond fauteuil d'où pendait une couverture chiffonnée et à côté duquel un cendrier de marbre contenait les restes de deux cigares de grande qualité. D'un geste nonchalant, Leclerc ouvrit l'humidificateur d'acajou posé sur le guéridon et en sortit une poignée de havanes qu'il fourra dans la poche de sa tunique.

— Vous souhaitiez me voir, monsieur ?

Le détective se retourna lentement vers le majordome. L'homme se tenait à l'entrée de la chambre dans une magnifique livrée aussi empesée que les traits de son visage, qui demeura imperturbable même quand Leclerc porta à sa bouche un des cigares du défunt.

— Du feu, monsieur ? demanda le domestique en lui tendant la flamme d'une allumette suédoise.

— Conduisez-moi au bureau de votre maître.

———— • ————

Juste avant d'entrer au Grand Séminaire, Paul Leclerc s'était entiché du beau sexe au point de prendre en horreur l'idée d'une chasteté perpétuelle. Son directeur de conscience avait eu beau lui représenter la possibilité de certains accommodements avec l'inflexibilité du droit canon, Paul n'avait pas voulu fonder sa vocation sur une hypocrisie et il s'était présenté chez lui sans sa soutane, tentant d'expliquer sa décision à sa famille qui s'était saignée à blanc pour payer ses études. Son père le traita de voyou et le jeta à la rue. Paul se dit qu'il ne lui restait qu'une façon de faire acte de soumission à son père : devenir effectivement un voyou.

Il n'avait commis que quelques cambriolages dans des presbytères quand il tomba sur le constable Reginald Cartwright, ancien sergent recruteur du 12e régiment d'infanterie, stationné au fort de l'île Sainte-Hélène. Il avait caché son butin dans les poches profondes de son manteau à longues basques et déambulait rue Saint-Laurent, le nez en l'air. Il se sentit brusquement agrippé à la nuque et propulsé dans une impasse boueuse ; il se retourna et aperçut un policier tout en nerfs, droit comme un piquet, coiffé d'un haut-de-forme dont le tube évasé et vernis paraissait presque aussi long que son minuscule propriétaire, engoncé dans sa redingote de bourgeois à gros boutons métalliques.

— Comment t'appelles-tu ? Ah oui, tu es le fils de l'horloger de la rue Saint-Pierre. Vide tes poches !

Le constable prononçait l'anglais avec un accent que Paul pouvait comprendre, ce qui n'était pas toujours le cas avec les Gallois, les Écossais, les Irlandais et les cockneys de Londres. Et comme seule une poignée de policiers parlaient français, les communications entre les Canadiens français et les forces de l'ordre s'effectuaient le plus souvent par mimiques, signes de la main et parfois même à coups de matraque.

— Pourquoi ? Je n'ai rien fait.

— Tu es encore un amateur, mon garçon. Quand on vole des couverts, il faut bien les attacher ensemble pour éviter qu'ils ne s'entrechoquent. Sinon, ils font un tel boucan que je peux te dire qu'il s'agit d'environ une soixantaine d'ustensiles en argent massif avec des manches en ivoire.

Paul eut un geste de protestation, dont l'effet fut gâché quand ses poches tintèrent de nouveau. Du coup, il se souvint que le nom du curé était gravé sur chaque ustensile.

— Que voulez-vous faire ? demanda-t-il en baissant la tête.

— Tu mesures bien cinq pieds et neuf ?

— Oui, mais je ne vois pas...

— C'est que, pour devenir policier, il faut faire au moins cinq pieds et huit. Comme tu vois, moi, ils m'ont recruté avant d'inventer ce règlement, ajouta-t-il avec un sourire.

— Mais je veux devenir prêtre, fit Paul en espérant s'en sortir par ce mensonge.

— Donc, tu sais lire et écrire. Ce n'est pas vraiment nécessaire, mais ça plaira au chef. Il m'a chargé de trouver dix recrues cette semaine. Alors, demain matin, à sept heures, tu te présentes au poste de la place d'Armes. À moins que tu ne préfères passer les prochaines années de ta vie en prison ?

Dans la défaite, Paul savait s'incliner avec grâce.

— Et l'argenterie ?

— Je m'en occupe, fit l'autre en tendant la main.

Paul s'abstint de demander comment Cartwright entendait disposer du butin. Face aux supérieurs, il faisait déjà preuve de ce tact si nécessaire à l'avancement hiérarchique. Il n'avait pas voulu cacher son libertinage sous une chasuble, mais on allait forcer le voleur qu'il était à porter un uniforme de gendarme. L'hypocrisie lui apparut soudain comme la qualité suprême en société. Et l'on taxait de cyniques ceux qui énonçaient cette évidence, au lieu de les féliciter de leur honnêteté! Paul avait renoncé récemment à vivre dans la vérité, la sincérité ne pouvant se pratiquer que dans la stricte solitude du for intérieur.

La recrue progressa rapidement. Paul Leclerc pourchassait férocement les criminels des bas-fonds, même si ces derniers l'intéressaient moins que les forbans des hautes sphères. Ces gredins estimés et respectables, il savait combien il serait futile et nuisible pour lui de chercher à les dénoncer ou de les arrêter. Il accumulait tout de même les preuves de leurs filouteries, banqueroutes, grivèleries, sans entretenir la croyance naïve qu'il pourrait faire chanter qui que ce soit d'influent. Mais en société, il lui suffisait de laisser savoir, par une allusion, un regard, un soupir, qu'il savait. Il savait et il se taisait. Un complice aussi discret méritait des récompenses. Voilà comment il s'était retrouvé adjoint du chef de police, après quinze ans de carrière. Il aurait même occupé le poste suprême, n'eût été son appartenance à la race des vaincus. Il avait tout fait pourtant pour faire oublier cette fâcheuse faille de son caractère. Durant l'insurrection populaire de 1837, il avait traqué avec zèle les patriotes et en avait même livré certains à la potence. Or, aux yeux de ses patrons, ce zèle ne changeait rien à sa faute congénitale impardonnable. Il plafonnait donc dans le corps policier montréalais. Aussi avait-il décidé d'orienter autrement ses ambitions.

Paul Leclerc voulut devenir riche, très riche. L'argent n'a ni odeur ni nationalité, croyait-il. Il fut rapidement détrompé. Il découvrit que les secrets qu'il couvait jalousement dans ses archives ne touchaient que la bourgeoisie canadienne-française, qui se nourrissait des miettes du capital anglo-saxon. S'il quittait la police pour se lancer en affaires, ses prétentions devraient se limiter à posséder une boutique comme celle de son père. Les banques britanniques ou écossaises ne prêtaient qu'à des compatriotes. Le monde des Molson, des McTavish, des Birks et des Blake lui demeurait hermétiquement fermé puisque jamais ses supérieurs ne lui confiaient la moindre enquête qui lui eût permis de s'y immiscer, pas même, se disait-il avec amertume, à propos d'un vol d'argenterie par des domestiques. Il parlait anglais avec un accent si imperceptible qu'on le prenait parfois, à son grand plaisir, pour un Hollandais. Il étudiait l'étiquette des salons qui lui étaient fermés avec un zèle qui ne faiblissait pas, car il avait la conviction que son heure viendrait et qu'il pénétrerait les cercles enchantés du Montréal britannique.

En ce matin du 25 avril, sa patience d'araignée était à la veille d'être récompensée. Il allait capturer dans ses filets une proie telle qu'il lui faudrait des années pour la dévorer. Car les araignées savent garder en vie ce qu'elles mangent, ce qui vaut bien les autres modes de conservation de la chair fraîche.

——— • ———

Du haut de son cadre doré, l'immense portrait de Blake écrasait les visiteurs qui pouvaient se présenter devant le pupitre d'acajou à sous-main de marbre. Peint en clair-obscur, il représentait son sujet debout à côté d'un des réverbères qu'il avait dressés partout dans la cité. À l'arrière-plan, une véritable forêt de luminaires au gaz avait remplacé les arbres sur les flancs du mont Royal, qui ressemblait ainsi à un gâteau d'anniversaire orné d'innombrables bougies.

Ce tableau supposait une immense enflure de l'ego de la part de celui qui l'avait commandé et pourtant il inspirait à Leclerc de l'admiration presque autant que de la moquerie. Il se fit la réflexion qu'il se verrait bien exalté ainsi lui-même sur une toile. Juste à ce moment, les lampes murales s'éteignirent et Blake disparut dans les ténèbres, le temps que le majordome écartât les rideaux de velours pourpre, qui glissèrent dans un cliquetis de verre à mesure que les éclats des vitres de la fenêtre se détachaient des plis du tissu et chutaient sur le parquet. La fenêtre de cette pièce, comme celles de toutes les autres qui donnaient sur la butte de tir, avait été fracassée par l'explosion.

— Qui a éteint ? demanda Leclerc.

— Quelqu'un nous a fait donner l'ordre de fermer l'arrivée du gaz, monsieur.

— Ah oui, j'oubliais. Où votre maître gardait-il ses papiers importants ?

Sans un mot, le domestique s'approcha de l'immense tableau et le fit pivoter sur des charnières cachées, découvrant un coffre encastré dans le mur.

— Monsieur Blake gardait toujours la clé sur lui, fit le domestique.

Leclerc sortit le trousseau qu'il avait confisqué au cadavre et, après quelques essais, trouva la clé du coffre. À son grand dépit, il ne découvrit pas d'argent dans le compartiment secret, mais des liasses d'actions, des reconnaissances de dettes, ainsi qu'un document scellé d'un cachet de cire et qui offrait toutes les apparences d'un testament.

— Savez-vous à qui monsieur Blake léguait sa fortune, après sa mort ?

— À présent que la deuxième madame Blake est morte, je suppose que le jeune Julian devrait hériter de presque tout.

— Julian, oui... Il a paraît-il vu quelque chose la nuit dernière, dit Leclerc en glissant les documents dans une grande enveloppe.

Le majordome toussota et dit :

— Le notaire Mortimer conserve un inventaire du contenu du coffre.

— Très bien. C'est donc chez lui que je rapporterai cette paperasse quand j'aurai fini de l'examiner. Et maintenant, conduisez-moi auprès de votre jeune maître.

Le domestique précéda Leclerc dans l'escalier abrupt qui menait au dernier étage. Il frappa doucement à une porte en ogive. Une jeune femme en uniforme de nurse sortit dans le couloir en refermant derrière elle. Le majordome lui expliqua que l'inspecteur désirait s'entretenir avec Julian.

— Je crains qu'il n'en soit pas question, répondit Miss Brady en croisant les bras sur son ample poitrine. Après toutes les émotions qu'il vient de vivre, le jeune monsieur doit se reposer. Il vient tout juste de s'endormir, après avoir déliré pendant une heure.

— La mort d'un père a de quoi ébranler les têtes les plus solides, dit Leclerc, d'un ton compatissant.

— Julian ignore encore que son père est mort, répondit la gouvernante.

— Pourtant, on prétend que cette nuit il a vu quelque chose.

— Des cris l'ont réveillé. Il est sorti sur le balcon de sa chambre. Il dit que son père a tiré avec le canon sur son oncle et que, après, il avait disparu, mais que son oncle était toujours là.

— Cet oncle, vous le connaissez?

— Voilà justement ce qui me fait parler de délire. L'enfant n'a pas d'oncle, seulement une tante, qui habite d'ailleurs en Écosse et qu'il n'a jamais vue. Et puis, comment voulez-vous croire que son père soit disparu en tirant du canon?

— C'est pourtant ce qui s'est passé. Désolé, mademoiselle, mais je vais devoir m'entretenir avec l'enfant.

La chambre était glaciale car ses fenêtres avaient été fracassées par l'explosion du canon. L'enfant avait dû se couper en marchant sur des éclats de verre car on lui avait pansé la plante des pieds. Il portait un uniforme de marin dont les culottes lui laissaient les genoux découverts. Assis en tailleur sur le parquet, il jouait avec ses soldats de plomb.

Leclerc s'approcha doucement, pour ne pas le déranger dans son manège. Le garçon avait reconstitué en miniature la propriété de son père, représentant le château par une vieille boîte à chaussures et la butte de tir par de la pâte à modeler sur laquelle il avait posé un canon lilliputien. Posté à la culasse de l'arme, un canonnier britannique en costume d'apparat s'apprêtait à tirer sur un fantassin français, dont le mousquet semblait dérisoire face à la pièce d'artillerie.

— C'est ce que tu as vu hier ? demanda Leclerc en s'accroupissant à côté de l'enfant, qui continua à disposer d'autres figures de plomb autour de lui.

— Tu as mis un Français devant ton canon, et un Anglais derrière. Tu peux m'expliquer pourquoi ?

— Parce que c'était mon père qui tirait sur mon oncle, répondit Julian avec le ton de pitié que prennent parfois les enfants pour expliquer leurs jeux aux grandes personnes.

— Et ton oncle, comment s'appelait-il ?

— Je ne sais pas, mais il était français comme ma nouvelle mère. Il venait ici et jouait avec elle quand mon père n'était pas là. Il était méchant !

— Pourquoi ?

— Parce qu'il ne me laissait pas jouer avec eux.

La situation paraissait transparente au détective : Marie-Violaine Hamelin, la seconde épouse de Blake, avait eu un amant qu'elle recevait ici même, au domicile de son époux. Quel dommage qu'elle fût morte quelques mois plus tôt, dévorée sans doute par des bêtes sauvages sur le mont Royal ; elle aurait constitué une suspecte parfaite, avec motifs et complice à la clé. Mais dans les circonstances actuelles, Leclerc était bien près de croire, comme la gouvernante, que le petit avait imaginé tout cela. Avant de le laisser à ses fabulations, il lui posa toutefois une dernière question :

— As-tu vu quelqu'un d'autre ?

— Oui. Un démon à cheval, qui galopait près de la forêt.

— Comment savais-tu qu'il s'agissait d'un diable ?

— Parce qu'il portait une tuque rouge, comme tous les démons, répondit l'enfant du ton excédé de celui qui doit énoncer des évidences.

Leclerc estima n'avoir plus de temps à perdre avec un témoin qui racontait des sornettes qu'aucun magistrat ne prendrait au sérieux. En sortant, il recommanda à la nurse de ne pas laisser sortir l'enfant de sa chambre tant que le coroner ne serait pas venu enlever le cadavre du père.

— C'était bien là mon intention, dit-elle. J'ai toujours veillé sur Julian du mieux que j'ai pu. Sauf la nuit, où on ne me laissait pas m'occuper de lui.

— On vous enfermait au sous-sol avec les autres domestiques ?

— Monsieur Blake n'avait que faire du bien de son fils, ni de quiconque d'autre. J'attribue sa mort à une intervention de la divine Providence, dit-elle avant de refermer la porte de la chambre sur l'inspecteur.

Leclerc devrait bientôt faire un premier rapport au chef Hays, aussi décida-t-il d'examiner de plus près la butte de tir, d'autant qu'il était près de neuf heures et que le soleil de la fin d'avril ne mettrait guère de temps à faire fondre la gelée blanche et les traces qu'elle avait pu conserver. Des hommes à lui s'étaient assurés de la solidité de la casemate souterraine et juraient qu'il ne risquait rien en escaladant le tertre. De là-haut, il n'aperçut plus la figure irréelle de Blake épinglé au milieu de la glace de la salle de bal et il en conclut qu'on avait dû emporter le cadavre à la morgue. La chaleur de l'explosion avait tordu le mât de bronze du réverbère, qui ressemblait au tronc crochu d'un arbre malade, et elle avait également vaporisé la gelée dans un rayon de dix mètres autour du fût du canon. Mais au-delà de cette surface couverte de sable fin noirci, l'inspecteur put distinguer, dans la rosée, deux traces de pas qui, venant du côté de la maison, escaladaient le flanc de la butte. À la rainure médiane qu'elles avaient laissée, il reconnut les pas de Blake. Quant à l'autre piste, laissée par des brodequins, elle disparaissait sur le sable, avec celle de la victime, mais réapparaissait un peu plus loin sur la rosée, où elle montrait que l'inconnu avait fait face au canon, puis était reparti seul, du côté d'où il était venu.

« Et si le gamin disait la vérité ? » songea brusquement Leclerc. La mort de Blake n'aurait rien d'un accident. Et l'assassin serait tout bonnement celui que la nouvelle maman de Julian avait présenté au petit Blake comme son oncle. Mais pour l'inspecteur, la question la plus brûlante ne touchait pas à l'identité du meurtrier mais à celle du futur héritier de Blake. Avant de retourner au poste de police, il décida donc de faire un tour chez le notaire Mortimer.

Deux

Stéphane s'éveilla avec le pressentiment d'une catastrophe imminente. Les événements de la nuit lui revinrent. La police allait-elle conclure à un accident ? Qu'avait vu exactement le fils de Blake du haut de son balcon ? Il devenait périlleux pour Stéphane de s'attarder à Montréal.

Il descendit au salon, où il trouva Marie-Violaine qui faisait répéter son abécédaire à Kevin, et s'enquit de l'état de Gustave Hamelin : l'ingénieur avait refusé de nouveau de voir un médecin et s'était rendormi. Son fidèle domestique veillait sur lui.

— Il n'a pas l'air bien, s'inquiéta Marie-Violaine. J'aimerais que tu le persuades de faire venir un médecin.

Stéphane lui promit d'essayer dès son retour de l'Assemblée nationale. Il voulait s'y rendre pour juger sur place des délais qui risquaient encore de s'écouler avant le versement effectif des indemnités. Si cela s'éternisait, il avait imaginé un scénario qui leur permettrait de quitter la ville sans plus attendre, mais pour lequel il aurait besoin de la collaboration de Roger Charest, un autre sinistré de 1837, qui assistait à tous les débats du haut de la galerie des visiteurs.

— Je t'accompagne, décida Marie-Violaine, qui, confiant Kevin à Annette, enfila sa tenue masculine.

107

Comme la journée était belle, le couple décida d'aller à pied. Cette année, critiqua Marie-Violaine, la mode masculine frôlait le grotesque, avec ses moustaches démesurées, ses barbes colossales — comme celle de feu son mari — et des chapeaux si hauts qu'ils se cassaient de burlesque façon. Ils passèrent devant la boutique d'un boucher qui jetait sur le dos de ses garçons des charretées de viande ; sa femme bâillait et lavait avec une éponge la table de marbre de la devanture. Suspendu par les pattes à des crocs en fer fichés au plafond, le cadavre d'un bœuf étalait, sous la lumière crue du gaz, le monstrueux écrin de ses viscères. La tête avait été violemment arrachée du tronc et des bouts de nerfs palpitaient encore, convulsés comme des tronçons de vers, tortillés comme des lisérés.

Montréal était la capitale du Canada-Uni et l'Assemblée nationale siégeait, place d'Youville, dans l'ancien marché Sainte-Anne. Ce modeste immeuble de pierres, haut de deux étages, s'étendait entre les rues Saint-Pierre et McGill.

Ils se frayèrent un chemin à travers un attroupement qui bloquait le passage devant l'entrée. Mais Stéphane s'arrêta net quand il entendit quelqu'un prononcer le nom d'Henry Blake. Il se retourna et aperçut le député Richard Carpenter qui pérorait au milieu d'un cercle d'auditeurs attentifs.

— Je vous répète que c'est un assassinat ! Des preuves ? fit le député en agitant au-dessus de sa tête une feuille de papier. L'ingénieur d'artillerie de la garnison dit qu'une telle explosion ne peut avoir été provoquée que par de la nitroglycérine.

— De la nitro... quoi ? fit quelqu'un en riant. C'est une nouvelle sorte de fleurs ?

— C'est une substance chimique qui est devenue l'arme préférée des anarchistes. Bakounine et tous les chefs anarchistes s'en servent pour fabriquer leur machine infernale.

— C'est vrai ! Mais les compagnies minières songent aussi à l'utiliser pour creuser leurs galeries, s'écria une voix profonde et calme, vers laquelle tout le monde se tourna.

Le chef de police Hays se tenait debout, au milieu de l'escalier central du palais du Parlement. Depuis sa sortie de la synagogue, ce matin-là, les deux affaires pressantes de la mort de Blake et du complot contre le vice-roi Elgin, lesquelles se trouvaient peut-être liées, ne lui avaient pas laissé le loisir de retourner chez lui pour s'y changer, de sorte qu'il portait encore sa calotte sur le derrière de la tête.

— Hé le rabbin, cria un des badauds, tu ne savais pas que, si tu veux entrer au Parlement, tu dois enlever ton chapeau et que ça comprend même les calottes de Juifs !

Sans se formaliser de la grossièreté de cette remarque, le chef de police fit disparaître sa coiffure sous son aisselle et poursuivit son intervention :

— Je voulais vous signaler que notre enquête ne fait que commencer et qu'il est trop tôt pour lancer des accusations contre des personnes en particulier, et encore moins contre des groupes ou des associations. Si jamais nous nous comportions ainsi, la guerre civile menacerait notre ville. Et cela, ni la police ni l'armée ne sauraient le supporter.

— Attention, le youpin, si tu continues, je vais mourir de peur, dit un orangiste, que Stéphane reconnut comme le chef de la bande qui se promenait sur les quais avec un porc coiffé d'une mitre catholique et fiché au bout d'un pieu.

Hays regarda son insulteur droit dans les yeux puis acheva de descendre l'escalier avec, sur ses talons, une patrouille de connétables en uniforme. Stéphane et Marie-Violaine profitèrent du flottement que cette altercation avait produit dans la foule pour se glisser à l'intérieur de l'édifice sans que personne ne les interpellât.

Ils se retrouvèrent dans un hall spacieux, d'où un escalier conduisait aux appartements des sergents d'armes, puis, à l'étage suivant, aux archives publiques, ainsi qu'à deux bibliothèques contenant vingt-cinq mille volumes. L'aile gauche abritait les bureaux des employés ainsi qu'à l'étage une salle de rafraîchissement, la salle du Conseil législatif et l'étude du président de l'Assemblée, Louis-Joseph Papineau, absent ce jour-là. Stéphane et sa compagne travestie se dirigèrent vers l'aile droite, qui servait de salle des délibérations. Une fois rendus, ils gagnèrent la galerie à encorbellement qui suivait, sur trois côtés, le pourtour intérieur de l'édifice. La foule commençait seulement à arriver et Stéphane repéra facilement Roger Charest, installé contre la balustrade, sur laquelle il appuyait son torse chétif de manière à laisser pendre ses bras et sa tête dans le vide juste au-dessus de la députation, qu'il pouvait ainsi abreuver facilement de ses injures ou de hourras, selon le cas. Il se redressa pour serrer la main de Stéphane, qui lui présenta Marie-Violaine sous le nom d'Antoine.

— Asseyez-vous vite, les amis. Ça va chauffer : le docteur Bouthillier va prendre la parole.

Effectivement, le médecin député se leva et rappela les exactions commises par les troupes britanniques à l'occasion de la Rébellion de 1837-1838. Entre autres faits, il s'attarda sur le cas d'un citoyen de la paroisse de Saint-Athanase, maintenant représentée par le député Davignon. Un officier des hussards l'avait accusé de cacher dans sa grange des canons provenant des États-Unis. Le pauvre homme offrit de vider la grange pour prouver son innocence. Les soldats ne lui en laissèrent pas le temps et boutèrent le feu aux bâtiments. Les récoltes furent consumées. Et comme on ne trouva point de canon, on poussa l'iniquité jusqu'à prétendre que le feu les avait fait s'évaporer.

— Cette explication, monsieur le président, illustre l'inculture de l'armée impériale quant à la faune de notre pays.

— Que voulez-vous dire ? demanda un député *tory,* tombant ainsi naïvement dans le piège tendu par l'orateur.

— Comment ? Vous aussi, vous ignorez qu'à l'automne, les canons de Saint-Athanase s'envolent vers le sud, en même temps que les oies blanches ? Voilà pourquoi on ne les a jamais retrouvés dans les bâtiments de notre concitoyen !

Un éclat de rire général retentit, gagnant même une partie des rangs de l'opposition. Charest, le voisin de Stéphane, en avait les larmes aux yeux, et pour cause : il était ce paroissien de Saint-Athanase qui avait tout perdu en 1837 et dont le docteur Bouthillier taisait le nom. Depuis lors, il avait abandonné l'agriculture et s'était trouvé un emploi à Montréal, à la Banque du Peuple, la seule dont le conseil d'administration comptât une majorité de Canadiens français.

— Si le ridicule pouvait tuer, s'exclama-t-il, le docteur viendrait de me venger de tout un régiment anglais.

— Et si nos chefs avaient su conduire leur guerre aussi bien que leurs discours, nous serions peut-être libres et en république aujourd'hui, répliqua Stéphane, à qui le lieutenant britannique Mervynn Parker, l'ami de sa mère, avait maintes fois souligné les erreurs militaires commises par les patriotes.

Relevant la mèche rebelle qui lui retombait obstinément sur le front, le président de la Chambre, Joseph-Édouard Turcotte, se leva et réclama le silence.

— Je vois qu'à ce rythme les débats risquent de traîner encore quelques jours, chuchota Stéphane.

— Dites plutôt quelques semaines, répliqua Charest.

— Je n'ai pas le loisir d'attendre si longtemps. Serez-vous à la banque cet après-midi ?

— Sûrement. Pourquoi ?

— Votre proposition tient toujours ?

— Bien sûr. Et sachez que plusieurs des prochains indemnisés s'en sont prévalu. Après tout, qu'est-ce que quelques livres sterling d'intérêt ? Venez vers trois...

Une voix rocailleuse et sombre l'interrompit, jaillissant des tribunes de la députation à leurs pieds.

— Messieurs, s'exclama Richard Carpenter, le député *tory,* nos fermes abandonnées ne produisent plus que de la mauvaise herbe et nos usines en faillite, que des courants d'air. La propriété foncière a perdu cinquante pour cent de sa valeur : les banqueroutes se succèdent ; le Trésor est vide. Le gouvernement précipite le pays à la ruine en appliquant servilement la politique anglaise libre-échangiste.

On n'entendait plus que des raclements de gorge épisodiques, suivis du tintement d'un jet de salive frappant le col évasé d'un crachoir. Ces urnes de cuivre représentaient pour les membres de l'Assemblée nationale du Canada-Uni un accessoire aussi indispensable que le fauteuil de cuir où ils s'assoupissaient souvent en secret, se cachant le visage de la main. Malheureusement, les chiqueurs ne visaient pas toujours juste, de sorte que le parquet était recouvert, le soir, de flaques visqueuses et brunâtres. Au-dessus de cette nicotine liquide, des nuées de tabac s'étageaient jusqu'aux galeries des spectateurs, où elles ondulaient paresseusement devant les fenêtres qui dispensaient l'air et le soleil printaniers.

— Et que décide le gouvernement du sieur Lafontaine pour redresser cette situation catastrophique ? Il veut réparer les torts causés à ceux qui nous ont précipités dans la misère en se rebellant contre l'autorité divine de notre chère souveraine.

— Sottises !

— Que dire d'un gouvernement qui entend donner cent mille livres sterling aux traîtres, sinon qu'il est lui-même formé d'une bande de traîtres ? Parce qu'il cède le pouvoir aux étrangers. À ceux qui sont *alien in blood, alien in language, alien in religion*.

Les huées reprirent. Assis au premier rang de sa députation, le premier ministre Louis-Hippolyte Lafontaine fit de grands gestes d'apaisement en écartant les bras. Les membres de son parti lui obéirent et se turent. Il se leva enfin, écartant d'un geste familier la mèche rebelle qui lui tombait sur le front, ce qui accentuait sa ressemblance avec Napoléon.

— L'honorable député d'en face vient de prononcer des paroles offensantes, sans trop réfléchir. Je n'en parle que pour lui fournir l'occasion de se rétracter. En parlant des Canadiens français, il les a appelés *foreigners*, étrangers! Quoi, monsieur l'orateur, les Canadiens français étrangers sur leur terre natale! Et celui qui se proclame *native Canadian* oublie que, sans le courage de ces étrangers en 1775 et en 1812, les Canadas feraient aujourd'hui partie de la Confédération américaine et que lui-même ne serait pas ici pour jouer le rôle qu'il joue!

Le premier ministre se rassit et les huées se déchaînèrent. Celui qui présidait l'assemblée, Joseph-Édouard Turcotte, se leva et menaça d'ordonner l'expulsion du public. Puis il invita Carpenter à utiliser son droit de réponse. Le *tory* releva le menton avec une moue méprisante.

— Votre gouvernement a beau posséder la majorité de cette assemblée, monsieur Lafontaine, il a besoin, pour nous présenter cette *Loi des indemnités,* de l'accord du gouverneur général. Or, jamais Lord Elgin ne donnera sa caution à ce projet qui constituerait un acte de sédition contre Sa Majesté la reine Victoria, qu'il représente au Canada.

— Mon chef de cabinet est chez Lord Elgin en ce moment, et je ne doute pas qu'il en revienne avec son accord. Il fait respectueusement remarquer à Son Excellence que les indemnités que cette loi accorde sont octroyées sous le système du gouvernement responsable qui a été accordé si généreusement par Sa Majesté à ses fidèles sujets canadiens.

Deux vagues de vivats et de huées montèrent de la salle, si parfaitement égales qu'elles se transformaient en une cacophonie indescriptible. Les cris des députés de l'Assemblée nationale se joignaient à ceux des spectateurs qui s'entassaient dans les galeries prévues pour quatre cents personnes et qui en contenaient le double. Debout sur sa tribune, le président finit par obtenir un calme précaire, moins par l'efficacité de ses coups de masse que par l'épuisement de ceux qui s'époumonaient.

— Je rends la parole à Richard Carpenter, dit-il, en le priant toutefois de modérer son langage.

— Quand bien même Lord Elgin accepterait de vider les coffres de l'État au profit des rebelles de 1837... que pourrions-nous lui répondre, sinon que les traîtres sont désormais au pouvoir et que sa *Loi des indemnités* ne passera pas en cette assemblée, dussions-nous recourir à la force !

Les derniers mots de cette péroraison furent devinés plutôt qu'entendus, dans le tumulte qui ébranla de nouveau la salle. Les cris ne suffisaient plus. On frappait du poing et des pieds sur les pupitres, les balustrades et les parquets avec une telle violence que les galeries se mirent à vibrer. Stéphane se mit à craindre pour la sécurité de Marie-Violaine. Il la prit par la main et entreprit de remonter le premier rang de la tribune vers l'allée centrale. Au passage et sans le vouloir, il effleura du coude un orangiste chauve qui le poussa et l'aurait fait basculer par-dessus la balustrade sans l'intervention de Marie-Violaine, qui le tira à elle et l'empêcha de perdre l'équilibre. Stéphane frappa l'autre au plexus, le faisant retomber lourdement sur sa chaise. Il avait enfin atteint l'allée du centre et s'élançait vers l'escalier quand il sentit que Marie-Violaine, qui ne lui avait pas lâché le poignet, le retenait de toutes ses forces. Il tourna la tête vers elle et constata que son agresseur de tout à l'heure l'avait agrippée par le coude, de sorte qu'elle se trouvait écartelée par les bras. Cherchant à se libérer, elle se mit à gigoter dans tous les sens, ce qui eut pour unique effet de lui faire perdre sa casquette de laine grise et de libérer ainsi sa lourde chevelure noire, qui tomba en cascade sur ses épaules.

— *Look, it's a woman !* s'écria le chauve, qui, sous l'effet de la surprise, libéra sa prisonnière.

Quelques regards se portèrent dans leur direction, mais l'attention générale resta rivée sur les députés qui s'apprêtaient à en venir aux coups, de sorte que le scandale fut évité et que le couple put dévaler les marches deux à deux et se retrouver place d'Youville, où Marie-Violaine prit le temps de remettre sa casquette avant de déguerpir avec Stéphane. Ce dernier, qui ne voulait pas attirer l'attention sur eux, s'obligea à marcher d'un pas normal et empêcha Marie-Violaine de jeter des regards derrière elle. Ainsi, ils ne purent s'apercevoir qu'on les suivait.

N'ayant pas le goût de rentrer tout de suite rue Wellington, Stéphane entraîna sa compagne jusqu'à un café de la place Chaboillez, où ils s'installèrent à une petite table placée devant la fenêtre en saillie de la façade. Ils commandèrent des gaufres, qu'on leur apporta bientôt, cuites entre deux fers qui leur avaient imprimé en relief un dessin de locomotive.

— Les trains sont décidément très à la mode cette année, dit Marie-Violaine en souriant. Elle montrait du doigt une énorme enseigne qui émergeait au-dessus des érables du parc et qui représentait un chemin de fer, avec la particularité qu'une botte figurait la locomotive remorquant des souliers au lieu de wagons. Le convoi semblait filer à vive allure, à travers des lettres rouges proclamant : Ronayne et Frères, marchands de chaussures.

— Le monde change à une telle vitesse que j'en attrape parfois le vertige.

— Voilà une remarque qui m'étonne de la part du champion de l'électricité et de la modernité, plaisanta le garçon manqué en étendant une épaisse nappe de miel sur ses gaufres.

— Tu me vois comme un champion du progrès, mais je me demande parfois si je ne serais pas celui de la nostalgie. Si je n'essaie pas de renverser le cours du temps, vers une époque où...

Sa voix se brisa et, portant la main gauche à son arcade sourcilière, il se cacha les yeux. Écrasé par un sentiment d'humiliation, il n'arrivait pas à confier à cette femme qu'il aimait mais qui ne savait pas tout de lui, qu'il rêvait d'un temps où l'ennemi n'avait pas encore triomphé, pas encore brûlé les fermes, les seigneuries, envahi les villes, les tribunaux et le palais du Parlement. Il baissa sa main et la regarda : elle avait tout compris car elle lui dit, les yeux humides, que la liberté finissait toujours par triompher. Il dut se retenir pour ne pas la prendre dans ses bras, ce qui eût donné aux autres clients le spectacle scandaleux de deux garçons s'embrassant.

— Il n'y a pas si longtemps, dit-il, cette place Chaboillez était un lac, dans lequel venaient se jeter cinq ou six rivières qui descendaient du mont Royal.

— Comment le sais-tu ?

— Mon père. Quand il se rendait à Montréal pour affaires, il m'emmenait souvent avec lui, et nous venions ici manger ces délicieuses gaufres.

— Je vais leur demander leur recette... commença-t-elle en se léchant les lèvres.

— Ils nous l'ont toujours refusée...

— C'est que vous ne disposiez pas des puissances de la séduction féminine...

— Ah oui, ton arme secrète...

— Très secrète en effet ! renchérit-elle, et ils éclatèrent de rire en même temps.

Trois

Durant la dernière décennie du dix-huitième siècle, le juge James Monklands s'était établi sur une des terrasses du versant ouest du mont Royal. Quand Montréal devint la capitale du Canada-Uni, en 1844, le gouverneur général James Elgin choisit l'ancien manoir du magistrat comme résidence officielle. De là, par temps clair, on pouvait contempler les chaînes bleues des Adirondacks, dans l'État de New York, qui dominaient le lac Champlain, sur lequel s'avanceraient les *steamers* américains si jamais les États-Unis décidaient d'envahir de nouveau le pays.

En ce matin d'avril 1849, quand Frederick Elgin, son frère cadet, promena lentement sur l'horizon le puissant télescope qu'il avait fait installer à la lucarne de son bureau, il n'avisa aucune fumée blanche suspecte. Tant mieux, se dit-il, car que pourrait James, vice-roi, gouverneur général du Canada-Uni et commandant en chef de dix mille habits rouges, contre une armée de cent mille Irlandais, dirigés par le général américain Stephen Watts Kearny, qui rentrait du Mexique après y avoir conquis la Californie et l'Arizona ?

Un certain O'Connor, journaliste de New York et membre de l'Union républicaine irlandaise, cédant à l'ivresse du Châlons-sur-Marne et de la valse, avait eu l'imprudence de confier les projets d'invasion du général Kearny à sa partenaire qui babillait avec

117

l'accent de Shannon et portait un trèfle serti d'émeraudes entre ses seins parfumés. Or, il ne dansait pas avec une héroïne de l'Eire mais avec une des maîtresses que Frederick Elgin avait l'habitude d'entretenir autant pour les plaisirs des sens que pour ceux de la conversation. Durant la nuit qui suivit, Frederick Elgin apprit, entre deux soupirs de sa fausse Irlandaise, que les complices montréalais de cette prochaine invasion devaient se réunir au marché Bonsecours. Un mot du frère de Son Excellence au maire et les halles leur furent interdites. Ils s'assemblèrent donc dans un terrain vague, d'où les chassa un violent orage avant même que les orateurs n'eussent pu haranguer la foule. Frederick Elgin regrettait l'intervention intempestive de l'Hôtel de ville, car ainsi il ignorait toujours ce que O'Connor voulait annoncer à ses fidèles réunis et le journaliste ne disait plus que des banalités à la belle de Shannon, dont il avait probablement appris qu'elle était l'épouse d'un lieutenant de la garnison anglaise de l'île Sainte-Hélène.

Frederick Elgin acheva son tour d'horizon en braquant son télescope sur la ville où les émeutiers lui avaient gâché — sous un déluge d'œufs pourris et d'excréments d'animaux — ses deux plus beaux costumes d'apparat, une veste à brandebourgs et une tunique avec passementerie d'or et d'argent dont même le maréchal Ney eût été jaloux. Williams, son valet de chambre, frappa et entra, apportant d'une main, sur un plateau d'argent, une tasse de thé noir de Lapsang, une biscotte sans sel légèrement enduite de marmelade et un exemplaire de chacun des journaux de la capitale empilés sous la paire de gants blancs que le colonel enfilait pour ne pas se tacher les doigts d'encre.

— J'espère que l'explosion de cette nuit n'a pas réveillé Votre Excellence.

— Je n'ai rien entendu. De quoi s'agit-il ?

— Je n'en sais trop rien. Le chef de police et un de ses détectives attendent le frère de Votre Seigneurie au boudoir pour lui présenter un rapport à ce sujet.

Frederick Elgin se demanda quelles mauvaises nouvelles le vieil Israélite Moses Hays pouvait bien leur apporter et se dépêcha d'enfiler son uniforme de hussard : en plus de jouer l'aide de camp de son frère aîné, n'était-il pas également le commandant de sa garde personnelle ?

— La comtesse est-elle revenue au manoir ?

— Non. Madame a annoncé à monsieur votre frère qu'elle resterait une journée de plus au château des McNab.

Marie-Louise, sa belle-sœur, se conduisait une fois de plus en tête de linotte en acceptant d'habiter ainsi chez Peter McNab, l'ennemi politique le plus virulent de James. Cet extrémiste se vantait de pouvoir recruter, s'il le fallait, une milice de quinze mille hommes et il se proclamait libéré d'avance de son serment d'allégeance à la jeune reine si jamais le gouverneur général James Elgin donnait sa caution à la *Loi des indemnités*.

Il descendit au boudoir. L'inspecteur Leclerc se tenait debout, les yeux fixés au plafond, le gibus à la main, quelques pas derrière son chef Hays, qui, lui non plus, n'avait pas osé s'asseoir dans un des fauteuils rococos. Quand ils aperçurent le frère du gouverneur général, les deux policiers se préparèrent à saluer. Frederick Elgin eut un geste d'impatience.

— Gardez ces salamalecs pour mon frère, qui d'ailleurs ne saurait tarder.

Comme s'il avait attendu cette phrase en coulisses, James Bruce, huitième comte d'Elgin, fit son entrée dans le boudoir en dissimulant un bâillement derrière un mouchoir de dentelle.

— Votre Excellence ! firent Leclerc et Hays en exécutant une révérence si maladroite qu'ils faillirent en perdre l'équilibre.

Le ridicule viendrait à bout des monarchies bien plus que les révolutions, se dit Frederick Elgin.

— Vous avez demandé à me voir d'urgence, fit James Elgin avec un sourire aussi évanescent que son regard.

— Oui, pardonnez mon intrusion matinale, commença poliment le chef de police, mais nous avons des raisons de croire que certains orangistes et annexionnistes se préparent à vous assassiner.

— Sornettes !

— Je partageais votre opinion, jusqu'aux événements de la nuit dernière.

Les mains enfoncées dans les poches de sa somptueuse robe de chambre brocardée d'or et d'argent, le vice-roi fronça les narines de son nez aquilin, sans que le moindre pli apparût sur son front lisse d'homme de trente-sept ans. Cette façon si discrète d'exprimer un profond scepticisme apparut comme le *nec plus ultra* de l'aristocratie aux yeux de Leclerc, qui se jura de pratiquer lui-même l'art de la mimique minimale.

— Je laisse à mon inspecteur le soin de vous exposer les faits, enchaîna Hays en faisant un pas de côté et en se tournant vers son subordonné.

Leclerc faillit en perdre ses moyens. Il mentait à Hays avec un tel naturel qu'il avait parfois plus de difficulté à lui dire la vérité. Mais là, il se trouvait devant le représentant direct de la dynastie hanovrienne, qui régnait sur le plus vaste empire qu'eût connu l'histoire. Il se sentait presque dans la position de quelqu'un qui cherche à mentir à son Créateur, ce qui n'avait rien de facile pour un ancien séminariste comme lui.

— Vous savez qu'au cours de la nuit monsieur Blake a été tué par l'explosion de son canon.

— Voilà donc ce qui a réveillé les domestiques, fit le gouverneur général et vice-roi. Continuez.

Leclerc retint sa respiration : il s'apprêtait à franchir la première haie d'une course à obstacles formée de pures inventions, de subtiles distorsions des faits. Sa fortune personnelle luisait au bout de ce difficile parcours. Il implora Dieu de lui accorder l'inspiration pour que sa version des événements devînt celle que tout le monde retiendrait, c'est-à-dire la vérité.

— L'explosion qui a causé la mort de monsieur Blake était d'une puissance si exceptionnelle que j'ai cru bon de faire appel à un ingénieur d'artillerie de la garnison de l'île Sainte-Hélène. Après un examen minutieux des lieux, il vient de conclure que la détonation de cette nuit a été causée par de la nitroglycérine, un nouvel explosif dix fois plus puissant que la poudre à canon.

Le visage de James Elgin était devenu blanc comme de la craie. Il savait que cette invention diabolique avait constitué l'arme secrète de plusieurs groupes révolutionnaires, en Europe, au cours de l'année précédente. Le chancre de l'anarchisme allait-il se répandre en Amérique du Nord ?

— Aujourd'hui, poursuivit Leclerc, en passant devant le château de Blake, rue Sherbrooke, à quoi vous seriez-vous attendu ?

— À ce qu'il tire une salve en mon honneur avec sa satanée pétoire...

— Alors vous voyez...

Leclerc voulait qu'Elgin exprimât lui-même les soupçons qu'il venait de distiller à l'endroit de Blake, ce qui ne manqua pas de se produire.

— Aujourd'hui, dit enfin le vice-roi et gouverneur général, il n'aurait pas tiré à blanc, mais avec de la nitro. Quelle horreur !

Il réfléchit un instant.

— Il a voulu faire un coup d'essai durant la nuit, et l'expérience s'est retournée contre lui.

— Votre Excellence aurait fait un excellent policier, susurra Leclerc, presque en minaudant.

— Vous direz ce que vous voudrez, Leclerc, fit Moses Hays, je ne vois pas comment un homme aussi vénal et égoïste que Blake se serait brusquement lancé dans une aussi dangereuse aventure... Mais nous ne pouvons prendre à la légère quelque apparence de menace contre Son Excellence.

— Messieurs, me voilà obligé de remettre ma vie entre vos mains, badina James Elgin d'un ton qui trahissait son angoisse.

— Je vous remercie de votre confiance, répondit Hays. Mais vous savez que je ne dispose que d'une soixantaine d'hommes, ce qui ne me permet guère d'assurer votre sûreté. Aussi je vous supplie de ne pas vous rendre à l'Assemblée nationale.

— Si je ne me présentais pas tout à l'heure pour donner la sanction royale à la *Loi des indemnités,* je ne respecterais pas la parole donnée à mon premier ministre, monsieur Louis-Hippolyte Lafontaine, de respecter les décisions du gouvernement élu.

— Alors, ayez au moins la prudence de ne pas entrer dans la ville par la rue Sherbrooke, comme d'habitude, mais en prenant la route qui longe le fleuve, comme le faisait votre prédécesseur.

— Voyez cela avec mon frère, qui commande mon escorte.

Frederick Elgin inclina légèrement le torse.

— Très bien, répondit Leclerc. Pourriez-vous en même temps lui donner l'ordre de tirer si votre vie se trouvait en danger ?

— Jamais ! Je ne veux pas que les hussards de mon frère se déshonorent en tuant des civils. S'il faut me sortir d'un mauvais pas, je compte sur vos hommes pour le faire.

— Ma police compte certains des séditieux les plus enragés et les plus fanatiques de Montréal.

— Alors, que suggérez-vous ? Que l'armée impériale tire sur votre police ?

— Non. Je voudrais que vous me permettiez de constituer une force spéciale, composée d'une centaine d'hommes que je convoquerais, assermenterais et armerais dans l'heure, et sur lesquels je compterais absolument. Ils seraient majoritairement canadiens-français.

— Cela demande réflexion, dit le gouverneur général en marchant jusqu'à une fenêtre, de manière à tourner le dos à ses visiteurs.

Son frère le rejoignit aussitôt.

— Au Canada, il faut nous gagner les Canadiens français. S'ils croient que l'Empire peut leur accorder plus de respect que la République américaine, ils vont se battre pour nous jusqu'au dernier.

— Je comprends bien ton raisonnement, répondit Frederick Elgin. Voilà d'ailleurs pourquoi tu as appuyé Louis-Hippolyte Lafontaine et sa *Loi des indemnités*. Mais attention, cher James, tu risques de soulever contre toi un ennemi encore plus formidable que les Irlandais et que les habitants : les colons britanniques eux-mêmes. Ils avaient l'habitude de détenir le monopole du pouvoir au parlement local et tu as eu l'audace de former le gouvernement avec leurs ennemis et de nommer ministres des hommes qu'ils considèrent comme des rebelles...

— Ces rebelles, comme tu dis, détiennent la majorité au Parlement. Et Londres veut que j'applique ici les principes d'un gouvernement responsable. D'ailleurs, les mécontents m'en veulent surtout pour une situation qui ne relève pas de moi.

Frederick Elgin comprit que son frère faisait allusion à la *Corn Law* et, là-dessus, il devait lui donner raison. Les millionnaires du Family Compact avaient espéré que les moulins remplaceraient — comme source de revenus — le commerce déclinant de la fourrure, affecté par la fâcheuse tendance des animaux à fourrure à ne pas se reproduire aussi vite qu'on les massacrait. En 1843, ils avaient obtenu que le gouvernement britannique imposât aux Américains de passer par les minoteries canadiennes pour pouvoir exporter librement leur farine de blé et de maïs en Grande-Bretagne. Ils avaient englouti des fortunes dans la construction de gigantesques minoteries, de canaux et d'aménagements portuaires capables de détourner vers le Saint-Laurent une bonne part du commerce de l'Hudson et de sa fleur vénéneuse : New York. Mais leur rêve s'était écroulé quand Londres les avait trahis, en 1846, et que Robert Peel avait aboli les mesures protectionnistes susceptibles de créer un nouveau Manhattan à l'ombre du mont Royal. Depuis lors, les usines rouillaient, les canaux s'ensablaient et les faillites se multipliaient, au point que le gouvernement lui-même n'arrivait plus à payer ses fonctionnaires.

— Vous monterez avec moi dans ma berline, j'aimerais que nous discutions plus avant de tout cela, imposa James Elgin à son frère cadet.

Puis, se retournant vers Hays, il lui annonça :

— Je ne sais encore quoi penser de votre projet de milice canadienne-française, mais vous aurez ma réponse avant la fin du jour.

— Je supplie Votre Excellence de faire vite. La ville tout entière est menacée de destruction.

Consciencieux, le chef de police se mit à la tête du cortège, devant les douze dragons de l'escorte, tandis que le colonel Frederick Elgin montait aux côtés de son frère dans la berline, dont on avait rabattu la capote malgré le froid matinal.

— Alors, James, tu ne veux toujours pas que je donne des armes à feu à mes hussards ? Si on nous tire dessus, leurs sabres ne nous seront guère utiles, dit Frederick Elgin en se laissant tomber sur la banquette avec un soupir comique, les bras en croix, comme s'il venait d'être blessé mortellement au cœur.

— Tant que mes ennemis chercheront à m'assassiner avec des œufs et des tomates pourries...

— Cette fois, ils ont décidé d'ajouter quelques gouttes de nitro-glycérine à leur salade. Mais assez discuté de cuisine canadienne.

— Je t'en prie, ne va pas répéter à Marie-Louise un mot de tous mes ennuis, demanda le vice-roi à son frère cadet.

— Je crois qu'en effet ta femme partirait alors par le premier bateau pour Londres en amenant mon neveu, fit-il en faisant allusion à Victor Alexander Bruce, neuvième comte d'Elgin et treizième comte de Kincardine, dont l'impératrice elle-même avait accepté d'être la marraine.

— Ma chère épouse a tellement peur que je sois victime d'un attentat qu'elle n'ose plus m'accompagner.

— Ta mort ferait de moi le neuvième comte d'Elgin et je serais obligé de siéger à la Chambre des Lords. Quel ennui ! dit Frederick Elgin en s'éventant d'un air languissant avec le journal du matin.

— J'essaierai de t'éviter cette contrariété... En attendant, si les Irlandais des États-Unis attaquent, crois-tu que nous puissions nous défendre ?

— Il te reste quelques régiments qui rêvent comme toi aux trésors des Indes et ragent contre cette contrée de roc et de glace. Ils se battront avec fougue...

— Voilà qui est parlé comme un Elgin ! lança Son Excellence.

— Et, à un contre cent, ils perdront, aussi inéluctablement que l'ont fait contre nous les troupes de Louis XV en 1759.

— Quel monde ! Nos Anglais, qui devaient assimiler les Canadiens français, veulent à présent devenir américains, alors que les Canadiens français se voient de plus en plus comme des Britanniques.

— Et qu'as-tu l'intention de répondre à ton chef de police ?

— Pour moi, la racaille reste la racaille, même quand elle a de l'argent. Nous ne pouvons laisser ces gredins faire la loi dans ma capitale. Je vais accéder à la requête de Hays.

— Tu n'y songes pas : armer des Français contre des Anglais ! Même nos amis les plus fidèles crieraient à la trahison. Le nom des Elgin serait déshonoré à tout jamais. Je préférerais te voir mourir plutôt que d'oser un tel geste, répliqua le commandant des hussards.

— Sais-tu ce qui serait vraiment impardonnable pour Londres ? Que je devienne le premier gouverneur de ce siècle à perdre une colonie de la Couronne.

Le vice-roi et gouverneur général du Canada-Uni détourna son regard pour indiquer à son frère qu'il mettait un terme à la discussion. Il remarqua alors que son cortège ne suivait pas, comme d'habitude, la rue Sherbrooke, mais le chemin de Québec, le long du fleuve. Déjà se profilait au loin la porte fortifiée, attenante à la caserne des douanes.

James Elgin sentait une sourde angoisse l'envahir : il s'était juré d'éviter ce parcours qu'un de ses prédécesseurs, Lord Metcalfe, avait choisi quand il avait quitté le manoir de Monklands pour se rendre au navire qui le ramènerait mourir d'un cancer du visage en Angleterre. Les soldats de l'armée impériale avaient formé une haie de chaque côté de la route et, à mesure que leur chef passait devant eux, ils lui tournaient le dos, non par mépris, mais au contraire pour bien marquer leur respect. Dans le landau aux portières décorées de la nouvelle couronne baroniale de Fern-Hill, titre récemment attribué en récompense des services rendus à la dynastie de Hanovre, Charles Theophilus Metcalfe caressait le souple cuir brésilien de la banquette, la tête entièrement enveloppée de bandelettes de gaze qui ne laissaient qu'une mince fente pour les yeux et une autre pour la bouche, lui donnant l'apparence d'un de ces lépreux du Moyen Âge.

James Elgin ne pouvait imaginer façon plus atroce de mourir et il tremblait à l'idée qu'en repassant sur les traces de ce fantôme défiguré il s'exposait à une semblable malédiction.

Juste avant qu'ils franchissent la porte de Québec, Frederick Elgin hurla à ses hommes de former une double file serrée. Dès qu'ils entrèrent dans la ville, des orangistes se précipitèrent vers eux, toutes affaires cessantes, s'armant de cailloux, de briques ou de pots de chambre et lançant leurs projectiles. Le changement d'itinéraire ne leur épargnerait pas un bombardement en règle jusqu'au palais du Parlement, mais Elgin se consola à l'idée qu'aucun de ses assaillants ne semblait disposer d'un canon de douze livres chargé à la nitro-glycérine. Habitués à la manœuvre, ses douze dragons cuirassés de cuivre serrèrent les rangs de façon à former autour de leur maître deux remparts d'hommes et de chevaux. Des voix entonnèrent : « *Death to the traitor!* » « Ces Anglais, quels charognards ! » songea le comte écossais en se souvenant de William Wallace, le héros de leur guerre d'indépendance, que le roi Édouard Ier avait fait débiter en quatre morceaux à Londres, puis inhumer secrètement à Newcastle, Berwick, Stirling et Perth.

Dans le concert d'injures et de menaces, une voix solitaire se détacha, en français : « Vive le gouverneur ! Vive le gouvernement responsable ! » Ce vivat inattendu et courageux rasséréna James Elgin en lui rappelant que la majorité de la population du Bas-Canada l'appuyait, ce qu'il avait tendance à oublier dans un Montréal à présent dominé par les Britanniques. Décidément, il trouvait de plus en plus de mérites à l'idée d'une police provisoire formée de Canadiens français.

À cet instant précis, un énorme caillou atterrit entre les chaussures vice-royales à boucle d'argent, au terme d'une trajectoire hyperbolique par-dessus les cimiers métalliques des membres de l'escadron. Le représentant de le reine Victoria se pencha, ramassa le projectile qui aurait pu facilement lui fracasser la tête et le posa sur ses genoux. Il était blême de rage.

— La plaisanterie a suffisamment duré, dit-il d'une voix tremblante. Je veux montrer ce spécimen de la minéralogie canadienne aux membres de ma loyale Assemblée nationale. Quant à toi, mon cher frère, tu vas courir chez le capitaine Lyall et lui ordonner de rassembler tous ses hommes dans la cour de la citadelle, baïonnette au canon.

Frederick secoua la tête.

— Tu veux lancer la troupe sur de loyaux colons britanniques ? Elle ne t'obéira pas et tu auras une mutinerie sur le dos, en plus de tout le reste.

— Je sais comment traiter ceux qui manquent à leur devoir, fit Son Excellence le vice-roi et gouverneur général du Canada-Uni, en regardant fixement devant lui, le corps raidi par une rage que son frère avait appris depuis longtemps à ne pas contrarier.

Le commandant de l'escorte se tourna alors vers l'arrière du cortège et fit signe qu'on lui amenât son cheval, qu'un des hussards tenait par la bride. Puis il descendit sur le marchepied du landau et sauta en selle avec la grâce d'un cavalier accompli, sans même que la petite troupe eût à ralentir. Juste avant qu'il ne disparût dans une petite rue latérale, son frère aîné eut un scrupule et lui cria :

— Que le capitaine Lyall ne bouge pas sans un ordre de ma main !

À ce moment, le cortège vira sur la droite et arriva en vue d'un barrage formé de charrettes renversées qui visait à lui interdire l'accès à la place d'Youville.

Quatre

En sortant de chez Lord Elgin, l'inspecteur Leclerc avait annoncé à son chef qu'il courait se consacrer à son enquête et que, pour gagner du temps, il gagnerait le palais du Parlement par des raccourcis. Ayant ainsi réussi à se retrouver seul, il dévalait des sentiers où ruisselaient les derniers congères de l'hiver précédent, plus longs à fondre dans cette forêt où le soleil pénétrait peu, et il souriait à l'idée qu'il venait de se voir confier l'arrestation de conjurés imaginaires, ce qui lui laissait tout le temps de s'occuper d'un autre complot, aussi réel que personnel.

L'inspecteur Leclerc recevait parfois ses délateurs dans le confessionnal de l'église Notre-Dame-du-Bonsecours. S'il tombait par hasard sur d'authentiques fidèles, loin de dissiper le malentendu, il les bombardait de questions impudiques, puis leur donnait l'absolution en latin et leur imposait des pénitences. Il lui arriva même d'élucider ainsi un crime considéré comme une affaire classée. Cet après-midi-là, il s'assit derrière la grille qui le séparait du jeune Walter Weathersby, qu'il tenait à sa merci depuis une descente dans un bouge voisin des abattoirs. Walter portait alors des bas en dentelle de soie tenus par des jarretières à volant. Pour le reste, il était aussi nu que le marin couché sur lui et qui contractait ses muscles fessiers décorés de tatouages nautiques. Leclerc se montra indulgent et ne livra pas les deux amants au tribunal municipal, qui condamnait les invertis aux travaux forcés. Après tout, Walter était le fils de Timothy Weathersby, administrateur de la Société de télégraphe. Il rangea dans son coffre-fort personnel les aveux signés du jeune homme, qu'il renvoya à ses études de médecine à l'université McGill, et il fit administrer une raclée au matelot *yankee*. Il avait bien l'intention que sa magnanimité fût récompensée par une mine de renseignements utiles, mais l'étudiant faisait preuve d'une telle ingratitude que Leclerc avait menacé de le dénoncer à son paternel. L'avertissement semblait avoir porté fruit puisque le jeune homme avait aujourd'hui demandé à le rencontrer de toute urgence.

— Alors, mon enfant, qu'avez-vous à m'avouer depuis votre dernière confession ?

— Les journaux disent qu'on vous a nommé responsable de l'affaire Blake...

— Comme de toutes les affaires importantes, oui.

— Ce que j'ai à raconter devrait donc vous intéresser... Mais je ne vous parlerai qu'à la condition d'en être quitte avec vous.

— Ne vous imaginez pas que je comptais vous faire chanter toute votre vie, mentit Leclerc qui pensait le contraire.

Cette promesse floue parut satisfaire l'étudiant, qui ratissa sa tignasse rousse avec l'embarras de quelqu'un qui cherche ses mots.

— Je savais qu'elles existaient, mais aujourd'hui j'en ai vu une pour la première fois.

— Mais de qui parlez-vous donc ?

— Des femmes qui se déguisent comme moi je l'avais fait quand vous...

— Des femmes qui se déguisent en femmes ? Mais elles le font toutes...

— Non, je veux dire des femmes qui s'habillent en hommes. J'en ai vu une aujourd'hui, à l'Assemblée nationale.

— Qu'est-ce que vous voulez que ça me fasse ?

— Et si je vous disais que, la fois d'avant, quand je l'ai vue, elle s'appelait Marie-Violaine Blake et qu'elle était mariée à ce monsieur qui a explosé, la nuit dernière, sur la montagne?

Leclerc resta coi un long moment, puis il demanda des précisions et les obtint. Durant une bousculade dans les galeries de l'Assemblée nationale, une demoiselle déguisée en jeune homme avait perdu la casquette qui dissimulait son abondante chevelure, et l'un des participants à la rixe avait reconnu madame Blake, que tout le monde croyait morte et enterrée depuis des mois.

— Quelqu'un d'autre a-t-il reconnu cette dame?

Walter fit signe que non : tout cela s'était passé très vite, alors que l'attention générale était tournée vers les tribunes des députés. Et non, ajouta-t-il avec énergie, il n'avait parlé à personne de cette découverte : il tenait trop à l'apporter lui-même en primeur à l'enquêteur.

Leclerc ordonna à l'étudiant de s'enfermer dans sa chambre, à la faculté de médecine, et de n'en pas bouger, au cas où il aurait besoin de le contacter. Surtout, il devait garder le secret le plus absolu sur cette affaire qui touchait à la sécurité de l'État. Toute indiscrétion le conduirait droit au cachot le plus profond de la forteresse de Kingston. D'une voix tremblante de peur, l'autre demanda s'il pouvait se retirer. Le faux confesseur le chassa d'un geste distrait de la main, puis il tenta de profiter de la solitude et du silence du lieu pour faire le point sur son enquête.

Pourquoi madame Blake se cachait-elle depuis des mois de son mari? Sans doute parce qu'elle en avait peur comme du diable et, pour expliquer cette terreur, pas besoin de se torturer l'imagination. Elle avait un amant, chez qui elle s'était cachée ici même à Montréal. Mais le mari avait dû découvrir tout récemment que s'il n'était plus veuf il était toujours cocu. Il avait sans doute concocté un plan pour que son épouse redevienne morte, opération qui pouvait s'effectuer avec d'autant plus de discrétion qu'un cercueil forcément vide n'attendait plus qu'elle au caveau familial des Blake.

Ainsi, le millionnaire en aurait fini avec le ridicule du cocuage et tout serait rentré dans l'ordre. Mais quelqu'un, sans doute l'amant, avait enrayé cette machination. Leclerc sourit : il était certain d'avoir élucidé l'affaire. Quelques détails manquaient, entre autres le nom de cet amant, mais il ne doutait pas qu'une surveillance discrète du domicile du père de Marie-Violaine lui fournirait vite toutes les réponses.

Ce qui inquiétait le détective Leclerc, ce n'était plus l'enquête elle-même, mais comment il allait procéder. Sa visite de tout à l'heure chez le notaire lui avait apporté un renseignement capital : Blake n'avait pas modifié son testament depuis le prétendu décès de son épouse, laquelle demeurait, en cas de résurrection, sa légataire universelle. Sinon, tout allait au fils, Julian, qui en sa qualité de mineur tombait sous la tutelle testamentaire de la branche écossaise de la famille. Et alors les millions que Blake avait réussi à siphonner dans ses différents comptes de banque disparaîtraient quelque part au sud des monts Grampians. Et cela, l'inspecteur et ex-voleur peu repenti ne pouvait pas en supporter l'idée.

Tout absorbé, il sortit de l'isoloir et tomba aussitôt sur une très vieille dame vêtue d'une coiffe et d'une robe noires, ourlées de dentelle grise, qui se mit à voleter autour de lui, tandis qu'il gagnait la sortie.

— Mon père, vous devez me recevoir.

— Vous reviendrez demain, ma fille.

— Si je meurs sans confession, j'irai directement chez le diable, piailla-t-elle avec une énergie que près d'un siècle d'existence semblait exacerber plutôt que diminuer.

Leclerc récita une absolution en latin en traçant des signes de croix.

— Voilà, vous êtes absoute !

— Mais il faut d'abord que vous m'entendiez, insista la nonagénaire.

— En ma double qualité d'archiprêtre et d'archidiacre de l'Institut des muets, j'ai reçu de Sa Sainteté le pape lui-même le pouvoir d'absoudre quiconque sans l'entendre. Allez ma fille, douze rosaires, et ne péchez plus.

Transfigurée par le bonheur d'être tombée sur un archidiacre d'une telle puissance, la pénitente se laissa tomber sur le prie-Dieu et sortit son chapelet, en se promettant de ne plus se confesser à l'avenir qu'au prêtre des muets. Qu'elle trouvait d'ailleurs fort beau malgré sa maigreur ascétique et sa cicatrice à la joue gauche.

Cinq

Il était deux heures de l'après-midi quand l'inspecteur Leclerc franchit le pont basculant de la rue Wellington au-dessus des eaux huileuses du canal Lachine, qui coulaient entre deux rangs d'usines crachant fumée, étincelles et escarbilles. Il descendit d'un pas leste la rue King, qui, à gauche, alignait des entrepôts délabrés et, à droite, donnait sur la cour de triage de la Saint Lawrence and Atlantic Railroad. C'est d'ici que le chevalier d'industrie et député de Sherbrooke à la Chambre d'assemblée du Canada-Uni Sir Alexander Tilloch Galt entendait lancer ses trains à l'assaut des monts Appalaches jusqu'au port américain de Portland, dans l'État du Maine.

Une locomotive flambant neuve sortit d'un hangar en haletant. Le cuivre de sa cheminée conique étincelait sous le frais soleil d'avril et lançait des boules de vapeur vers le Saint-Laurent, comme pour le narguer et le prévenir qu'il ne représenterait bientôt plus un obstacle à la marche du progrès et à celle de monsieur Galt. Car cet *esquire* fort culotté se vantait de construire bientôt un pont de la pointe Saint-Charles jusqu'à la rive sud. Étant donné le débit du fleuve, qui était le plus grand du monde, et la puissance destructrice de ses glaces, qui à la débâcle de l'année précédente avait encore broyé des maisons du port avec des icebergs de la taille des

135

transatlantiques, les esprits raisonnables jugeaient l'idée orgueilleuse de Galt aussi folle que celle d'un tunnel sous la Manche.

L'inspecteur Leclerc songeait que les sceptiques risquaient d'être confondus, car Galt avait obtenu l'appui du ministre des Finances Francis Hincks, qui voulait donner la garantie du gouvernement canadien à tous les investisseurs. Mais le premier ministre Louis-Hippolyte Lafontaine avait décrété que cette aide ne serait accordée que pour une voie ferrée s'étendant sur une distance d'au moins cent vingt kilomètres. En apprenant cette restriction, Galt avait fait une crise de rage car, pour l'instant, son chemin de fer international n'allait que de Longueuil à Saint-Hyacinthe. Pas étonnant qu'il fût devenu un annexionniste enragé : les banquiers de Boston lui promettaient le capital qui lui faisait défaut le lendemain du rattachement du Canada aux États-Unis.

Leclerc laissa la rue King, au bout de laquelle un pont franchirait peut-être le Saint-Laurent, et revint vers l'est par un chemin tellement défoncé par les pluies et la fonte printanières, tellement boueux et raboteux qu'aucun véhicule ne s'y risquait plus et que les piétons ne s'y aventuraient qu'au prix d'une pénible gymnastique consistant à zigzaguer de pierres glissantes en madriers pourris. C'est par ici que devaient passer les ouvriers pour se rendre à leurs usines, dont les façades s'alignaient sur le bassin Shannon, le plus grand du canal Lachine. L'autre voie d'accès, par des quais bien pavés et bien secs, était réservé à l'usage exclusif des dirigeants. En sa qualité de haut gradé de la police, Leclerc aurait pu passer par là, mais il préférait le spectacle qui s'offrait sur la route d'en arrière, celui des morts et des vivants associés en un magma de consistance si pâteuse qu'ils se distinguaient mal les uns des autres.

Une partie des hangars, qui abritaient à présent les ouvriers, avaient servi de mouroir, deux ans plus tôt, aux pestiférés irlandais que déversaient les navires, la nuit, sur les battures de la pointe Saint-Charles. Les habitants de la cité n'avaient pas eu le cœur de laisser ces malades sans abri et leur avaient construit ces *fever sheds*, comme on les appelait. Les sœurs Grises y avaient prodigué leurs soins avec un dévouement aussi admirable qu'inutile, car le typhus massacrait tout le monde, les pestiférés et leurs infirmières, de sorte que lorsque les miasmes se dissipèrent on avait enfoui six mille cadavres dans les fosses communes, creusées souvent à fleur de terre par des fossoyeurs qui sentaient monter en eux les premières atteintes du mal. Entre ces mêmes hangars, Leclerc voyait maintenant battre au vent les lessives de familles entières. Des échevins avaient réclamé la démolition de ces *sheds* maudites, mais il eût fallu reloger le peuple qui s'y entassait, sous peine d'émeute. On comptait sur les vents violents qui soufflaient du fleuve pour jeter à bas ces abris, ce qui arrivait fréquemment, mais s'ensuivait inéluctablement une rapide reconstruction opérée parfois au-dessus même des fosses communes, dont aucun monument, pas même la plus humble croix de bois, ne marquait l'emplacement.

Les esprits superstitieux prétendaient qu'il y avait des morts parmi ceux qui sortaient des hangars, au matin, pour aller travailler dans les usines de l'autre côté du chemin. À voir la mine de certains des passants qui s'avançaient en chancelant autour de lui, Leclerc ne pouvait s'empêcher de donner quelque créance à ces rumeurs, lui qui pourtant ne croyait plus ni à dieu ni à diable.

L'inspecteur Leclerc fréquentait depuis longtemps ce secteur où battait le cœur d'acier de Moloch, ce dieu cananéen auquel on immolait jadis les enfants par le feu. L'idole avait pris d'autres formes, celles de presses hydrauliques à perforer, à emboutir, à battre ou à tréfiler les métaux, qui régurgitaient des clous, des roues, des poutres et des pièces de monnaie, mais les enfants qui sortaient des usines n'avaient pas changé, hâves et hébétés d'avoir trimé depuis l'aurore. Et le feu moderne auquel on les immolait dans les entrailles des hauts fourneaux les calcinait en quelques secondes quand, par ignorance et maladresse, ils commettaient une fausse manœuvre. Leclerc aimait ces jeunes filles, son cœur saignait à l'idée que leur beauté se fanerait sans qu'il eût pu l'exalter à la flamme de son désir. Coincées entre leur contremaître et leurs parents, salies et endurcies par la misère, elles ne faisaient pas partie de son troupeau, ou alors seulement de façon exceptionnelle, quand ses sources habituelles de chair fraîche se tarissaient dans les orphelinats. D'ailleurs, sa présence ici n'avait rien à voir avec ses fredaines habituelles, et il ramena ses pensées à l'homme auquel il avait décidé de rendre visite. Carolus Van Gelder était sans nul doute l'ennemi le plus implacable que possédait l'ingénieur Gustave Hamelin.

Une odeur fauve et violente, effaçant les puanteurs industrielles, le prévint qu'il s'approchait de la taverne Van Gelder, sise au bout des usines, dans un immeuble bas et trapu, d'une extraordinaire longueur, dont le toit et les murs avaient perdu depuis longtemps leur parallélisme pour épouser les accidents du terrain, de telle sorte que la taverne ressemblait à un serpent de pierre.

En guise de plaisanterie, Van Gelder lançait souvent à ses visiteurs que son *saloon* avait la gueule dans le canal et la queue dans la rivière. Son immeuble partait du chemin Anne, qui recouvrait un des bras de la rivière Saint-Pierre, et se rendait jusqu'aux quais du bassin Wellington. C'était cette abondance d'eau à proximité qui avait donné à Van Gelder l'idée de brasser sa bière, qui portait le nom de *La Mort Subite*, le Hollandais n'ayant aucun scrupule à voler le label de la marque bruxelloise. De fil en aiguille, il en était arrivé à concevoir un autre projet, encore plus aquatique, sur le chemin duquel il avait trouvé un adversaire farouche et intraitable : Gustave Hamelin, qui avait accepté de façon toute bénévole la présidence du Comité de l'aqueduc. Van Gelder avait proposé de construire à ses frais, et pour tout le sud de la ville, un nouvel aqueduc qui utiliserait en partie les pompes à vapeur de sa brasserie, auxquelles il ajouterait trois autres machines, qui tireraient leur eau directement du canal Lachine. Il n'avait pas osé proposer utiliser les eaux de la rivière souterraine, parce que tout le monde savait qu'elle servait d'égout collecteur et qu'elle se trouvait si proche des fosses communes des victimes du typhus que jamais personne ne voudrait en boire.

Mais le canal Lachine, c'était autre chose : on s'y baignait, on s'y abreuvait puisque, après tout, c'était l'eau du Saint-Laurent qui y passait. Devançant les objections possibles au sujet d'un cours d'eau traversant une aussi énorme concentration d'usines, Van Gelder avait ajouté qu'il filtrerait tout ce qu'il pomperait. Son idée semblait en bonne voie de recevoir l'accord du Conseil municipal, devant lequel on avait déposé un seul autre projet, beaucoup plus coûteux, qui proposait d'aller puiser l'eau en amont des rapides de Lachine, seul endroit où, selon les experts américains, on pouvait puiser une eau véritablement propre à la consommation par des êtres humains.

Fait paradoxal pour une ville édifiée dans une île sise au milieu d'un grand fleuve, Montréal éprouvait de sérieux problèmes d'approvisionnement en eau potable. La façon la moins chère de la distribuer consistait à compter sur les seules forces de la gravité, mais il fallait pouvoir la saisir à un niveau plus élevé que la ville. À Montréal, ce système par gravitation ne pouvait provenir que des sources de la montagne, qui furent exploitées dès 1801 par Joseph Frobisher. Des tuyaux de bois en captaient l'eau et, contournant le penchant méridional, emplissaient deux réservoirs établis l'un sur la ferme des prêtres, au coin des rues Guy et Dorchester, et l'autre, près de l'hôtel *Donegana*. Ces ruisselets devinrent rapidement insuffisants ; les citernes de bois pourrirent et empoisonnèrent plusieurs clients du premier aqueduc, qui déclara forfait en 1815.

Thomas Porteous prit alors la relève. Abandonnant les sources du mont Royal et le système de gravitation, il alla puiser dans le Saint-Laurent avec des pompes à vapeur et des tuyaux de fer qui conduisaient l'eau sur plusieurs éminences, dont l'une se trouva sur le toit de l'hôtel de ville jusqu'à ce qu'une fissure s'élargît brusquement et déversât cent mille litres d'eau sur la tête des échevins, qui faillirent établir une première mondiale en devenant le seul corps politique à périr noyé sur la terre ferme. Les élus ne goûtèrent pas cette baignade forcée et confièrent, en 1833, la responsabilité et la propriété de l'aqueduc à Moses Hays. Le futur chef de la police de Montréal déploya une énergie infatigable, achetant en Angleterre des machines à vapeur capables de pomper cinq cent mille litres d'eau à l'heure dans un réseau représentant plus de vingt kilomètres de tuyaux, installant entre autres trois poteaux à robinets pour la vente de l'eau aux charretiers, et seize robinets pour les cas d'incendie. Deux de ces derniers robinets se trouvaient situés à chaque extrémité du palais du Parlement, au marché Sainte-Anne.

En 1845, quand la ville manifesta le désir d'assurer elle-même les services d'aqueduc, Hays ne s'y opposa nullement, allant même jusqu'à signaler que ses ingénieurs croyaient qu'il fallait, de toute urgence, déplacer l'entrée de la prise d'eau pour l'éloigner de la décharge des égouts. Malheureusement, les élus municipaux ne prirent pas ces mises en garde au sérieux, du moins pas avant d'y être contraints par la gravité de l'épidémie de typhus de 1847. On étudia divers projets mais on n'en mit aucun en chantier : la crise économique s'éternisait et les fonds publics se faisaient rares. Là-dessus, quelques échevins eurent la grande idée de revenir à l'entreprise privée, toujours plus efficace que les gouvernements selon eux, et de lancer un appel d'offres, que Carolus Van Gelder semblait en voie de remporter jusqu'à ce que Gustave Hamelin déposât un rapport dévastateur à ce sujet. Du projet Van Gelder, il condamnait tout, en général et en particulier.

Préférant généralement l'écrit à la parole, il avait insisté pour s'adresser de vive voix aux échevins et aux journalistes, qui étaient venus en grand nombre. « Il a été proposé, avait-il dit, de se servir du canal non seulement comme pouvoir d'eau mais comme moyen d'approvisionnement de la population. Or, il faut savoir, messieurs les échevins, que le canal Lachine reçoit son eau du Saint-Laurent par un bassin séparé du fleuve, au moyen d'une longue jetée imperméable, lequel bassin reçoit et retient les égouts du village de

Lachine, de même que ceux de la constante succession de bateaux à vapeur et autres embarcations. Ce canal est le réceptacle commun des rebuts de toute la navigation. Le sol argileux est constamment troublé par l'agitation produite, lorsqu'on vide les écluses, par les roues des bateaux à vapeur, sans qu'un courant vigoureux et uniforme puisse débarrasser l'eau de ses impuretés temporaires. Monsieur Van Gelder promet de filtrer l'eau, mais même ainsi, je ne crois pas qu'il réussira à éliminer les micro-organismes qui pullulent dans le canal...

Durant tout ce discours, Carolus Van Gelder s'était tenu debout et immobile à l'arrière de la salle du Conseil. Les bras croisés sur sa poitrine massive, il n'avait manifesté sa colère que par la légère trépidation qui lui parcourait tout le corps ainsi que par le rougissement intense de son crâne chauve habituellement blafard.

— Les micros... quoi ? Dites-nous ce que ça mange en hiver, ces animaux-là ! demanda d'un ton goguenard un échevin.

— Ça serait pas un croisement entre les grenouilles à trois têtes et les orignaux volants ? fit un autre élu municipal.

Ces questions soulevèrent l'hilarité générale et décontenancèrent l'ingénieur parisien peu habitué à l'humour d'écolier qui s'affichait fréquemment à l'hôtel de ville.

— Un peu de dignité, messieurs. Nous discutons de choses qui touchent notre santé et celle de nos familles ! lança un élu qui avait perdu tous les siens au cours de la récente épidémie de typhus.

Cette remarque cloua le bec aux plaisantins et laissa à l'ingénieur le temps de reprendre ses esprits.

— Qui voudrait voir les petits animaux qui grouillent dans l'eau que monsieur Van Gelder veut nous donner à boire ?

Plusieurs mains se levèrent. Hamelin hocha la tête d'un air satisfait et, ouvrant sa sacoche à soufflet, il en sortit un microscope au cuivre étincelant qu'il plaça sur la tribune, à côté de la chemise contenant son rapport. Il se saisit d'un flacon étiqueté d'une vignette rouge, y plongea un compte-gouttes à l'aide duquel il déposa et étala une larme d'un liquide transparent sur une lamelle de verre. Il recouvrit enfin celle-ci d'une lamelle moins large qu'il plaça sous l'objectif cerclé d'acier.

— Ce liquide provient du réservoir qui alimente les cuves de la brasserie de *La Mort Subite*. Il a été filtré selon le procédé de monsieur Van Gelder, après avoir été pompé du canal Lachine à l'endroit même où le nouvel aqueduc puiserait son eau. J'invite les curieux à monter sur la tribune et à observer cette gouttelette à l'aide de mon microscope.

Quelques échevins s'exécutèrent, et la mine dégoûtée qu'ils affichaient en décollant leur œil de l'oculaire renseignait suffisamment leurs collègues sur les horreurs qu'ils venaient de contempler. Une fois que le dernier curieux eut regagné sa place dans les gradins, Gustave Hamelin enchaîna d'une voix d'augure :

— N'eût été des processus d'ébullition et de fermentation qui accompagnent la fabrication de la bière, je suis persuadé que plusieurs des amateurs de *La Mort Subite* auraient plus que justifié le nom de cette brasserie en en sortant les pieds devant.

— C'est honteux ! gueula Van Gelder de l'arrière de la salle. Vous cherchez à me ruiner avec vos diffamations. Et d'abord, qu'est-ce qui nous prouve que votre échantillon provient bien de chez moi ?

— J'ai effectué mon prélèvement en présence du shérif et du médecin chef de l'université McGill. Si vous doutez de leur parole, nous pouvons retourner dès maintenant à votre réservoir et répéter l'expérience sous vos yeux.

Van Gelder se mordit les lèvres et baissa la tête.

— Laissons de côté, pour l'instant, les questions d'hygiène et de santé, enchaîna l'ingénieur. Il existe, à ce que je conçois, une objection fatale contre le projet de monsieur Van Gelder. Ce n'est pas la ville qui contrôlerait l'eau du canal mais le Bureau des transports, qui, pour faire les réparations qui s'imposent, vide souvent le canal en août, mois où la navigation ralentit, alors que la consommation d'eau atteint son point culminant à Montréal. Voilà, j'ai terminé.

— Le canal ne fermera pas! Jamais! hurla Van Gelder, au moment où Hamelin rassemblait ses notes et s'apprêtait à descendre.

— Comment pouvez-vous en être sûr? demanda le maire Édouard-Raymond Fabre, qui, jusque-là, n'avait pas ouvert la bouche.

— Parce qu'on me l'a promis!

Après cette réponse un peu niaise, ce fut au tour de Van Gelder de s'attirer les quolibets. Constatant que son projet éprouvait de sérieuses difficultés, il voulut rétablir la situation en improvisant.

— Et si le canal se trouvait à sec, mes pompes à vapeur pourraient tirer l'eau de cette partie du fleuve qui passe juste derrière ma brasserie.

Il en avait à peine terminé avec cette suggestion, qui ne figurait pas dans sa proposition écrite, que l'ingénieur Hamelin remontait sur la tribune et tonnait :

— De toutes vos idées, mon cher Van Gelder, celle-ci est bien la pire. Vous parlez à présent de puiser sur les rives comprises entre les usines et la pointe Saint-Charles. L'égout des tranchées faites pour enterrer les victimes de 1847 doit être regardé comme une raison suffisante pour rejeter tout point situé au-dessous des abris des émigrés.

Aux cris d'approbation et aux murmures horrifiés que suscita cette dernière intervention, Van Gelder comprit qu'il devrait de nouveau arroser le Conseil municipal de pas mal d'argent avant de lui soumettre un nouveau projet, même modifié. Si seulement le président du Comité de l'aqueduc pouvait alors être quelqu'un d'autre que ce satané Hamelin...

———— • ————

Leclerc se faufila parmi la foule de débardeurs, de militaires du fort de l'île Sainte-Hélène, de manœuvres travaillant à l'élargissement du canal Lachine. Tout le monde s'écartait devant l'adjoint au chef de police car il expédiait au bagne ceux qui osaient le regarder de travers et portait toujours sur lui un revolver qu'il savait dégainer avec la vitesse d'un crotale. Or, cette arme, Paul Leclerc était le seul à Montréal à avoir le droit de la porter.

Certains clients de Carolus Van Gelder avaient eu l'impudence de défier l'édit municipal contre les revolvers et de s'acheter un colt aux États-Unis. Ces délinquants, Leclerc avait pris soin de les atteindre d'une balle en plein front. L'inspecteur tenait mordicus à rester un des seuls clients montréalais de l'usine que Sam Colt avait fondée en 1836, à Paterson, au New Jersey. La faillite de l'industriel en 1842 avait inquiété le détective — n'allait-il pas bientôt manquer de munitions pour son arme ? — mais la situation se rétablit en 1847 quand Washington déclara la guerre au Mexique et passa une première commande de mille revolvers auprès de l'inventeur *yankee,* lui permettant de relancer son entreprise, la Patent Arms Company. Il était temps. Leclerc avait été obligé de bluffer durant quelques mois en se promenant avec une arme vide à la ceinture de son pantalon. Certains mauvais sujets, subodorant la vérité, s'apprêtaient à vérifier leur hypothèse. Malheureusement pour eux, ils n'osèrent passer à l'action qu'après la chute du fort Alamo, à un moment où l'irascible justicier avait de nouveau des munitions plein ses poches. Certaines mauvaises langues prétendirent que ces malheureux s'ajoutèrent directement à la collection privée que Van Gelder gardait dans une longue alcôve rectangulaire, juste derrière son bar.

Carolus Van Gelder n'ouvrait les rideaux de cet enfoncement qu'à ses amis, ou qu'aux clients qui refusaient de régler leur note.

— Voilà ce qui arrive à ceux qui essaient de partir sans payer, lançait-il d'une voix funèbre.

Les squelettes humains qui pendaient d'un fil de fer vissé à la jonction des os pariétaux de leur crâne arrivaient à convaincre même les griveleurs les plus endurcis, qui sortaient leur porte-monnaie d'une main tremblante.

À ses amis, Carolus Van Gelder racontait une autre histoire : ces ossements étaient ceux de sa famille, qu'il n'avait pas voulu laisser dans leur caveau au moment de quitter le Transvaal pour émigrer au Canada. Le nombre des habitants de l'alcôve ayant augmenté chaque fois que leur hôte les exposait aux regards du public, les hypothèses allaient bon train. Van Gelder se livrait-il à un obscur trafic avec les reliques familiales ? Réservait-il cette place d'honneur derrière son bar à ceux qu'il décidait de faire disparaître ?

— Bonsoir, *sir*. Aujourd'hui, nous avons une bisque de tortue, de dinde et de caribou, dit à Leclerc le barman au front étrangement plissé à la verticale, et qui portait un maillot noir dont le col échancré évitait aux multiples furoncles qui lui poussaient au cou de subir le supplice d'un contact avec un tissu.

— Donnez-moi seulement un verre de votre *pain-killer*, dit le détective, qui se servait ainsi de l'euphémisme maison pour désigner le laudanum, cet alcool d'opium qui lui permettait chaque fois de s'abrutir au point d'oublier l'endroit où il se trouvait.

Il but d'un trait la mixture amère et demanda où se trouvait le patron. Du regard, le barman lui indiqua l'escalier menant au sous-sol. Leclerc soupira, puis aspergea un mouchoir d'un parfum très lourd qu'il avait confisqué à une péripatéticienne en prévision de cette visite au temple de la puanteur. Les narines enfouies dans une fragrance d'acacias, il rejoignit Van Gelder dans son antre. Des torches de grosses cordes retordues et enduites de résine brûlaient dans des urnes de terre cuite, projetant une lumière agitée contre les ténèbres d'une grande pièce oblongue, fermée de trois côtés de blocs de pierre mal équarris, et du quatrième par de gros barreaux de fer qui donnaient sur un cours d'eau souterrain qui s'était appelé autrefois rivière Saint-Pierre, quand il serpentait au grand jour à travers une bourgade appelée Ville-Marie. Le cours d'eau ne méritait certes plus ce nom bucolique. Les citadins y avaient déchargé les immondices de leurs maisons, puis de leurs usines, jusqu'à ce que la Saint-Pierre devînt une offense pour leurs yeux et pour leurs narines, jusqu'à ce qu'ils l'enterrassent vivante sous des travaux d'aqueduc. Comme rivière, elle n'existait que sur les pentes du mont Royal, tumultueuse et limpide, et dans les quartiers les plus pauvres, où elle exhalait des odeurs infectes et, en certaines saisons, les miasmes de la peste elle-même.

Seule l'ancienne rivière devenue égout rendait possible l'existence du zoo souterrain de Van Gelder. Pour nettoyer les cages, il n'avait qu'à pousser la litière souillée dans le bouillon empoisonné qui roulait vers le Saint-Laurent un mètre plus bas. Leclerc savait qu'un couloir parallèle au cours d'eau permettait de passer d'une cage à l'autre, mais il ne l'avait jamais emprunté, pas plus qu'il ne savait quels animaux sauvages son ami maintenait là en captivité.

Carolus Van Gelder ne permettait les visites que dans cette fosse où Leclerc s'aventurait d'un pas précautionneux et dont la trappe ouverte presque en permanence sur la taverne montrait bien qu'elle visait à attirer une clientèle de curieux. L'énorme buffalo enfouissait son mufle dans le seau que lui tendait son propriétaire mais, en entendant les pas dans l'escalier, il releva son front bombé armé de courtes cornes et sembla plonger son regard noir au tréfonds du détective, qui eut l'impression que le démon sauvage et agonisant de l'Amérique scrutait son âme frileuse de chrétien.

— Un jour, Carolus, tu m'expliqueras comment tu as réussi à faire entrer ton monstre dans ce cagibi, dit-il d'une voix rendue nasillarde par le mouchoir qu'il maintenait obstinément contre son nez.

— Je l'ai adopté quand il était encore bébé. Et maintenant, je ne pourrais plus le faire sortir d'ici que sous la forme de steaks pour mon aimable clientèle.

Comme si le buffalo avait pu entendre ce qu'il disait, Carolus Van Gelder se baissa et frotta son front contre celui de l'animal, en disant d'une voix tendre :

— Mais papa t'aime trop pour te faire cela.

Et réellement, avec son cou épais de bovin, Carolus Van Gelder évoquait un animal de la même famille que son bison.

— On m'a raconté qu'il ne te suffisait pas d'empoisonner les pauvres gens avec ta bière et que tu entendais te lancer dans le commerce de l'eau?

Le visage de Van Gelder s'empourpra légèrement, puis retrouva aussitôt sa pâleur un peu malsaine, au milieu de laquelle un sourire découvrit une panoplie de dents en zigzag, multicolores, fabriquées de matériaux aussi divers que l'or, l'argent, la céramique et la résine.

— J'ai une proposition à te faire à ce sujet, dit Leclerc.

— Alors suis-moi dans mon bureau. Nous allons discuter autour d'une bonne bouteille.

Remarquant la moue de dédain de son visiteur, le brasseur lui donna une bourrade amicale à l'épaule et ajouta :

— Pas de la bière, du whisky écossais, abruti !

Ils sortirent par une porte dérobée, à l'arrière de la cage du buffalo, et suivirent un couloir qui longeait d'autres antres d'animaux sauvages auxquels Leclerc ne tenait pas particulièrement que son hôte le présentât. Ils escaladèrent ensuite un escalier métallique fort abrupt, tellement semblable à ceux qu'on trouve dans les *steamers* qu'on avait dû l'emprunter à un des chantiers maritimes du port. Ce que Van Gelder appelait son bureau était une salle immense, blanchie à la chaux. Une série de comptoirs vitrés, semblables à ceux des bijoutiers, s'alignaient contre le mur de gauche et attirèrent la curiosité de Leclerc, lequel ne put cependant voir ce qu'ils contenaient à cause des reflets du verre. Le plafond allait en s'abaissant jusqu'au mur du fond, contre le rideau duquel Carolus Van Gelder avait placé une table bancale et des chaises. Quelques assiettes chargées de reliefs de poulets et de dindes débordaient sur la nappe de toile écrue. Ils s'assirent, et Leclerc constata que son hôte avait scié les pattes de son mobilier pour permettre qu'on s'y assît normalement, sans se cogner la tête.

— Personne ne peut s'approcher de moi sans se courber jusqu'à terre, fit le brasseur, qui venait de boire une rasade de whisky et lui tendait la bouteille.

— Un vrai roi ! s'exclama l'inspecteur en essuyant soigneusement de son mouchoir imbibé de parfum le goulot de la bouteille.

— Et voici mes sujets ! se vanta le Hollandais en tirant énergiquement les rideaux sur leur tringle, démasquant ainsi un vasistas en meurtrière qui donnait vue, en contrebas, sur une armée d'ouvriers qui s'activaient à emplir des fûts de chêne à trois cuves de fermentation. À l'autre extrémité de l'atelier, là où il s'ouvrait par de grandes portes à glissière sur le bassin du canal Lachine, trois machines au cuivre étincelant reposaient dans le soleil, semblables à de fabuleuses mantes religieuses métalliques.

— Mes trois pompes à vapeur que j'ai fait venir de Glasgow ! Si je n'arrive pas à les mettre au travail rapidement, je suis ruiné.

Leclerc songea qu'en achetant ces pompes avant d'avoir obtenu le contrat de l'aqueduc, Van Gelder avait vendu la peau de l'ours avant de l'avoir tué, comme disait son père. Mais il garda cette réflexion pour lui, ne sachant pas jusqu'à quel point il pouvait compter sur le sens de l'humour de cet homme colérique, lequel s'était mis à ronger machinalement ce qui restait de chair autour d'une cuisse de dinde.

— Alors, que voulais-tu me proposer ? éructa le Hollandais.

— Une association.

— Tu as beau être le policier le plus véreux de Montréal, tu ne possèdes pas le centième du capital qu'il te faudrait pour t'associer avec moi.

L'inspecteur ne se formalisa pas d'une insulte qui, en fait, le flattait.

— Tu es sans doute au courant de l'étrange accident survenu à Blake ?

— Et alors ?

— Je suis chargé de l'enquête. J'ai donc pu fouiller à mon aise dans ses papiers, et prendre ainsi connaissance de vos projets à tous les deux.

— Tu n'avais aucun droit... fit le gros homme, qui s'arrêta, haussa les épaules et ajouta : de toute manière, ces idées-là sont maintenant aussi mortes que Blake.

— Détrompe-toi : avec les pouvoirs policiers dont je dispose, je crois être en mesure de contrôler sa fortune dans un avenir très rapproché. J'ai vérifié chez son notaire : il est mort *intestat* et ne dispose pour toute famille que de quelques vagues cousins en Écosse.

— Mais il a un fils, Julian.

— Qui n'a que sept ans et qui n'existe donc pas aux yeux de la loi.

— Je comprends : le petit Julian va avoir besoin d'un tuteur et...

— Je ne t'en dirai pas davantage là-dessus. Parlons plutôt du consortium que toi et Blake vous vous apprêtiez à former : la Montreal Gas Light Heat Water and Power, fit-il en mettant l'accent sur le mot *water*. Tu avais donc décidé de t'associer à ce gredin pour obtenir les services d'aqueduc que la Ville t'avait refusés une première fois.

— Cela ne regarde que moi.

— Que dirais-tu de retourner au Conseil de ville avec une proposition qui proviendrait à la fois de la Montreal Gas Light Heat and Power et de la taverne Van Gelder ?

Sans doute pour dissimuler son émotion, le Hollandais se leva et, tournant le dos à son hôte, il s'approcha des comptoirs disposés contre le mur du fond. Leclerc voulut le suivre mais, oubliant l'étrange disposition du plafond, il s'y cogna la tête. Réprimant un juron, il rejoignit le gros homme, qui avait fait glisser la plaque de verre d'un des comptoirs et faisait osciller une aile de poulet au-dessus d'une armée de fourmis frénétiques, qui érigeaient des colonnes vivantes en s'empilant les unes sur les autres.

— Mes petites chéries. Elle viennent de chez moi, du désert de Kalahari. Tu connais ?

Leclerc acquiesça, même s'il entendait ce nom pour la première de sa vie, mais il supposait qu'il s'agissait d'une région inhospitalière du Transvaal, d'où Van Gelder avait émigré soi-disant parce qu'il craignait que les Anglais, après s'être emparés du Cap, finissent par envahir la République que les Boers avaient fondée en 1834, au terme de leur Grand Trek vers le nord-est de l'Afrique australe.

Une autre histoire circulait à ce sujet : quand le gouverneur britannique avait proclamé l'abolition de l'esclavage, Van Gelder avait massacré presque tout le bétail humain de sa ferme : hommes, femmes et enfants, avec une telle débauche de cruauté que le magistrat du district avait mis sa tête à prix. Pour s'enfuir, le fermier devait traverser le désert du Kalahari et ses marécages saumâtres. Cette immense cuvette d'aspect lunaire ne pouvait pas être franchie par un homme seul. Aidé de ses trois contremaîtres, il avait rivé tous ses esclaves mâles survivants à la même chaîne de bagnards, leur écrasant chacun la nuque d'un harnais de chaque côté duquel pendaient deux énormes outres d'eau. Quand il se couchait à l'aube, après avoir marché toute la nuit, il se livrait invariablement au calcul de savoir comment assoiffer ses porteurs à l'extrême limite sans qu'ils en meurent ou tombent d'inanition. Il procédait empiriquement, et déjà il avait dû détacher trois cadavres de la chaîne quand les esclaves, osant l'impensable, s'étaient rebellés et avaient réussi à maîtriser leurs tortionnaires.

Les contremaîtres avaient chacun hérité d'une balle dans la nuque, mais un tout autre châtiment attendait Van Gelder. Les rebelles avaient creusé un trou à sa taille, dans lequel ils l'avaient enseveli à la verticale, sa tête seule dépassant. Puis ils lui fracassèrent toutes les dents à coups de crosse de fusil et attendirent qu'une fourmilière voisine flairât l'odeur du sang. Ils assistèrent au début du supplice, mais ne restèrent pas jusqu'à son terme, ce en quoi ils se trompèrent car Van Gelder survécut de la plus étrange façon. Le sable protégeant tout son corps des insectes, il ne leur restait plus que le crâne par où l'attaquer, et plus précisément, à cause de l'attrait irrésistible du sang, que la bouche édentée que le Boer avait d'ailleurs pris soin d'ouvrir toute grande. Les fourmis s'engouffraient entre les lèvres tuméfiées et Van Gelder les avalait. Le supplice lui parut s'éterniser durant des heures, mais ne dura vraisemblablement pas très longtemps, car même sa constitution robuste n'aurait pas résisté aux continuelles morsures qui lui injectaient chacune une infinitésimale dose d'acide formique. Une famille de fermiers esclavagistes, chassés eux aussi par les Anglais, l'avaient trouvé et sauvé. Une fois rétabli et pourvu d'un dentier de fortune, il traqua ses bourreaux jusqu'au dernier. C'est avec leurs restes, préalablement offerts aux mêmes fourmis du Kalahari qu'il connaissait si bien, qu'il avait commencé sa collection de squelettes, laquelle l'avait suivi dans tous ses déplacements subséquents, y compris jusqu'à Montréal.

———— • ————

— Chaque fois que je les nourris, ces petites chéries me donnent une leçon de capitalisme. Tu vois ces os de poulet. Je les ai assez rongés que tu croirais qu'il ne reste plus la moindre chair sur eux. Et pourtant...

L'intimidant Hollandais laissa tomber la pièce de volaille au fond de la vitrine : elle fut immédiatement recouverte d'une écume de carapaces et de mandibules rouge vif, qui se retira quelques secondes plus tard en laissant des os si blancs et si propres qu'ils méritaient de figurer dans un musée. Leclerc ne put s'empêcher de songer aux squelettes humains qui pendaient dans l'alcôve derrière le bar de Van Gelder.

— Es-tu prêt à dévorer avec cette férocité ? Il le faudra, si tu veux devenir mon associé.

Van Gelder replaça la plaque de verre, qui empêchait sans doute les fourmis de s'échapper.

— La compagnie de Blake existe depuis longtemps et jouit d'une crédibilité que je ne possède malheureusement pas. Si elle s'associait à mon offre...

— Nous posséderions l'aqueduc et le gazoduc, l'eau et le feu.

— Autrement dit, tout !

— Tu pourrais même éteindre avec ton eau les incendies que tu aurais allumés avec ton gaz, lança Leclerc, qui désirait révéler à son hôte à quel point il en savait long sur lui et sur ses activités criminelles.

En examinant les documents contenus dans le coffre-fort de Blake, ce matin, Leclerc était tombé sur des preuves irréfutables que le défunt avait plusieurs fois retenu les services de Van Gelder pour déguiser en accidents l'éradication par le feu ou le gaz de locataires impécunieux, de concurrents teigneux ou de conjoints encombrants.

Délaissant le spectacle de ses chères fourmis, Van Gelder se retourna et jeta un regard si torve à Leclerc que celui-ci, pour se rassurer, toucha la crosse de son colt à travers le tissu de son pantalon.

— Je t'étonne ? Ne commets pas l'erreur de sous-estimer les capacités d'un détective, même véreux. Je suis au courant de tous les bûchers que tu as allumés pour le compte de l'ami Blake. Une seule question me chicote encore : maintenant qu'il est mort, vas-tu respecter le dernier contrat qu'il t'a confié, qui est d'ailleurs de loin le plus important ?

Leclerc crut que l'autre allait se jeter sur lui, mais soudain un énorme sourire découvrit sa dentition bariolée.

— Bien sûr, car ce n'était pas un contrat, comme tu dis, mais le premier acte que nous devions poser comme associés, parce que nous y trouvions notre compte tous les deux.

— De sorte que tu as l'intention d'aller de l'avant avec ce plan insensé...

— Bien sûr, et si tu crois pouvoir m'en empêcher, commença Van Gelder en serrant les poings.

— Au contraire, je voulais moi aussi te proposer que cette entreprise marque le début de notre association. De la réunion de l'eau et du feu dans la même compagnie.

— Même si tu pouvais me fournir l'appui de la Montreal Gas Light Heat and Power, fit le Boer en serrant les poings, ma proposition rencontrerait encore sur son chemin ce misérable ingénieur...

— Il te plairait de recevoir un invité de marque ici ? demanda Leclerc.

— Qui ?

— Quelqu'un dont tu devrais t'occuper avec le plus grand soin, pendant les quelques semaines où j'aurais besoin de le mettre à l'abri...

— Mais, animal, vas-tu enfin finir par me dire de qui il s'agit ?

— De Gustave Hamelin !

— Le président du Comité de l'aqueduc ? fit Van Gelder avec un large sourire, puis, fronçant les sourcils, il ajouta que jamais l'ingénieur n'accepterait son hospitalité.

— Je suis certain que tu pourrais arriver à le convaincre, fit Leclerc en décidant qu'il était temps d'aborder les détails de l'opération avec Van Gelder.

Six

En reprenant ses sens dans le cabriolet de Stéphane, Gustave Hamelin avait constaté que sa vue s'était rétrécie, comme lorsqu'on ne regarde que d'un œil à travers un tube formé par la main. Il avait attribué ce phénomène au choc reçu à l'occiput et espéré qu'avec un peu de repos il n'y paraîtrait plus. Gardant le silence sur son état pour ne pas alarmer Marie-Violaine, il s'était couché et s'était endormi aussitôt. Et à présent, il constatait avec effroi que sa condition s'était rapidement dégradée, comme si un acide corrosif avait rongé les pourtours de son champ visuel, le réduisant à la dimension d'une assiette. Le cœur battant, il s'arracha à ses draps et courut à la fenêtre, non sans se heurter à une des colonnes de son lit à baldaquin. D'un geste brusque, il écarta les voilages et les rideaux : le plein soleil d'avril arrivait tout juste à aviver les couleurs du sapin bleu du Colorado devant sa fenêtre. On frappa à sa porte.

— Mon capitaine, je peux entrer ? demanda Benoît, qui avait dû guetter de l'oreille le moment où son maître s'éveillerait.

L'ingénieur le pria d'attendre et il entreprit de se vêtir, tournant la tête en tous sens pour s'orienter et repérer ses vêtements. Il s'obligeait à ralentir ses gestes, car son regard n'arrivait plus à guider sa main avec sûreté et il ne réussit à prendre son pantalon et à l'enfiler qu'après plusieurs échecs qui l'amenèrent à gémir de frustration. Il ouvrit enfin à son vieux domestique, qui dut lire sur le visage d'Hamelin les signes d'un terrible désarroi car il s'écria aussitôt :

— Monsieur, qu'est-ce qui vous arrive ?

— D'abord, dis-moi : quelle heure est-il ?

— Il est près de onze heures, monsieur.

— Et où sont les enfants ?

— Annette a raccompagné au bateau de Longueuil Kevin, qui devrait déjà être rentré chez son curé. Monsieur Stéphane et votre demoiselle sont toujours à l'Assemblée nationale... Écoutez, tout le monde ici croit que vous devriez faire venir un médecin...

— Kss... fit Hamelin avec un geste du revers de la main.

Il se méfiait profondément de la prétendue science médicale, qui reposait pour l'essentiel sur des manuels datant du dix-huitième siècle, sur un lexique latin des évidences et superstitions populaires et sur un total mépris de l'hygiène. Durant la dernière épidémie, il avait vu comment on saignait un pestiféré avec des mains et un scalpel encore souillés des sécrétions et du sang du patient précédent. Et il avait assez discuté avec les médecins pour savoir que souvent leur connaissance des organes internes reposait sur la dissection d'un seul cadavre arraché subrepticement à une fosse commune et déposé, en état de décomposition avancée, sur la table de leur salle de cours, vingt ans plus tôt.

L'ingénieur devait pourtant tenter de comprendre ce qui lui arrivait. L'y aiderait sa lecture assidue de tous les bulletins des sociétés de médecine d'Édimbourg et de Paris. De plus, il disposait de mains d'une sûreté extraordinaire, qui ne tremblaient pas même quand il leur fallait amputer des blessés sous le feu de la mitraille. Aussi demanda-t-il à son domestique, le meilleur barbier-chirurgien militaire qu'il eût connu, d'apporter sa trousse et de sonder sa plaie, pour savoir si un corps étranger s'y logeait.

— Mais monsieur, je me suis rouillé à ce jeu-là...

— Ce sera toi, ou personne d'autre, dit Hamelin.

Benoît hésita, puis se résigna avec un soupir. Il revint avec la trousse et suivit religieusement les procédures enseignées par son maître, qui versa lui-même l'eau du broc pour qu'il se nettoie les mains au savon de Marseille. Ensuite, il désinfecta à l'alcool ses instruments, qu'il disposa sur la table de nuit, en demi-cercle, autour de pansements et de boules d'ouate. Hamelin refusa le verre de laudanum que lui proposait Benoît car il tenait à contrôler le déroulement de l'opération. Il se dénuda le torse, puis il se coucha sur le ventre et s'agrippa aux colonnes du lit à baldaquin. Le barbier sectionna d'abord les quatre points de suture qu'il avait posés la veille. Pendant que l'autre enfonçait habilement une sonde pour explorer la plaie, l'ingénieur, qui ne sentait qu'un léger frôlement, se disait que la volée de mitraille n'aurait pu agir à son égard de manière plus vengeresse et biblique, car elle semblait sur le point de le plonger dans une nuit éternelle, lui qui avait osé tuer le maître de la lumière et des réverbères à Montréal.

— Vous avez un éclat de métal, capitaine, fit Benoît en faisant tinter légèrement l'objet avec la pointe de sa tige d'acier. On dirait qu'il a traversé la boîte crânienne et se rend au cerveau. On l'enlève ?

À cet instant, une migraine aiguë vrilla les tempes de Gustave Hamelin, qui ne réussit qu'à gémir son assentiment. Du coin de l'œil, il vit que son domestique prenait, sur la table de nuit, une pince aux mâchoires longues et fines. L'instrument se fraya un chemin à la manière d'un carnassier qui déchire sa proie. Un filet de sang lui coulait à présent entre les omoplates.

— Prêt ? s'écria le majordome, qui avait sans doute établi une prise sur l'éclat métallique et s'apprêtait à tenter de l'extirper.

Le murmure d'acquiescement se transforma aussitôt en gémissements. Une douleur crucifiante désintégra la pensée de l'ingénieur. Ses souvenirs et ses mots s'anéantissaient avant même d'avoir pu se former, se changeant en une géhenne où disparaissait le dénommé Gustave Hamelin.

— Je m'arrête ?

Les mots de Benoît, qu'il avait dû répéter plusieurs fois et qu'il hurlait à présent, finirent par atteindre le supplicié, qui répondit d'une si faible voix que l'autre dut venir se coller l'oreille contre la bouche qui répétait, comme une prière :

— Oui, s'il te plaît.

Plus tard, quand Benoît eut nettoyé et pansé de nouveau son patient et se fut retiré avec ses instruments, Hamelin comprit qu'on pourrait lui arracher la pensée comme une dent. L'objet métallique avait endommagé la vue, et son extraction pourrait porter atteinte à d'autres fonctions cérébrales. Il engouffra une autre tasse — sa quatrième — du café turc qu'Annette lui avait apporté. Il n'osait plus se rendormir, malgré son épuisement. Non pas qu'il craignît de sombrer dans un sommeil éternel : cette perspective l'attirait au contraire. Une possibilité différente le terrifiait : que son réveil le ramenât en permanence aux souffrances qu'il avait connues durant l'intervention chirurgicale. Le paradis n'existait pas, mais il ne jurait plus de rien à propos de l'enfer.

Si le corps étranger se déplaçait, il pourrait affecter d'autres régions du cerveau, celles dont dépendent la mémoire, la raison ou la mobilité des membres. Hamelin avait fait sienne la réflexion du stoïcisme selon laquelle philosopher, c'est apprendre à mourir. Mais en véritable ingénieur, il n'avait pas voulu s'en tenir à la théorie. Il avait donc cherché à donner une application pratique à ce principe général en construisant, quelques années plus tôt, juste avant de quitter Manchester pour Montréal, une machine à suicide. Profitant du fait que les injures du temps l'obligeaient à remplacer ses deux molaires supérieures gauches, pourries jusqu'à la racine, par des dents artificielles, il avait demandé au chirurgien qu'on lui aménage une cavité dans sa prothèse. Cette dent creuse contenait une pastille de cyanure de potassium, que Hamelin avait lui-même cuisinée dans son laboratoire. Fabriquée sur le dessus d'un très résistant alliage d'or et d'argent, la fausse molaire permettait de croquer sans pro-blème les aliments les plus durs.

Mais il suffirait de retourner le dentier et de briser la pellicule de porcelaine qui se trouvait normalement en contact avec la gencive pour avoir accès au poison le plus foudroyant du monde. Depuis longtemps d'ailleurs, Gustave Hamelin savait comment manipuler le dentier avec la langue seulement, de manière à le coincer entre ses canines. Une simple crispation des mâchoires lui suffirait pour tirer sa révérence à une existence devenue intolérable, comme Socrate et Sénèque, que l'Antiquité avait tant admirés. Mais à présent, songeait Hamelin, il risquait de perdre l'esprit au point d'oublier qu'il gardait dans sa bouche l'hostie dorée de sa communion avec le néant. Et venait de disparaître toute sa superbe, que condamnait le christianisme en refusant aux suicidés le repos dans ses cimetières, soutenant, peut-être avec raison, qu'il n'y a pas de pire orgueilleux que celui qui décide seul du moment de sa mort.

———— . ————

Une rafale de coups secoua la porte de l'entrée. Stéphane, qui préparait son rendez-vous avec Roger Charest, à la Banque du Peuple, se souvint que Benoît et Annette étaient partis fouiller les décombres de la boutique *Les Lumières* avec l'aide de deux manœuvres engagés pour la circonstance. Ils espéraient récupérer ainsi certains objets de valeur et les apporter rue Wellington à bord d'un tombereau. Stéphane rangea sous une pile de documents les calculs qu'il venait de refaire une énième fois. Les coups redoublèrent. Policiers ou orangistes? Stéphane fit signe à Marie-Violaine de monter à l'étage et il alla ouvrir, dissimulant son pistolet derrière la porte entrebâillée.

L'homme qui se tenait sur le seuil n'aurait pu servir d'épouvantail que pour les oisillons les plus craintifs d'un champ de blé. Petit, le nez effilé comme un coupe-papier, le pavillon des oreilles rabattu par les branches d'énormes lunettes, Antoine Pedneault, l'adjoint de Gustave Hamelin, semblait écrasé par les deux sacoches d'outils dont les bandoulières respectives se croisaient sur son uniforme noir de la Montreal Gas Light Heat and Power.

— Où est l'ingénieur-chef?

— Il se repose et ne peut recevoir personne.

— Alors, c'est la catastrophe. La ville va sauter!

— Allons, mon cher, pas d'affolement! Que se passe-t-il? demanda une voix encore empâtée par le sommeil.

Stéphane se retourna : son bonnet phrygien enfoncé jusqu'aux sourcils, Gustave Hamelin accourait à petits pas, attifé d'une chemise de nuit chiffonnée.

— Avec toutes les émeutes des derniers jours, notre réseau fuit de partout, dit Antoine Pedneault.

— Il faut rappeler toutes les équipes et travailler de jour comme de nuit, répondit Gustave Hamelin, dont le regard fixe et les gestes raides inquiétaient Stéphane.

— C'est déjà fait, mais la situation ne cesse de se dégrader.

— Vous ne réussissez plus à colmater toutes les brèches?

— Nous n'arrivons même plus à les repérer. Les rues, les égouts, les immeubles sont pleins de nappes de gaz qui ne demandent qu'à s'enflammer.

Les deux hommes firent la même grimace : toutes les conditions se prêtaient à la naissance d'un de ces incendies monstres qui réduiraient Montréal en cendres aussi sauvagement qu'une éruption volcanique.

— Le gouverneur Elgin vient signer la *Loi des indemnités* dans une heure et les orangistes promettent de nouvelles émeutes, ajouta Pedneault. Il faut fermer tout le réseau, à partir de l'usine même.

— Vous avez peut-être raison. Mais seul monsieur Blake est habilité à prendre une telle décision.

— Vous devez savoir que nous n'avons plus de président depuis la nuit dernière, dit Pedneault. Et les règlements de la compagnie prévoient qu'il vous revient dans ces conditions, monsieur l'ingénieur-chef, d'assumer cette responsabilité.

Tout en conversant ainsi, Pedneault s'était déchargé d'une des sacoches d'outils qu'il portait à l'épaule et l'avait tendue à son supérieur, qui s'en était saisi machinalement tout en s'avançant lui aussi sur le large perron de la façade. Stéphane, qui avait rangé son arme, explora les environs d'un regard faussement désœuvré. Il avisa alors une diligence à quatre places, stationnée un peu plus loin sur la rue Wellington, devant la demeure d'un forgeron. Rien d'insolite dans ce spectacle, sauf que les rideaux en avaient été tirés de manière à laisser une mince fente qui permettait d'observer sans être vu. La maison était-elle surveillée? Il voulut en avoir le cœur net et se dirigea vers le véhicule du pas tranquille du promeneur. À peine avait-il traversé la rue en diagonale qu'un ordre retentit et que le cocher fouetta son attelage. La voiture disparut en direction du port. Stéphane haussa les épaules et revint vers les deux ingénieurs, qui avaient poursuivi leur conversation sans prêter la moindre attention à son manège.

— Où signale-t-on la fuite la plus dangereuse? demanda Hamelin.

— À l'Assemblée nationale.

— Nous risquons de perdre le gouvernement de monsieur Lafontaine avant la fin du jour : quelle catastrophe! dit Hamelin d'une voix sombre. Courez-y et ordonnez qu'on prenne les précautions qui s'imposent. Je m'habille et je vous y rejoins dans quelques minutes.

— Pourquoi ne pas fermer le réseau tout de suite?

— Si nous éteignons l'éclairage municipal, nous poussons presque à l'émeute.

— Oh! vous savez, les maisons auxquelles les orangistes boutent le feu éclairent les rues encore mieux que nos petits réverbères. Si le gaz de notre usine se mêle à ça, la ville risque d'y passer.

Hamelin répondit qu'il aviserait, puis il prit congé de Pedneault d'une poignée de main et rentra se changer. Stéphane le rejoignit dans l'escalier qui menait aux chambres et lui dit :

— Il vous faut du repos pour guérir de votre blessure.

161

— Me coucher et dormir ? Vous ne pouvez imaginer à quel point cette idée me fait horreur.

— Et pourquoi donc ?

— Je ne peux pas laisser Montréal exposé aux dangers des fuites de gaz, alors que des bandes d'incendiaires n'attendent que le couvert de la nuit pour sillonner ses rues, torches à la main.

— N'auriez-vous pas besoin de volontaires ? demanda Stéphane.

— Je te remercie de ta proposition, mais je préfère que tu veilles sur ma fille.

Il monta quelques marches et s'arrêta.

— Ah oui, j'oubliais. Crois-tu pouvoir régler la question de ton emprunt à la Banque du Peuple dès cet après-midi ?

— Charest me l'a encore promis tout à l'heure.

— Alors, il nous faut quitter Montréal dès demain. Si jamais l'enquête sur la mort de Blake ne concluait pas à un accident, on risquerait de s'intéresser à nos mouvements de la nuit dernière. Il suffirait d'un témoin pour nous expédier à l'échafaud.

Aussitôt, Stéphane pensa au jeune Julian Blake, pieds nus sur le balcon, avec son ourson serré contre sa poitrine.

— La police ne risque-t-elle pas de rouvrir l'enquête sur la disparition de Marie-Violaine ?

— Oui et, là aussi, elle n'aurait aucune peine à découvrir la vérité. Il suffirait d'exhumer le cercueil pour découvrir qu'il est vide. Je veux dépêcher Benoît et Annette au Grand Remous par le bateau de quinze heures. Ils prendront avec eux une partie de nos bagages, de sorte que notre départ, demain matin, aura moins l'air d'un déménagement.

— Et votre laboratoire ?

— Il est intransportable. J'apporterai mes notes et nous en reconstruirons un plus moderne là-bas.

Stéphane jeta un regard sur l'installation qui entourait l'énorme pile voltaïque et il dut se rendre à l'évidence.

— Nous pourrions aussi demander à Benoît de rendre un peu habitable cette cabane qui me sert de manoir et qui vient de passer six mois sous la neige. D'ailleurs, il vaudrait mieux que Marie-Violaine les accompagne.

— Entièrement d'accord. Mais puisque je n'ai pas encore réussi à persuader cette entêtée de partir sans nous, je t'en laisse le soin.

— Ne t'en donne pas la peine, mon chéri, car j'ai la tête plus dure qu'une mule, fit la principale intéressée, qui venait de surgir derrière Stéphane et qui l'enlaça tendrement en appuyant sa joue droite sur son dos.

Sept

Pour dissimuler sa blessure à la nuque, Gustave Hamelin portait son bonnet phrygien plutôt que le haut-de-forme de rigueur dans ses fonctions d'ingénieur. Son champ de vision s'était rétréci à celui d'un cheval muni d'œillères. Au moment de traverser la rue, il constata qu'il n'arrivait pas à tourner la tête pour s'assurer que la voie était libre et il dut pivoter tout le torse, ce qui projeta la lourde sacoche d'outils qui pendait à son épaule contre l'arrière-train d'une petite sœur Grise.

— Oh, pardon ma sœur, fit-il tandis que la coiffe à grandes ailes blanches s'enfuyait sur le trottoir de bois.

Il longea un terrain vague, où des fritures faites en plein air soufflaient des odeurs de pâte et d'huile. Quelques gamins dévoraient des cornets de pommes de terre frites. Un ouvrier enfournait de larges crêpes arrosées de mélasse.

Devant le palais du Parlement, place d'Youville, circulait une foule d'une importance inhabituelle, qui semblait plus désœuvrée par l'attente d'un événement qu'en état d'insurrection. Un marchand ambulant italien balançait sur sa tête un plateau chargé de statuettes de plâtre de la Vierge Marie ainsi que du patron de l'Angleterre, saint Georges. Profitant eux aussi de l'accalmie, des enfants s'avançaient avec un seau plein d'une eau que Gustave Hamelin aurait bien aimé étudier sous une lamelle de son microscope, car les petits anges criaient à tue-tête : « À boire pour deux sous ! De la bonne liqueur du Saint-Laurent ! » sans se soucier de la jungle d'animalcules que le Comité d'hygiène avait découverte dans le fleuve, à la hauteur des quais, où précisément ces garçonnets recueillaient leur « liqueur du Saint-Laurent ».

— Hé, gamin ! fit un ramoneur étique dont le visage blême et propre sous un interminable gibus aux ressorts désaccordés indiquait qu'il n'avait pas encore travaillé.

L'homme vida à longs traits la tasse en métal que l'enfant lui avait tendue et la lui rendit en poussant un soupir de satisfaction qui se prolongea en cette petite toux sèche qui affectait presque tous les membres de sa profession. L'échanson empocha ses deux sous, plongea la tasse sale dans le seau et la secoua d'un geste nonchalant avant de la suspendre par l'anse à un mousqueton de sa ceinture. Le prochain client du petit empoisonneur, pensa Gustave Hamelin, aurait la chance de jouer à la loterie de différents streptocoques et cocaccées, avec comme grand prix une pneumonie ou une méningite.

— Monsieur l'ingénieur !

Gustave Hamelin se retourna vers son assistant, qui l'attendait en haut de l'escalier principal de l'Assemblée nationale, défendu par deux connétables qui tenaient leur longue matraque à l'épaule.

— Les députés ont ajourné jusqu'à l'arrivée du gouverneur général, s'écria Antoine Pedneault. Nous devrions en profiter pour inspecter le bâtiment.

Il fit signe aux policiers de laisser passer son patron. Les deux ingénieurs se retrouvèrent dans le hall d'entrée, où Gustave Hamelin observa que son assistant avait déjà ordonné l'ouverture de toutes les fenêtres de l'étage. Ici, la vastitude des lieux et leur excellente ventilation ne permettraient pas au gaz d'atteindre une concentration suffisante pour qu'il devînt explosif.

— J'ai oublié de vous demander tout à l'heure : qu'est-ce qui vous fait craindre l'existence d'une fuite ?

— Oh, rien de bien sérieux pour l'instant. Quelques députés se sont plaints d'une drôle d'odeur... Et puis, le manomètre du poste de contrôle indique que nous perdons trois cents hectolitres à la minute dans ce secteur-ci.

— Nous pourrions déjà couper les canalisations de l'édifice, par simple mesure de précaution.

— Nous priverions alors l'Assemblée nationale de toute lumière et le gouvernement devrait annuler la séance de cet après-midi, à laquelle le gouverneur général doit assister.

— Dans ces conditions, il serait préférable, en effet, d'obtenir une preuve irréfutable avant d'agir. Il vaudrait mieux que nous nous séparions. Je vais commencer par l'étage supérieur.

Si la fuite était accidentelle, elle pouvait se situer n'importe où dans le grand édifice. L'ingénieur-chef Hamelin avait décidé d'agir plutôt comme si elle était intentionnelle. Dans ce cas, les saboteurs auraient cherché à effectuer leur besogne dans un endroit restreint et mal ventilé, à la fois isolé de la multitude et situé stratégiquement de manière que, de là, une déflagration pût communiquer rapidement ses flammes à l'ensemble de l'édifice. L'ingénieur, qui connaissait bien l'ancien marché Sainte-Anne pour y avoir lui-même supervisé l'installation de l'éclairage au gaz, se représenta facilement le lieu qui correspondait le mieux à tous les critères qu'il venait d'inventorier. Il entreprit de monter l'escalier central, s'arrêtant fréquemment pour vérifier le bon fonctionnement des diverses appliques murales. Cela obligeait parfois à d'étranges contorsions qui attiraient l'attention des ministres, greffiers, huissiers, commis, requérants et sergents d'armes qui circulaient à toute allure, comme le font les personnes à bord d'un navire sur le point d'être attaqué.

Quand la lourde porte capitonnée de la bibliothèque se referma derrière lui, Gustave Hamelin se retrouva dans un autre univers, où pesait un silence claustral, accentué par la qualité insonorisante des vingt-cinq mille volumes qui s'entassaient dans les rayons disposés en étoile autour d'une aire centrale de lecture. Ici, Hamelin avait passé des nuits à lire les récits des explorateurs partis chercher l'or des Indes du côté des Grands Lacs ; ceux des missionnaires en quête des flammes du martyre qui garantiraient le paradis à leur âme tourmentée ; ceux aussi des coureurs de bois qui rêvaient du corps souple et païen d'une Indienne ; des actes notariés authentiques et contrefaits ; des confessions arrachées par la torture aux innocents et aux coupables confondus ; des traités signés avec les Hurons, les Iroquois, les Abénakis, puis bafoués ou ignorés. Tout cela écrit sur du papier granuleux ou glacé, tantôt mince comme la soie, tantôt épais comme le carton, qui godillait, jaunissait, s'effritait telle la pâte à tarte entre les doigts. Et l'ingénieur se souvenait de ces fils d'encre dévidés de page en page, toile d'araignée complexe happant les ramifications de l'histoire, long fil d'Ariane tendu dans le labyrinthe de la mémoire collective dont le tracé persistait parfois à peine, et sur une matière si éminemment inflammable...

Cette pensée le ramena brusquement à sa préoccupation. Il lui fallait sauver la bibliothèque.

Les tables regroupées au centre de la pièce n'accueillaient pour l'instant qu'un archiviste, Alphonse Bertrand, à qui deux épisodes de petite vérole avaient donné une physionomie aussi accidentée qu'un paysage lunaire et, à trente ans, la constitution d'un adolescent malingre. Ses jambes battaient à toute allure, comme si elles avaient voulu être à cent lieues de cet endroit, mais ses yeux de myope parcouraient implacablement un bloc-notes, qu'il retranscrivait à mesure dans un registre relié à la couverture de maroquin rouge.

— Bonjour, monsieur Hamelin, fit-il avec un sourire à l'endroit du visiteur. Vous m'avez déniché un autre souscripteur ?

— Pas pour l'instant, mais j'attends des réponses favorables de plusieurs amis.

Depuis un an, l'archiviste travaillait à recenser les ouvrages imprimés et les manuscrits qui n'existaient qu'ici, dans la bibliothèque. L'unique exemplaire de ces œuvres pouvait donc disparaître à jamais, surtout dans une période cruellement agitée comme celle que l'on traversait. Puisque le gouvernement refusait de subventionner la copie de ces textes acculés au néant, Bertrand cherchait à la financer en faisant appel aux familles les plus éminentes de Montréal. Il avait obtenu des contributions des Viger, des Molson, des Redpath, des Masson. Le chef de police Moses Hays avait versé une jolie somme en son nom propre et en celui de la synagogue ibéro-hispanique de la rue de La Gauchetière. Quant à Gustave Hamelin, en plus de mettre la main à la poche, il s'était décarcassé auprès de ses relations et amis pour trouver d'autres donateurs. L'entreprise progressait donc, mais pas assez rapidement pour son instigateur, qui, afin de susciter de nouveaux mécènes, voulait leur offrir la liste des œuvres en péril dans des registres reliés en cuir rouge.

— Je vous ai réservé le premier exemplaire, fit l'archiviste en sortant de sa serviette un album de maroquin en tout point semblable à celui dans lequel il écrivait.

L'ingénieur saisit le cadeau qu'on lui tendait et le feuilleta rapidement, puis le déposa sur le coin de la table avec une moue admirative.

— Magnifique ! Je l'examinerai à mon aise plus tard. Pour l'instant, le devoir m'appelle.

Sans s'expliquer davantage, l'ingénieur se mit à humer l'air mais, sous les odeurs de tabac, de poussière et de moisissure, il ne détecta rien d'inquiétant, ce qui ne prouvait rien puisque, parmi les gaz produits par une fuite, le plus meurtrier de tous, le monoxyde de carbone, est parfaitement inodore. Les rideaux de serge gris qui couvraient les fenêtres ne laissaient pas entrer la moindre lumière de l'extérieur, mais les six suspensions étincelaient au maximum de leur luminosité, ce qui signifiait qu'il n'y avait pas de fuite en amont d'elles. Poussant un soupir et baissant les épaules, il se détendit un peu. « Encore une fausse alerte », songea-t-il. Il lui restait tout de même à inspecter les appliques murales fixées sur le pourtour de la pièce hexagonale, à l'extrémité de chacune des étagères qui formaient comme les rais d'une roue à partir du moyeu de l'aire de lecture.

Il remontait une allée datant de l'époque du Roi-Soleil quand un craquement le fit se retourner : l'archiviste Bertrand, dont les jambes trépignaient toujours, venait de frotter une allumette et la promenait au-dessus du fourneau de sa pipe. La flamme n'était pas jaune, mais bleu azur, ce qui provoqua une réaction aussi immédiate qu'instinctive chez l'ingénieur. En quelques enjambées, il se retrouva auprès du fumeur et éteignit la flamme de l'allumette entre le pouce et l'index de sa main. L'archiviste s'apprêtait à protester quand Gustave Hamelin lâcha simplement :

— Il y a une fuite de gaz.

— C'est la catastrophe ! Les livres...

— Ne vous inquiétez pas, je peux et je vais les sauver. Il faut que vous suiviez scrupuleusement mes indications.

— Oui, bien sûr. Que dois-je faire ?

— Rien, sinon sortir pour me permettre de travailler en paix.

L'archiviste allait protester mais, se souvenant de sa promesse, il baissa la tête, ramassa ses documents et poussa la lourde porte qui donnait dans le couloir.

Une fois seul, Gustave Hamelin sortit son manomètre de sa trousse à outils : l'aiguille bondit aussitôt vers la droite du cadran, indiquant une concentration anormale de méthane. Il entreprit de suivre le pourtour du mur d'enceinte. À l'arrière de la salle, une lampe murale ne brûlait pas. Le tuyau d'alimentation, qui courait le long de la plinthe, était troué sur sa face interne, de façon à cacher la perforation. L'ingénieur sortit de sa sacoche un ruban de toile goudronné et s'agenouilla sur le parquet. Il avait à peine colmaté la fuite qu'il entendit un chuchotement dans son dos. Il se retourna et aperçut Antoine Pedneault, qui, penché vers lui, s'écriait :

— Je vous trouve enfin, monsieur ! Venez, j'ai découvert une autre fuite.

L'ingénieur-chef suivait son assistant le long d'un couloir de livres quand une vive lumière l'enveloppa et l'aveugla. « Le gaz vient d'exploser », songea-t-il, juste avant qu'un coup à la tempe ne lui fît perdre conscience et ne l'empêchât de comprendre que la brutale clarté venait simplement de la fenêtre sur sa droite, dont les rideaux de serge venaient d'être arrachés.

———— · ————

Antoine Pedneault se glissa dans le couloir afin d'inspecter les environs. Il aperçut l'archiviste Bertrand, qui était revenu se poster sur le premier palier de l'escalier menant vers le hall d'entrée. Le danger que couraient ses archives lui faisait oublier celui auquel il s'exposait personnellement. Antoine Pedneault descendit le rejoindre et lui demanda s'il pouvait lui emprunter la clé de la bibliothèque.

— Tout risque immédiat est écarté, mais je me dois de condamner les lieux en attendant que nous ayons effectué les réparations qui s'imposent.

L'archiviste lui tendit une longue clé forée en demandant combien de temps durerait cette fermeture.

— Un jour ou deux tout au plus.

Remonté à l'étage, Antoine Pedneault entrouvrit la porte, qui laissa aussitôt passer deux ouvriers portant chacun sur leur épaule droite un fardeau enveloppé d'un lourd tissu de serge gris.

— Ce sont des canalisations défectueuses que nous devons rapporter à l'usine, s'écria Pedneault, qui, en un éclair, venait de fermer à clé la lourde porte capitonnée.

— Attention, je crois que vous venez d'enfermer par mégarde l'ingénieur Hamelin, prévint l'archiviste.

Antoine Pedneault secoua négativement la tête.

— Mon chef nous a quittés il y a cinq bonnes minutes, répondit-il en se penchant pour attacher une pancarte de la Montreal Gas Light Heat and Power à la poignée.

L'archiviste se dit que ce départ avait dû se produire quand lui-même était allé prévenir le capitaine Moritz, chef des sergents de ville, de l'existence d'une fuite de gaz dans l'édifice. Apprenant qu'un ingénieur s'occupait déjà des réparations, l'ancien militaire avait décidé d'attendre avant d'ordonner l'évacuation des lieux.

— Alors, il n'y a plus de danger ? s'enquit l'archiviste.

— À condition que personne ne s'avise d'entrer dans la bibliothèque. Qui d'autre que vous en possède la clé ?

— Le capitaine Moritz. Suivez-moi, je vous conduis à son bureau.

Antoine Pedneault ordonna aux ouvriers de porter leur chargement à l'usine sans lui et il accompagna Alphonse Bertrand chez le capitaine, à qui il répéta qu'il y allait de la sécurité de l'immeuble d'interdire à quiconque l'accès de la bibliothèque.

Quand l'adjoint de l'ingénieur Hamelin eut quitté l'édifice, une question vint à l'esprit de l'archiviste : pourquoi les ouvriers avaient-ils cru bon de se servir d'un des rideaux de la bibliothèque pour envelopper les pièces défectueuses qu'ils emportaient à l'usine ? Il voulut rattraper l'employé du gaz pour la poser mais celui-ci était déjà loin, parmi la foule de la place d'Youville. Un instant, il songea à le suivre, puis il y renonça.

S'il avait écouté sa curiosité, il aurait parcouru un dédale de ruelles en coupe-gorge jusqu'à un édifice qui exhalait une odeur fauve, à l'angle des rues Callières et de la Commune. Il aurait vu Antoine Pedneault passer sans s'arrêter devant l'entrée principale de la taverne de Carolus Van Gelder et, à l'arrière de l'édifice, là où la puanteur lançait son point d'orgue, descendre un petit escalier aux pierres encore couvertes des boues de l'inondation printanière et frapper à une porte.

Brandissant une lampe-tempête, un quinquagénaire voûté finit par lui ouvrir : ses sourcils et ses favoris roux se rejoignaient presque, dessinant un cercle broussailleux et rutilant autour de chacun de ses petits yeux noirs et porcins.

— Il faut que je parle à votre patron.

Sans dire un mot, l'homme précéda Antoine Pedneault dans un tunnel percé à intervalles réguliers de portes qui laissaient échapper de puissantes odeurs animales et des cris de rage et de souffrance. Ils grimpèrent une dizaine de marches taillées dans le roc et arrivèrent dans une pièce exiguë, chichement meublée.

— Monsieur désire vous voir, dit l'homme aux yeux cerclés de roux en faisant mine de quitter la pièce.

— Reste, je pourrais avoir besoin de toi, mon brave Henri ! lui intima Van Gelder de son pupitre où il écrivait avec une plume en acier qu'il tenait comme un poignard, en exerçant trop de pression sur sa feuille de papier qui ne cessait de se déchirer et lui inspirait des jurons de son cru tellement blasphématoires qu'ils semblaient inventés de manière à lui garantir dès le trépas une chute instantanée au plus profond de l'enfer.

— Vous ne devriez pas vous crisper autant quand vous écrivez, se permit de lui conseiller Antoine Pedneault.

— Avec toutes les contrariétés qu'on m'a fait subir depuis ce matin, rétorqua Van Gelder, je ne peux pas faire autrement. D'ailleurs, j'espère que vous ne me réservez pas une source supplémentaire d'irritation.

— Vous m'aviez demandé d'attirer monsieur Hamelin au palais du Parlement en y pratiquant une fuite de gaz.

— Et alors ?

— Cette fuite, je devais ensuite la colmater mais vos hommes m'en ont empêché. Et je ne vois qu'un motif possible à leur comportement : vous vous apprêtez à faire flamber l'Assemblée nationale. Avouez que trente livres sterling, pour cela, c'est peu.

— J'ai respecté votre tarif habituel, non ? Je ne chipote pas quand vous passez à la flamme une bicoque de la pointe Saint-Charles.

— Oui, mais nous parlons du siège du gouvernement du Canada-Uni.

— De rien du tout, donc. Si vous suiviez un peu la politique, vous comprendriez que griller des députés est ni plus ni moins rôtir un troupeau de porcs. Mais je n'aime pas que mes collaborateurs se sentent lésés. Que diriez-vous d'être promu ingénieur ?

Le petit homme enleva les lourdes lunettes qui lui abattaient les oreilles et lui avaient creusé deux coches rouges à la racine du nez.

— Vous rêvez, monsieur, dit-il en clignant ses yeux larmoyants de myopie. Je ne suis pas à votre emploi, mais à celui de la Montreal Gas Light Heat and Power...

— À un poste de sous-ingénieur indigne de vos talents. Vos patrons vous préfèrent un vieillard qui a fait ses études à Paris. Pendant les vacances que nous avons décidé d'offrir à monsieur Hamelin, vous aurez l'occasion de démontrer que vous possédez dix fois ses compétences.

À mesure que le Boer parlait, les oreilles d'Antoine Pedneault, libérées du poids des verres épais, s'épanouissaient comme des tulipes roses s'ouvrant au matin. Sans hâte, la voix de Van Gelder déposait ses paroles mielleuses dans l'esprit de son visiteur.

— J'ai parlé de vous comme d'un employé, peut-être un peu hâtivement, j'en conviens. Mais puisque Henry Blake est mort la nuit dernière, il faudra bien le remplacer à la tête de votre société. Mes paroles vous auront donné un avant-goût de ce qui se dessine dans les coulisses.

— Quoi ! Vous deviendriez mon patron ?

— Avec un associé qui préfère demeurer anonyme, mais dont je peux vous dire sans me tromper qu'il exerce une énorme influence sur les héritiers de Blake. Nous connaissons votre grande expertise, entre autres dans le domaine de l'hydrodynamique. En qualité d'ingénieur-chef... vous seriez à même de la mettre enfin à contribution.

— Mes calculs hydrauliques ne sont pourtant guère utiles dans une société gazière...

— Très juste. Mais mon partenaire et moi avons l'intention de suivre une route que Blake avait toujours refusé d'emprunter : celle de la diversification.

— Dans quel secteur?

— Tant que mon partenaire et moi n'aurons pas pris le contrôle de la compagnie, je me dois de demeurer discret. Mais le temps venu, nous saurons vous récompenser des services inestimables que vous nous aurez rendus.

Huit

Indécis, Stéphane Talbot marchait de long en large devant la Banque du Peuple, à l'angle des rues Saint-Jacques et Saint-François-Xavier. L'édifice n'avait rien des splendeurs néodoriques de la Banque de Montréal, qui, surmontée d'un dôme, cherchait à rivaliser avec l'église Notre-Dame de l'autre côté de la place d'Armes. Mais les murs massifs rouges aux pilastres encastrés et la corniche dorique évoquaient un temple païen où se seraient célébrés les mystères du veau d'or. Stéphane entendait encore le curé de Richelieu tonnant contre les riches, qui ne pourraient jamais passer par le chas de l'aiguille menant au paradis. Les sermons n'impressionnaient plus autant que jadis le jeune homme, mais l'exemple récent de Blake l'avait presque persuadé que le capitalisme s'apparentait à une forme subtile du satanisme. Il avait bien relu dix fois l'acte de prêt qu'on lui proposait et le libellé lui en paraissait honnête, mais il savait qu'on peut poser avec les mots des lacets et des chausse-trapes invisibles plus meurtriers que ceux des meilleurs chasseurs. Bien sûr, il n'y risquait ni sa vie ni son âme, mais il eût préféré la mort ou la damnation à la perte de la seigneurie que sa famille avait reçue directement du Roi-Soleil, avec des pouvoirs sur les gens, sur la terre et sur l'eau du lieu.

Déjà sa mère avait mis en péril ce patrimoine en signant une reconnaissance de dette envers son amant, le lieutenant des dragons

Mervynn Parker. Depuis, ce militaire avait disparu dans les confins orientaux de l'Empire britannique, emportant avec lui et au diable vauvert — du moins Stéphane l'espérait-il — son billet à ordre, qui, après cinquante ans, en cas de défaut, lui donnerait la moitié de la seigneurie. Avec un peu de chance, ce document s'était déjà envolé en fumée sous un ciel de la Chine ou des Indes. Ce souvenir de la seule faute qu'il reprochât à sa défunte mère adorée mit fin à son indécision : il n'irait pas à ce rendez-vous fatidique. Juste comme il s'éloignait, Stéphane entendit qu'on le hélait. Il se retourna et aperçut le comptable Charest, qui lui cria, avec de grands gestes de la main :

— Vas-tu te décider enfin à entrer ? J'ai tout préparé et notre directeur t'attend !

Stéphane comprit qu'en lui faisant faux bond il mettrait Roger Charest dans l'embarras face au patron de la banque. Il revint sur ses pas : une simple rencontre n'engageait à rien. Au lieu de le précéder, Charest le fit passer devant et le poussa vers le bureau du directeur, où il le laissa seul en compagnie d'un quinquagénaire aux traits anguleux, aux joues pincées de l'intérieur, qui parlait de la voix haletante des asthmatiques.

— Comment va monsieur le seigneur du Grand Remous ? demanda le banquier en se levant et en inclinant un peu le torse pour saluer, à la manière allemande.

— Monsieur, sachez que j'ai beaucoup hésité à me présenter devant vous.

— Je comprends qu'un homme de votre espèce n'a pas l'habitude de fréquenter les banques. Je me présente : John Donegani. Je porte moi-même foi et hommage pour le fief et la seigneurie de Foucault, mais mon titre est plus récent et roturier en comparaison du vôtre. En fait, je l'ai acquis il y a vingt ans des mains du shérif qui liquidait les biens du seigneur précédent.

Stéphane avait entendu parler de Donegani par Gustave Hamelin, qui lui vouait une grande estime car c'était à son domicile qu'avait eu lieu, huit ans plus tôt, une assemblée visant à fonder à Montréal un Institut de Littérature, des Sciences et des Arts. L'ingénieur se faisait un point d'honneur d'appeler John de son prénom véritable : Jean-Antoine, d'autant qu'il était marié à une Rosalie Plamondon, de Québec. « Votre famille a toujours fait preuve de goût et de culture, lui disait-il en plaisantant. La preuve en est que vous êtes en train de vous franciser. » Le nom de Donegani était apparu dans les journaux parmi les signataires du manifeste demandant l'annexion du Canada aux États-Unis, mais Hamelin ne lui en avait pas tenu rigueur, affirmant que Jean-Antoine n'avait sûrement rien à voir avec les voyous qui menaçaient de mettre le feu à la ville. « Et après tout, ajoutait-il, si nous devenions américains, nous serions en république, libérés du joug de l'Église et de celui de l'odieuse dynastie de Hanovre. »

— Je ne sais pas si vous vous en souvenez, jeune homme, mais nous nous sommes déjà rencontrés, fit le banquier. C'était en 1847, à l'Institut canadien de Montréal, qui logeait alors dans le sous-sol de l'imprimeur Dourthe, et vous aviez accepté de servir de cobaye à ce cher Hamelin. Avec sa pile de Leyde, il vous avait électrifié au point de vous faire dresser les cheveux sur la tête. Et comme il adore faire scandale, il avait soutenu que Mary Godwin Shelley ne se trompait probablement pas en laissant croire, dans son *Frankenstein,* que les morts ne sont sans doute que des vivants en panne de courant. Un petit notaire chauve avait même crié au sacrilège !

Le récit de Donegani fut interrompu par un petit rire, qui se transforma aussitôt en une quinte de toux. Stéphane en profita pour commencer à examiner l'acte de prêt dont on avait disposé les trois pages côte à côte sur le bureau devant lui. L'autre le laissa terminer sa lecture, puis il s'adressa à lui d'un ton redevenu grave.

— J'ai décidé de vous accorder le prêt que vous sollicitez parce que je sais que nous ne risquons rien, ni vous ni moi. C'est fait : Lord Elgin vient de donner la caution royale à la loi de monsieur Lafontaine.

— Enfin ! s'écria Stéphane en levant un poing victorieux.

— Il a dû payer le prix de son courage : des mécontents l'ont pourchassé à sa sortie du Parlement et l'ont attrapé rue Saint-Laurent, à l'angle de Sherbrooke. Il a dû alors essuyer une pluie de projectiles...

— Les dragons de son escorte n'ont pas réagi ?

— Les faits vous paraîtront incroyables, mais j'ai toute confiance en celui qui me les a rapportés : quand les premiers cailloux se sont abattus sur la berline du gouverneur général, ses soldats, qui auraient dû former une muraille vivante autour de lui, se sont éloignés et ont regardé l'attaque comme s'ils avaient été au spectacle. Certains ont même repris les insultes de « traître » et de « vendu » hurlées par les émeutiers. Mais le frère du vice-roi a sorti un revolver, a obligé les attaquants à reculer et les dragons à reformer leurs rangs autour de la voiture. Puis tout le cortège s'est précipité au triple galop vers le manoir de Monklands.

— Incroyable... Y a-t-il eu des blessés ?

— Certains disent qu'Elgin aurait reçu un caillou à la nuque, d'autres disent que c'est son valet qui a été blessé. Je ne crois pas que le gouverneur général revienne de sitôt en ville.

— À présent, la rue gouverne notre ville.

— Pour très peu de temps. Le gouverneur général n'aura d'autre choix que de demander à l'armée de rétablir l'ordre. L'essentiel pour vous est qu'il ait pu donner la sanction royale à une loi qui vous permet de contracter un emprunt avec nous.

Sentant qu'il fallait revenir à l'affaire en cours et conclure, Stéphane saisit la liasse de documents qu'on lui proposait de signer.

— Si je comprends bien cette offre, dit-il, votre confiance en notre gouvernement n'est pas absolue, puisque vous exigez que ma seigneurie serve à garantir votre prêt. Et cela...

Donegani pria Stéphane de lui passer l'acte d'emprunt et, d'un geste théâtral, il raya et parapha le paragraphe qui mentionnait la seigneurie.

— Voilà ! voilà : nous ne vous demandons plus que le transfert à notre banque de votre créance auprès du Canada-Uni. Mon conseil d'administration risque de me tancer, mais je lui expliquerai que la Banque du Peuple a le devoir d'exprimer ainsi sa confiance inconditionnelle en notre gouvernement.

Il tendit sa plume à Stéphane, qui signa sans hésiter. Les deux hommes se levèrent et échangèrent une poignée de main.

— Je vais demander à notre caissier qu'il vous remette votre dû, fit le banquier. Et n'oubliez pas de transmettre mes amitiés à monsieur Hamelin.

Neuf

Quand il reprit ses esprits, le vice-roi James Elgin s'aperçut qu'il reposait sur l'ottomane au dossier arrondi en corbeille que son frère Frederick avait fait installer près de son télescope, dans la chambre mansardée qui lui servait de bureau. Il voulut s'asseoir, mais une douleur atroce à la tête l'en empêcha. Il se tâta le crâne et sentit sous ses doigts une bosse sans doute causée par le choc qui était son dernier souvenir de l'attaque dont il avait été victime devant la résidence des Molson, au coin des rues Saint-Laurent et Sherbrooke. Les émeutiers l'avaient une fois de plus bombardé de divers projectiles, et cette fois ils avaient réussi à l'atteindre.

Cette agression, qui faisait partie de l'ordre des choses, n'expliquait par la terreur qu'il éprouvait. Ce sentiment, nouveau et dégoûtant pour lui, provenait du fait que ses dragons, chargés de la mission sacrée de le protéger, lui, le représentant direct de leur souveraine, avaient ouvert leurs rangs plutôt que de les resserrer et l'avaient ainsi livré à la foule en furie. Cette trahison de la part de soldats britanniques lui enlevait toute son assurance. Peu à peu, une colère froide succéda à la frayeur : oh ! ils le paieraient, et cher ! Tous ces militaires coupables de lèse-majesté recevraient le châtiment infamant du chat à neuf queues. Quant à leur officier, il se retrouverait devant un tribunal militaire...

Songeant soudain que l'escorte était commandée par son propre frère, il lui sembla impensable de croire un instant que Frederick eût pu être mêlé à une mutinerie. D'ailleurs, quand l'attaque avait commencé, son cadet l'avait forcé à se coucher sur la banquette de la berline et, bouclier humain, s'était allongé sur lui. Pourtant, quelques secondes plus tôt, il lui reprochait âprement d'avoir décidé de faire donner la troupe ! Les liens du sang l'emportaient sur tout. Pas question de punir son frère : il fallait au contraire le décorer. Mais il obligerait les dragons félons à lui révéler le nom des officiers coupables !

Lord Elgin se leva et, alors qu'il marchait en chancelant vers la porte, celle-ci s'ouvrit devant son frère Frederick, qui sourit en l'apercevant :

— Te voilà donc debout ! Il faut te recoucher tout de suite, mon cher. Sur ordre de ton médecin, qui d'ailleurs m'accompagne.

Derrière son cadet, James Elgin aperçut le docteur Ryan, qui apportait un bol de faïence plein de morceaux de glace avec des compresses de gaze.

— Son Excellence ne devrait pas quitter le lit jusqu'à demain, dit le médecin avec componction.

— Pour une bosse de rien du tout ? Ridicule ! Frederick pourra vous confirmer que les Elgin ont la tête dure, lui rétorqua le vice-roi.

Et se retournant vers son cadet, il ajouta :

— Écoute, je veux que tu rassembles tous les hommes de l'escorte dans la cour du manoir.

— Et pourquoi donc ?

— Pour que j'aie le plaisir de leur annoncer moi-même la récompense que leur vaudra leur conduite héroïque.

Comme son frère restait indécis, bras ballants, James Elgin lança :

— Alors, qu'attends-tu ?

— C'est que, vu justement la conduite dont tu parles, je leur ai donné quartier libre jusqu'à demain.

— Tu plaisantes ! Ils ont délibérément laissé passer mes assaillants jusqu'à notre voiture.

— Face à deux ou trois cents personnes, que pouvaient ces cavaliers, à qui d'ailleurs tu avais interdit d'utiliser leurs armes même pour te défendre ?

— J'aurais souhaité justement voir ce qu'ils auraient pu faire, mais ils se sont conduits comme des lâches, et je ne sais trop quelle intervention miraculeuse a pu me sauver la vie.

Certains des amis de James Elgin ayant acheté des terrains du côté de Byetown seraient ravis de ce qui venait de se produire. Le vice-roi n'avait rien voulu savoir de leur agiotage, mais il serait évidemment obligé de recommander à Sa Majesté de déménager la capitale du Canada-Uni ailleurs qu'à Montréal. Il était devenu évident qu'une ville aussi divisée, aussi susceptible de donner lieu à des émeutes, n'était pas un choix acceptable.

Dix

Le soleil était déjà disparu derrière les toits de tôle de la rue Saint-Jacques, mais il nappait d'un or somptueux les tours jumelles de l'église Notre-Dame. Le jeune seigneur avait glissé sa fortune à l'intérieur de sa redingote, tout contre son cœur qui semblait, au contact de cet argent, se gonfler de bonheur et de force. Il se demandait rêveusement si la possession de biens matériels n'avait effectivement rien à voir avec le bonheur quand il entendit une cloche qui sonnait à toute volée et semblait venir vers lui. Soudain, un cavalier émergeant de la rue Saint-François-Xavier faillit le renverser tandis qu'il éperonnait sa monture et fonçait vers l'est.

— Anglo-Saxons, aux armes ! Tous au champ de Mars ! criait-il entre les tintements assourdissants de la cloche qu'il balançait au-dessus de son tricorne à la hauteur des premiers étages, dont les volets s'ouvraient ou se fermaient selon la nationalité de ceux qui les habitaient. Dans la traînée de ce crieur public porteur de l'écharpe des orangistes, des hommes sortaient de chez eux, la serviette de leur dîner interrompu nouée autour du cou. Certains avaient les mains nues, d'autres brandissaient des gourdins, des fusils ou des *Union Jack* ; tous se précipitaient vers le champ de Mars.

Stéphane, lui, s'en éloignait maintenant presque en courant, angoissé par l'idée d'être pris à partie par ces hommes en armes qui auraient pu profiter de l'occasion pour lui voler son argent. Il dut se cacher sur le seuil d'une maison pour éviter un autre sonneur de cloche anglo-saxon, mais il finit par arriver sans encombre à la maison de Gustave Hamelin.

Marie-Violaine lui sauta au cou comme si elle avait perdu tout espoir de jamais le revoir, puis elle éclata en sanglots. Stéphane la serra fort dans ses bras et lui caressa les cheveux. Au bout d'un moment, elle se calma et, blottie contre lui, raconta qu'elle avait reçu une nouvelle visite d'Antoine Pedneault. L'adjoint de son père prétendait avoir attendu en vain, tout l'après-midi, que « monsieur Hamelin » le rejoignît tel que convenu à l'Assemblée nationale :

« J'espère que des émeutiers ne s'en sont pas pris à lui... Mais je me tracasse sûrement pour rien. Votre père a dû oublier notre rendez-vous et se rendre directement à l'usine. Je vais l'y retrouver de ce pas.

— Pourriez-vous lui demander qu'il me donne de ses nouvelles ?

— Oui, et si ses obligations l'empêchaient de rentrer, je vous enverrai un commis avec un billet pour vous rassurer. »

Marie-Violaine était toujours sans nouvelles de son père. Avec cette blessure à la tête qu'aucun médecin n'avait examinée, ne risquait-il pas de perdre la mémoire ou la conscience à tout moment ?

— Et puis, cet adjoint, je lui trouve l'air sournois. Il a prétendu que mon père avait probablement oublié ici des plans très importants du gazoduc et il en a profité pour fouiller un peu partout dans son bureau.

Ce détail éveilla également la méfiance de Stéphane, qui demanda si l'autre était reparti avec quoi que ce soit.

— Pas à ma connaissance. Mais par politesse, je n'ai pas osé rester sur ses talons durant toute sa visite.

Stéphane serra sa compagne dans ses bras en lui promettant qu'il retrouverait rapidement son père et qu'elle s'inquiétait sans doute pour rien. Il remarqua le silence qui régnait partout dans la maison et demanda si Benoît et Annette avaient pu prendre, comme prévu, le bateau de quatorze heures pour la seigneurie.

— Oui, ils avaient tellement de malles que j'ai dû les reconduire au quai avec le tombereau.

— À l'heure qu'il est, ils sont probablement déjà rendus à Chambly... Mais je n'aime pas l'idée de te laisser seule ici.

— Ne t'en fais pas : la maison est solide et je vais m'y barricader.

De fait, la demeure des Hamelin, avec ses fenêtres étroites comme des meurtrières et ses murs d'une épaisseur de trois rangs de pierres, ressemblait à un petit fort. Ses bâtisseurs, des négociants de fourrures, en la construisant à l'extérieur de Ville-Marie, comptaient s'attirer ainsi le commerce des Hurons et des Iroquois, qui n'osaient pas s'aventurer derrière la palissade. Mais ils n'éprouvaient pas une confiance illimitée dans leurs partenaires indiens, de sorte qu'ils avaient rendu leur demeure isolée capable de soutenir un assaut de quelques heures, le temps qu'il faudrait à la garnison française pour leur dépêcher des renforts. Stéphane savait bien qu'il laisserait sa fiancée dans une véritable redoute, puisque c'était lui qui en avait négocié l'achat au nom de Gustave Hamelin, quand celui-ci lui avait écrit de Manchester pour lui annoncer qu'il venait s'installer à Montréal.

Se munissant d'une lanterne à paroi de corne, il demanda à Marie-Violaine de le suivre à la cave. Derrière le mur du fond, dont le mortier commençait à s'effriter sous l'effet de l'humidité, on entendait rouler l'ancienne rivière Saint-Pierre, transformée en égout collecteur depuis déjà un siècle. Même chargée des eaux printanières, elle dégageait dans le sous-sol une odeur désagréable, qui deviendrait nauséabonde et insupportable durant l'étiage d'été.

Stéphane déposa sa lampe sur le dessus d'un coffre-fort et, sortant une grosse enveloppe de la poche intérieure de sa redingote, il entreprit de compter à voix haute les billets tout neufs qu'il déposait à mesure dans les paumes tendues de sa fiancée.

— ... Deux mille neuf cents, et trois mille livres sterling ! Le compte est bon, dit-il avec un large sourire. Ma chérie, tu tiens dans tes mains la nouvelle seigneurie des Talbot, celle que nous léguerons à nos enfants et à leurs enfants.

— Est-ce une demande en mariage ?

— Tu sais bien que ma demande est déposée à tes pieds depuis longtemps et attendait simplement que les circonstances te permettent de lui donner une réponse favorable.

— Ramène-moi mon père et je ne saurai plus rien te refuser, dit-elle d'une voix qui avait à peine le ton de la plaisanterie.

Stéphane ouvrit le coffre-fort à quatre pênes dormants qui renfermait toute la fortune de Gustave Hamelin — actions, lettres de change et quelques centaines de livres sterling.

Il s'apprêtait à refermer le coffre quand il y remarqua une fiole, sur la tablette du bas, que l'ingénieur avait couchée au milieu d'un lit d'ouate : elle contenait sûrement de la nitroglycérine. Stéphane la montra à Marie-Violaine et l'exhorta à ne jamais y toucher, ni même souffler dessus. Puis il ferma la porte blindée et lui remit les clés. Avant de la quitter, il crut bon de prendre encore une autre précaution en lui remettant un des vieux pistolets de son père.

— Je ne sais pas comment m'en servir ! protesta-t-elle.

— Peu importe. Un intrus n'en saurait rien.

Onze

De l'épaule droite à la hanche gauche, Stéphane avait passé une écharpe orange que Marie-Violaine lui avait taillée dans une vieille nappe. Il espérait qu'en portant ce signe de ralliement des orangistes il arriverait à passer pour l'un d'eux. Et quand il dépassait des groupes armés, il se tournait vers eux et, sans ralentir sa monture, levait le poing pour montrer sa solidarité. Il avait décidé de commencer ses recherches par l'Assemblée nationale. La blessure à la tête de son beau-père l'inquiétait. Peut-être gisait-il inconscient dans une des nombreuses salles de l'édifice public? Antoine Pedneault disait l'avoir attendu dans le hall mais avouait ne pas l'avoir cherché dans tous les recoins de l'ancien marché comme il aurait dû le faire.

Ici et là, Stéphane passait sans s'arrêter tout près de Canadiens français qu'on avait entourés et qu'on houspillait. Parfois, les injures menaient aux coups. Lorsqu'il aperçut un vieillard gisant inanimé sur un trottoir de bois dont les planches à claire-voie laissaient tomber des filets de sang sur le macadam, il crut même un instant avoir trouvé son beau-père. Jusque-là son déguisement sommaire avait trompé les émeutiers, mais pour peu qu'il dût répondre à des questions, son accent français le trahirait aussitôt et son déguisement lui vaudrait une correction particulièrement sévère.

191

La nuit tombait, et les allumeurs de réverbères, indifférents à tout le brouhaha politique, parcouraient la ville leur échelle à l'épaule, marquant leur avancée dans les rues par l'éclosion instantanée de corolles jaunes et iridescentes autour des lanternes qui couronnaient les mâts de bronze de la Montreal Gas Light Heat and Power. La floraison de ce jardin de lumières prouvait que Gustave Hamelin n'était pas encore rendu à son usine, où il aurait ordonné la fermeture de tout le réseau gazier, surtout avec la tournure que prenaient actuellement les événements.

Stéphane n'entendait plus les crieurs orangistes et leur sinistre sonnerie, mais ils avaient accompli leur œuvre : une sourde rumeur lui parvenait du champ de Mars et s'amplifiait, se précisait de mille cris, sifflements et hennissements à mesure qu'il s'en rapprochait. Il ne put résister à la tentation de faire un détour par l'hôtel de ville pour observer ce que préparaient les séditieux. Peu désireux de se mêler à la foule, il longea le canal de la rue Craig jusqu'à une éminence située directement à l'arrière de l'esplanade, nivelée et agrandie de manière à permettre les manœuvres de la garnison britannique au grand complet. La caserne de la porte de Québec logeait encore quatre régiments de près de cinq cents hommes chacun, qui n'arrivaient pas à occuper leur terrain d'exercice de façon aussi dense que la foule qui s'agitait en contrebas, entre deux rangs de cyprès.

Stéphane estima que les orangistes avaient réussi à réunir plus de deux mille personnes, que des orateurs chauffaient à blanc, du haut de la terrasse élevée et abrupte aménagée derrière l'hôtel de ville et à laquelle on ne pouvait accéder que par deux escaliers latéraux. Il compta tellement de drapeaux américains qu'il se rappela les récits que son père lui avait faits de l'occupation *yankee* en 1802. Bien que la nuit fût tombée, il distinguait parfaitement les tribuns éclairés par des dizaines de torches, que des partisans brandissaient derrière eux en les tenant comme des épées de feu plutôt que comme de simples appareils d'éclairage. Il reconnut, parmi les bourgeois qui haranguaient la foule, le jeune William Molson, héritier de la brasserie et nouveau baron des chemins de fer, ainsi que son frère cadet John à qui appartenait presque tous les bateaux à vapeur sillonnant les eaux canadiennes ; l'entrepreneur John Redpath, qui avait construit le canal Rideau ; John George Mackenzie, qui présidait la chambre de commerce ; et Archibald Hume, fabricant de chandelles de la rue Saint-Tolentin.

Stéphane songea à la logique paradoxale que semblait suivre l'histoire sur les rives du Saint-Laurent : tandis qu'en Europe, l'an passé, les grands capitalistes avaient dû recourir à la troupe pour échapper à la colère ouvrière, ici, les mêmes richissimes financiers inspiraient et commandaient une insurrection populaire formée de la foule de leurs ouvriers et de leurs commis. Possédants et possédés, tous unis par une même fascination pour un avenir américain et pour un passé anglo-saxon dont le sentiment s'exacerbait par leur confrontation avec les Canadiens français.

Archibald Hume leva les bras pour réclamer le silence.

— Écoutez-nous, Anglo-Saxons ! tonna-t-il, les mains sur les hanches. Quelle est votre allégeance maintenant ? Au pantin qui se trouve entre les mains de Lafontaine et qui ose prétendre qu'il parle au nom de notre souveraine ?

Des huées l'interrompirent un long moment.

— Puisque des traîtres usurpent le pouvoir, vous devez être anglais, dussiez-vous n'être plus britanniques. Vous devez vivre pour l'avenir. Votre sang et votre race seront désormais votre loi suprême, si vous êtes vrais à vous-mêmes.

« Où sont donc passés les Frères Chasseurs, les patriotes de 1837 ? » se demanda un instant Stéphane. Il connaissait trop bien la réponse : ils avaient été tués au combat, pendus, déportés aux quatre coins de l'Empire, de l'Australie aux îles Comores, ou ils s'étaient enfuis dans la République du sud. Son peuple n'avait plus de soldats pour le défendre. Toute l'amertume de la défaite monta aux lèvres du jeune homme, qui songea à son père, lequel avait préféré la mort dans les rapides de sa seigneurie à l'humiliation de la captivité.

À cause de la distance et de la rumeur de la foule, Stéphane n'arrivait pas à entendre les mots d'ordre que lançaient les barons de l'industrie à leurs fidèles, mais une cérémonie qui se déroulait en même temps, dans l'escalier qui menait au porche de l'hôtel de ville, illustrait à merveille ce qu'on attendait d'eux. Tour à tour, des effigies de Lord Elgin, de Louis-Hippolyte Lafontaine et de Louis-Joseph Papineau furent brûlées puis, parti d'on ne savait où, un cri commença à monter, sans qu'on sût s'il avait été lâché par les chefs ou s'il venait de la foule. « Tous au palais du Parlement ! »

Stéphane eut la certitude que cette clameur n'allait pas tarder à se transformer en mot d'ordre et que bientôt cette populace en colère marcherait sur l'Assemblée nationale. Si son beau-père se trouvait encore là-bas, il lui restait peu de temps pour le prévenir de la tournure des événements et pour l'escorter jusqu'à la sécurité relative de son domicile, rue Wellington. Il fit demi-tour et mit son cheval au trot. Quand il déboucha sur la place d'Youville, il se retrouva dans une atmosphère tellement paisible et silencieuse qu'elle lui parut irréelle après les clameurs enragées de la place d'Armes. Deux constables faisaient les cent pas devant l'édifice. L'un d'eux lui confirma ce que lui avaient déjà indiqué les fenêtres illuminées de l'aile droite : les députés siégeaient ce soir, sans doute pour rattraper le temps perdu par les grandes émotions qu'avait soulevées la visite du gouverneur général. Stéphane se souvint que seulement deux d'entre eux habitaient Montréal et que, par conséquent, la majorité devaient avoir hâte de rentrer dans leur foyer, à Kingston, Toronto, Québec ou Rivière-du-Loup. D'autant qu'ils touchaient des indemnités de déplacement si maigrelettes que les moins fortunés d'entre eux se ruinaient à force de loger dans les hôtels de la capitale.

On entrait dans l'immeuble comme dans un moulin, et personne n'interrogea Stéphane sur les buts de sa visite, même s'il avait oublié d'enlever son écharpe orangiste. Il demanda à un sergent de ville si des employés du gaz étaient passés effectuer des vérifications.

— Oui. Je crois même qu'ils ont découvert un problème en haut, dans la bibliothèque. Si ça se trouve, ils y travaillent encore.

Stéphane escalada quatre à quatre l'escalier en spirale et se heurta à une porte fermée à clé, à la poignée de laquelle pendait une pancarte indiquant que l'accès à la bibliothèque était interdit pour cause de travaux. Il colla son oreille à un des panneaux mais n'entendit aucun son provenant de l'intérieur, ce qui ne signifiait pas grand-chose étant donné que la porte capitonnée de cuir et munie d'un coupe-vent ne laissait pas, en principe, passer le moindre son ni le plus léger souffle d'air. Il chercha à entrer de force, avec de solides coups d'épaule et de pied, mais la serrure résista à tous ses efforts.

Alerté par le vacarme, l'archiviste Alphonse Bertrand sortit de son bureau, ses traits marqués par la petite vérole froncés par l'angoisse. Il connaissait Stéphane pour l'avoir vu quelques fois en compagnie de Gustave Hamelin.

— Vous avez une bien belle écharpe, lui dit-il sur le ton de la plaisanterie.

— Je dois retrouver monsieur Hamelin et, ce soir, la ville appartient aux orangistes, répondit Stéphane avec un sourire embarrassé.

— Il a effectivement passé un bon moment dans la bibliothèque. Mais il est reparti avec ses hommes depuis longtemps. Rien de grave ?

— Il a disparu depuis quelques heures. Par les temps qui courent, vous comprendrez que sa famille s'inquiète. Vous a-t-il dit où il allait ?

— Non. En fait, je ne l'ai pas vu partir. C'est son adjoint qui m'a dit qu'il était parti pour l'usine avant eux.

Pedneault avait donc menti à Marie-Violaine en lui racontant qu'il avait attendu son père en vain à la bibliothèque. Pour quelle raison ?

— Et il y avait bien une fuite à l'intérieur ?

— Oui. Monsieur l'ingénieur m'a même montré comment la flamme de mon allumette en était devenue toute bleue, raconta l'archiviste puis il ajouta qu'Antoine Pedneault lui avait assuré, en quittant les lieux, qu'il avait effectué les réparations qui s'imposaient mais qu'il fallait absolument empêcher quiconque d'entrer dans la bibliothèque.

L'inquiétude s'empara de Stéphane : si Antoine Pedneault avait effectivement colmaté la fuite, il n'avait aucune raison de donner cet ordre.

— Écoutez, dit-il, je vous assure qu'il n'y a aucun danger à jeter un rapide coup d'œil à l'intérieur. Donnez-moi votre clé et...

— Monsieur Pedneault me l'a prise. Mais le capitaine Moritz en a une et...

Un fracas de verre qui éclate l'interrompit. L'archiviste ouvrit la bouche, sans doute pour achever sa phrase, mais un autre bruit semblable éclata, suivi de plusieurs autres, espacés d'abord de quelques secondes, puis retentissant presque simultanément en un vacarme mêlé de cris, de sifflements et du roulement lointain d'une batterie de tambours.

— Cela vient de la Chambre des députés ! s'écria l'archiviste Bertrand, qui se précipita au bout du couloir menant à l'aile droite, suivi aussitôt de Stéphane.

Ils émergèrent dans la galerie où Stéphane avait passé l'avant-midi en compagnie de Marie-Violaine déguisée et du comptable Charest. Cette fois, les tribunes étaient presque désertes et les rares spectateurs avaient quitté leur chaise et se tenaient penchés à la balustrade, où les deux jeunes hommes les rejoignirent aussitôt. Ce qui se passait sous eux n'avait plus rien à voir avec les règles parlementaires, ni même avec celles de la civilisation. Lancés avec force par les émeutiers qui encerclaient l'édifice, des briques et des cailloux brisaient les dernières fenêtres intactes et s'abattaient parmi l'assemblée. Les représentants du Parti *tory* avaient dû être prévenus à temps de l'attaque que préparaient leurs partisans car ils brillaient par leur absence. Quant aux rouges, plusieurs d'entre eux justifiaient leur nom par leur visage ensanglanté. Les plus téméraires se tenaient encore debout, tournant sur eux-mêmes, les coudes levés et les épaules rentrées pour se protéger des projectiles, posture qui s'avérait impuissante contre les tirs qui les touchaient dans le dos ou à la tête. De sorte que peu à peu, ils rejoignaient leurs collègues qui s'étaient réfugiés sous les pupitres. Quand un pavé bien visé eut cassé le dernier carreau de la dernière fenêtre, un flottement se produisit parmi les émeutiers. Dans le silence relatif, on entendit voler les feuilles de quelques textes de loi, portées par les courants d'air de la salle, grande ouverte aux coups de vent qui venaient du fleuve voisin. Des députés gémissaient de douleur, certains gisaient, inconscients; d'autres tentaient de rassurer un collègue. Stéphane chercha en vain les deux premiers ministres associés, Louis-Hippolyte Lafontaine et Robert Baldwin.

Depuis la place d'Youville, une voix de ténor, aux accents cultivés, lança un mot d'ordre qui retentit aussi clairement que s'il avait été lancé à l'intérieur de l'édifice : « *Death to the traitors!* » La foule fit puissamment écho à ce cri, auquel se mêla un autre, plus précis et plus menaçant : « *Everybody inside!* » Aussitôt, le grand corps se mit en mouvement vers l'entrée de l'ancien marché Sainte-Anne, mais il ne parvint pas à pénétrer immédiatement à l'intérieur. Ce retard était dû aux mouvements contradictoires d'une populace cherchant à converger en même temps vers le même point et n'avait rien à voir avec une quelconque obstruction de la part des policiers et des soldats, qui avaient pris soin de se poster sur le pourtour de la place, à l'arrière de la foule, et qui observaient la scène avec la curiosité polie de spectateurs au théâtre. Comprenant que l'amphithéâtre serait incessamment envahi par leurs assaillants, les députés sortirent de sous leur bureau et suivirent un sergent de ville qui leur criait : « Par ici, messieurs! Vite! » Ils disparurent derrière une porte dérobée.

— Ils vont prendre le passage souterrain qui mène de l'autre côté de la place, expliqua Alphonse Bertrand à Stéphane.

— Allez-y ! Moi, je ne crains rien, je suis un orangiste, répondit Stéphane en montrant son écharpe à l'archiviste, qui répliqua en enlevant sa cocarde à un député *tory* inconscient et en l'épinglant au revers de sa redingote.

— *Me too*, dit Alphonse Bertrand avec un sourire. Si monsieur Hamelin est en danger, je dois vous aider. Et puis, il faut sauver les livres.

Au même instant, les premiers manifestants firent irruption au milieu de l'Assemblée nationale désertée. Leur rage ne trouvant aucun membre du parti des rouges sur qui s'assouvir, ils s'attaquèrent au mobilier, qu'ils démolirent à coups de botte, de gourdin et de crosse de fusil. D'autres saisirent des documents répandus sur le parquet au milieu des éclats de verre et les entassèrent sur le bureau du président de l'Assemblée. « *No money for the traitor* », proféra un bourgeois en haut-de-forme qui abaissa sa torche de résine jusqu'à l'amoncellement de papier. Des flammes jaillirent aussitôt, hautes et claires, et Stéphane se dit qu'il ignorait toujours si son beau-père se trouvait dans la bibliothèque, inconscient ou peut-être même mort. Dans cette cohue, il ne lui servait à rien de tenter de retrouver le capitaine Moritz pour lui emprunter sa clé. Et il lui manquait une hache ou une masse pour enfoncer la porte capitonnée.

Juste à ce moment, il entendit qu'on l'interpellait. Il se retourna et reconnut un des *tories* à qui il avait échappé de justesse ici même, quelques heures plus tôt, en compagnie de Marie-Violaine. À l'arrivée de Stéphane dans la galerie, l'homme faisait partie du petit groupe de spectateurs qui, penchés au-dessus de la balustrade, observaient le bombardement que subissaient les députés. Totalement absorbé par le spectacle qui se déroulait sous eux, il n'avait pas remarqué le nouvel arrivant. Mais à présent, il le pointait du doigt et criait à ses camarades : « Regardez, un espion ! » L'archiviste, quant à lui, eut la chance de ne pas attirer l'attention et il en profita pour s'éclipser.

Cinq assaillants convergeaient du haut des tribunes vers Stéphane, à qui ils coupaient les issues latérales, l'acculant contre la balustrade. Le jeune homme enjamba celle-ci, s'agrippa à deux barreaux et se laissa pendre dans le vide. Cherchant à lui trouver la main, la lame d'un couteau s'enfonça dans un barreau, mais déjà Stéphane avait lâché prise. Il atterrit sur le parquet des parlementaires, juste devant la tribune du président, où l'on entretenait un feu de joie avec les documents de l'Assemblée nationale. Ses poursuivants tentèrent d'attirer l'attention des pillards qui les entouraient en leur criant de s'emparer de lui.

Les flammes qui léchaient déjà le dessous de la galerie semblèrent bondir sur elle, soulevant un rideau incandescent jusqu'au plafond de la salle des délibérations et provoquant la fuite éperdue du petit groupe vers l'arrière de la galerie du public. Se rendant compte qu'ils risquaient de périr dans le bûcher qu'ils avaient eux-mêmes allumé, les émeutiers se précipitèrent vers la sortie, entraînant malgré lui Stéphane, qui émergea ainsi à l'air libre et déboula l'escalier de l'entrée principale. Quand la vague humaine causée par la panique cessa de les porter et qu'il put enfin se retourner, il perdit tout espoir de suivre en sens inverse le chemin qu'on venait de lui faire parcourir : les portes du hall dégorgeaient à présent les insurgés dont certains tentaient d'éteindre leurs vêtements ou leur chevelure en s'assénant des coups du plat de la main.

Des cloches retentirent du côté de la rue Saint-Pierre, et Stéphane eut soudain la vision étonnante d'une pompe à incendie qui se frayait un chemin au milieu de la place d'Youville, tirée par un attelage de six chevaux. Il courut jusqu'à l'équipe de volontaires dont l'engin se rapprochait de la façade du marché Sainte-Anne en crachant une vapeur blanche de toutes ses haletantes entrailles de cuivre. Stéphane s'attendait à ce que les pillards prissent rapidement à partie les sapeurs, surtout que ces derniers portaient, à la taille de leur épais manteau, la ceinture fléchée qui indiquait qu'ils arrivaient de la caserne Saint-Jean-Baptiste et qu'ils étaient tous canadiens-français. Au contraire, après un moment d'hésitation, on accueillit la pompe à incendie avec des cris de joie, on l'escorta au milieu de la foule, et les incendiaires eux-mêmes aidèrent les pompiers à brancher leur tuyau à une des sorties de l'aqueduc municipal.

—— • ——

Le chef de police Moses Hays essayait de calmer son cheval, qui, énervé par la vue des flammes, se cabrait et piaffait sur les pavés surélevés faisant office de trottoir sur le pourtour de la place d'Youville. Bientôt excédé par le comportement de sa bête, il ordonna à l'un des dix connétables qui l'entouraient de la tenir par la bride. « L'édifice est en danger, mais pas perdu », songeait-il. Le feu se limitait à son aile droite, où il n'avait pas encore attaqué la charpente. Si les autres escouades de la ville répondaient au tocsin de la caserne Saint-Jean-Baptiste, elles pourraient limiter les dégâts. D'autant qu'elles trouveraient, à chaque coin du bâtiment, un des robinets à haute pression qu'il avait fait installer du temps où la Compagnie des associés de l'aqueduc de Montréal lui appartenait encore. Mais il fallait, avant toute chose, disperser les insurgés. Les quatre-vingts hommes de sa police, armés seulement de leur longue matraque lestée de plomb, ne pouvaient rien contre ces milliers d'enragés.

Pour que le calme revînt, il suffirait qu'apparût un régiment de l'infanterie britannique, tambours battants et drapeaux déployés, avançant avec la régularité et le courage de ceux qui avaient conquis le plus grand empire de l'histoire. Or, ces soldats légendaires logeaient à quelques rues d'ici, dans la citadelle érigée à l'entrée de la porte de Québec, dernier vestige des remparts de la ville. À la demande de leur capitaine, ils avaient déjà formé les rangs et attendaient, immobiles, dans la cour de leur caserne. Ils n'avanceraient jusqu'à la place d'Youville que sur l'ordre exprès de leur commandant en chef, le gouverneur général. Cet ordre aurait dû tomber dès que les crieurs des loges orangistes avaient commencé à parcourir la ville avec leur appel aux armes, ou à tout le moins dès le rassemblement au champ de Mars. Le capitaine Lyall jurait qu'aucun de ses émissaires au manoir de Monklands n'avait pu obtenir d'audience auprès de Son Excellence.

À présent, peu importait que sa lettre fût parvenue à bon port ; le policier savait que des fenêtres de son bureau, sur le flanc ouest du mont Royal, Lord Elgin pouvait voir le palais du Parlement qui commençait à brûler. Peut-être n'osait-il pas faire avancer des troupes britanniques contre des sujets britanniques pour défendre un gouvernement de Canadiens français ? Le chef Hays n'éprouvait aucune amitié particulière pour ces catholiques, dont l'Inquisition avait torturé et brûlé ses ancêtres portugais, tandis que l'Empire imposait partout la tolérance, même en Afrique du Sud, où la reine Victoria venait de supprimer l'esclavage des Noirs. Les événements actuels, toutefois, ressemblaient trop à un pogrom pour ne pas soulever sa colère et son indignation.

— Chef, puis-je vous demander pourquoi nous attendons ainsi à l'écart ? demanda le connétable qui empêchait sa monture de se cabrer. Sauf votre respect, nous pourrions donner un coup de main à ces malheureux pompiers.

— Surtout pas ! Les pauvres n'ont vraiment pas besoin qu'on les aide davantage.

En effet, les émeutiers s'étaient mêlés d'aider les sapeurs, mais avec une telle maladresse qu'ils sabotaient tous les efforts pour maîtriser l'incendie. En feignant d'ouvrir le robinet d'incendie avec une pince de paveur, l'un d'eux la ferma si fort qu'il fallut les coups de marteau de deux sapeurs pour dévisser la poignée ; un autre jetait des seaux d'eau dans la cheminée de la pompe à vapeur, menaçant d'en éteindre le feu. Malgré tous ces contretemps, une lance fut enfin mise en batterie, mais à coups de hache les orangistes la débitèrent aussitôt en plusieurs tronçons. Quand le chef Hays aperçut le tuyau d'arrosage gisant comme une grosse anguille au milieu de flaques d'eau, il ne put retenir sa colère et ordonna à ses hommes de protéger les pompiers dans leur travail. Et sachant qu'il ne pouvait guère compter sur la loyauté de ses troupes, il annonça sèchement qu'il congédierait sur-le-champ quiconque aurait l'air de se traîner les pieds dans l'accomplissement de cette tâche.

—————   •   —————

— Il faut mettre votre échelle là-haut, indiquait Stéphane aux sapeurs en montrant les fenêtres de la bibliothèque et en leur répétant qu'il y avait là un homme inconscient qui risquait de brûler vif.

Mais les hommes de la caserne Saint-Jean-Baptiste ne l'entendaient pas ainsi et s'occupaient uniquement de mettre en batterie leurs lances à l'angle sud-ouest de l'immeuble. Soudain, Stéphane aperçut un orangiste chauve, à la moustache roussie, qui escaladait une échelle vers une des fenêtres de la bibliothèque, en portant à bout de bras une torche de résine. Stéphane le rattrapa, lui agrippa les chevilles et lui fit sauter les pieds de leur appui sur l'échelle. L'émeutier tomba comme une masse vers la place d'Youville, où ses complices amortirent sa chute et lui évitèrent de se fracasser le crâne sur les pavés.

Stéphane venait de sauver — pour quelques instants — la bibliothèque, mais il s'était trahi. Des poings se levèrent dans sa direction et on lui lança des pierres. On repoussa l'échelle à coulisses, qui bascula vers l'arrière et se disloqua sur le sol juste au moment où Stéphane bondissait sur l'étroite corniche. Il s'adossa au mur du bâtiment et repoussa le dernier barreau d'un solide coup de pied. L'échelle coulissante s'abattit avec fracas sur les pavés et se disloqua. Stéphane venait de gagner quelques précieuses minutes, car les sapeurs avaient récupéré la seule autre grande échelle disponible et l'emportaient du côté de l'aile droite, où se portaient toujours leurs efforts. Protégées par les forces policières, les lances d'incendie se mirent enfin à vaporiser deux puissantes colonnes d'eau sur le brasier de l'Assemblée nationale. Des huées saluèrent ce premier succès des pompiers, qui s'avéra bien éphémère puisque les jets faiblirent, se raréfièrent puis se tarirent tout à fait. Un officier de la caserne courut vérifier la pression d'eau en dévissant un des tuyaux : les robinets d'incendie, grands ouverts, ne laissaient plus s'échapper qu'une mince rigole entre les pavés du macadam. L'aqueduc municipal lui-même venait de tomber en panne !

Stéphane ouvrit sans difficulté une fenêtre laissée entrouverte, l'espagnolette maintenant seule les deux châssis l'un contre l'autre. Il effectua un rétablissement à partir de l'appui de la fenêtre et se retrouva à l'intérieur. À la lueur bleutée des lampes, il constata que l'air ambiant contenait une forte concentration de gaz : la moindre étincelle, le moindre tison transformeraient la pièce en bombe incendiaire. Il prit une grande bouffée d'air pur, puis s'avança dans la salle comme un plongeur nage sous l'eau. Les livres étaient disposés en trois cercles concentriques, réunis par des allées qui convergeaient vers une aire centrale de lecture. Il se mit à courir le long du cercle extérieur. Tous ces ouvrages qui défilaient sur sa droite allaient bientôt disparaître. Stéphane s'engagea dans le deuxième cercle et accéléra : soudain, il sentit un objet qui craquait sous sa semelle droite. Il stoppa et se pencha vers le pince-nez de Gustave Hamelin, dont il venait de fracasser le verre gauche à l'intérieur de sa monture métallique.

Stéphane continua sa visite. En traversant l'aire de lecture, il avisa le registre relié en maroquin rouge qu'Alphonse Bertrand avait laissé sur un pupitre et il le prit machinalement sous son coude. De l'intérieur, la porte céda à ses coups d'épaule et elle pivota sur ses gonds jusqu'à frapper les lambris en marbre du couloir. Incapable de retenir sa respiration plus longtemps, Stéphane dut inspirer l'air enfumé. Une quinte de toux le saisit et Alphonse Bertrand surgit de l'autre extrémité du corridor, où il s'était posté à une fenêtre fracassée qui lui fournissait un peu d'oxygène.

— Je savais que vous arriveriez à nous ouvrir la bibliothèque. Je vois que vous avez pris le catalogue des œuvres en péril.

— Il faut partir. La bibliothèque va exploser !

— La Providence ne permettra pas l'anéantissement de toutes ces créations de l'esprit.

Stéphane comprit que l'autre n'avait plus toute sa tête. Il décida d'entrer dans son jeu pour l'amener le plus loin possible.

— Nous reviendrons chercher le reste tout à l'heure, dit-il en confiant à l'archiviste l'ouvrage qu'il tenait à la main et en amorçant la descente de l'escalier. Il jeta un rapide regard derrière lui et constata que l'archiviste le suivait à contrecœur, les yeux larmoyants, le livre serré contre sa poitrine malingre.

Les flammes couraient à présent sur la charpente en bois et se propageaient ainsi dans tout l'édifice. Stéphane s'arrêta au rez-de-chaussée, le temps de constater qu'un brasier bloquait l'entrée principale. Il continua sa descente jusqu'au sous-sol. Les travaux d'aménagement de l'ancien marché Sainte-Anne n'avaient pu se poursuivre, par manque de fonds, dans la partie souterraine de l'édifice, de sorte que Stéphane se retrouvait dans une cave au sol de terre battue. Des crocs de boucher pendaient des voûtes de pierres, au-dessus de plaques brunâtres qui ne pouvaient être que d'anciennes flaques de sang séché, incrusté dans la terre. Ici et là, des enclos à demi écroulés barraient encore le chemin, qui avaient servi à enfermer le bétail et la volaille. Un journaliste prétendait que les bouchers n'avaient pas quitté l'immeuble mais transporté leur abattoir à l'étage supérieur, où ils s'employaient à égorger les humains plutôt que les bovins.

L'archiviste avait mentionné l'existence d'un tunnel de secours par lequel les députés s'étaient enfuis. Stéphane se retourna pour lui demander comment on y avait accès. Alphonse Bertrand avait disparu, laissant derrière lui, au milieu de l'escalier, l'album de maroquin listant les œuvres en péril. L'archiviste était sûrement retourné à la bibliothèque. Stéphane se dit qu'il aurait dû surveiller plus étroitement ce pauvre homme. Il se précipita vers le rez-de-chaussée en prenant garde aux planches qui tombaient du plafond. L'escalier qui menait à l'étage ressemblait à l'échelle de feu de Jacob. Stéphane se prit à douter que l'archiviste eût pu passer par là, mais il aperçut alors le petit homme qui descendait en portant une pile de livres coincée sous son menton. Un instant, Stéphane crut à une intervention divine digne de l'épisode de Daniel dans la fosse aux lions. Si la Providence avait sauvé la Nouvelle-France en provoquant le naufrage de la flotte de l'amiral Walker contre les récifs de l'île aux Œufs, pourquoi n'étendrait-elle pas sa protection à ces textes qui constituaient la mémoire et la conscience de son peuple élu en Amérique du Nord ?

Comme pour confirmer cette supposition, un bruit d'une force surnaturelle éclata, en même temps qu'une nappe de lumière baigna le haut de l'escalier, enveloppant Alphonse Bertrand d'un éclat semblable à celui qui nimbe les saints. Mais cette image fut immédiatement dissipée par le spectacle réel de la couche fluide de méthane qui, au lieu de faire accéder l'archiviste à la béatitude céleste, le pulvérisa avec sa pile de livres. Du haut de la cage d'escalier, les flammes s'abattirent dans le hall d'entrée. D'un bond, Stéphane franchit la porte donnant sur le sous-sol. Un souffle brûlant le frappa dans le dos et le projeta dans l'escalier, qu'il dévala en roulant sur lui-même. Le sol humide et spongieux de la cave amortit sa chute mais le sonna, le laissant à la merci d'un jet incandescent qui descendit quelques marches en tâtonnant aux alentours, à la recherche de sa proie. Ce lieu formé de boue et de pierre manquant de matériaux combustibles, l'excroissance ignée réintégra l'incendie qui, plus haut, achevait de raser l'Assemblée nationale. Stéphane se leva et s'éloigna, avec sous le bras l'album de l'archiviste, seul vestige désormais de la Bibliothèque nationale.

Le brasier répandait de la lumière dans les fissures du parquet, qui menaçait de s'écrouler. Stéphane repéra ainsi facilement les pas des députés dans la boue et gagna une passerelle métallique qui surplombait la rivière Saint-Pierre transformée en égout collecteur. Il avançait dans une obscurité totale, avec comme seul point de repère, en contrebas, le roulement de flots auquel se mêlait le choc sourd de ce qu'il supposait être des poutres à demi calcinées qui embaumaient l'air de résine et faisaient luire des braises couleur de rubis.

Plus loin, la pleine lune dressait sur la passerelle un pilier luminescent qui provenait d'un trou d'homme laissé ouvert par les représentants du peuple au moment de leur récente fuite. Stéphane glissa l'album sous sa ceinture et s'apprêtait à emprunter l'échelle rouillée qui menait vers la surface quand des coups assourdissants et répétés attirèrent son attention vers l'aval de la rivière souterraine. Le vacarme lui rappelait le martèlement des grosses caisses au cours des défilés militaires sur le champ de Mars, mais tellement amplifié par les parois étroites de l'égout collecteur qu'il craignit pour ses tympans et se boucha les oreilles. Faisant quelques pas vers la source du bruit, il aperçut soudain, pendant d'une des rampes de la passerelle, le bonnet phrygien de Gustave Hamelin. Il aurait dû s'en douter : les ravisseurs du père de Marie-Violaine avaient choisi ce chemin qui leur permettait de sortir incognito du palais du Parlement.

Des rats apeurés lui filèrent entre les jambes en couinant. Une flottille de débris en flammes l'éclairaient toujours en projetant sur la voûte de pierres des ombres grotesques. Stéphane se rassurait à l'idée que plus il avançait, plus il se rapprochait du Saint-Laurent, de ses eaux puissantes qui seraient lumineuses sous la pleine lune. Brusquement, le vacarme s'arrêta et il put recouvrer l'usage de ses mains pour s'agripper au rail de la passerelle, mais pas pour longtemps, car bientôt une puanteur méphitique l'obligea à se pincer les narines. Étrangement, ces miasmes ne provenaient pas de l'égout, à l'odeur duquel il s'était habitué, mais de soupiraux grillagés pratiqués à intervalles réguliers dans la paroi à sa droite, à la hauteur de ses genoux. Il s'accroupit devant l'une des ouvertures et distingua, collés aux barreaux, de la paillasse et du crottin, qui lui firent comprendre qu'il se trouvait derrière des stalles où l'on gardait des animaux. Mais le bramement qu'il entendit alors ne ressemblait au cri d'aucune des bêtes qu'il connaissait.

Saisi d'une crainte irrésistible, presque superstitieuse, Stéphane se releva. Un peu plus loin, le tunnel se creusait en une caverne artificielle de quelques mètres de profondeur qui abritait un quai souterrain équipé d'une grue sur pivot et d'un escalier creusé menant jusque sous le niveau des eaux. Toute cette installation était déserte pour l'instant, mais des empreintes de pas encore boueuses témoignaient du passage récent de deux ou trois individus qui avaient dû, avec la grue, hisser une barque jusqu'au quai, où elle avait laissé une longue traînée humide jusqu'à une porte à deux battants retenus par une énorme chaîne. Par acquit de conscience, Stéphane s'assura que le cadenas était bien fermé puis, n'ayant pas les outils pour s'attaquer à la serrure, il poursuivit son chemin.

Au bout de quelques minutes, les coups métalliques et caverneux retentirent de nouveau, mais juste derrière lui, cette fois. Stéphane rebroussa chemin et avisa une échelle qu'il avait ratée dans l'obscurité, qui devenait presque totale maintenant que de moins en moins de tisons descendaient au fil de l'eau. Suspendus au plafond par des pitons de fer, trois minces tuyaux de cuivre arrivaient du fleuve et faisaient un coude pour disparaître au zénith de l'endroit où Stéphane se tenait. Un peu plus loin sur sa gauche, une autre canalisation, d'un diamètre plus large, s'éloignait vers l'amont, elle aussi suspendue au sommet de la voûte de pierre. Stéphane comprit qu'il se trouvait juste au-dessus de la station de pompage de l'aqueduc municipal, laquelle disposait de trois puissantes machines à vapeur. Deux d'entre elles aspiraient l'eau du fleuve et la refoulaient par pression jusqu'à deux réservoirs situés sur les pentes du mont Royal. De là, la simple différence d'élévation permettait de distribuer l'eau, préalablement filtrée pour la rendre potable, dans toute la ville. La troisième machine, quant à elle, exerçait une fonction plus spécifique et plus cruciale : elle acheminait directement vers les robinets d'incendie de l'eau à haute pression, capable de jaillir avec force des lances des sapeurs-pompiers et d'éteindre ainsi des brasiers situés à des distances considérables.

Entre ce qui ressemblait aux roulements d'une batterie de tambours, Stéphane entendit des hommes qui ahanaient et s'encourageaient. Peu enclin à monter se jeter dans la gueule de ces loups-là, il décida d'attendre un peu, d'autant qu'il avait compris à quelle tâche destructrice on s'adonnait là-haut. Les saboteurs avaient détruit, tout à l'heure, la pompe du service des incendies et ainsi privé les sapeurs de la caserne Saint-Jean-Baptiste de tout moyen de sauver le palais du Parlement, et ils s'attaquaient à présent aux deux autres machines de la station de pompage, ce qui aurait pour conséquence de priver Montréal de son aqueduc.

Le vacarme cessa. Stéphane entendit de loin en loin des éclats de rire, mais il attendit encore une bonne minute avant d'escalader l'échelle métallique, dont il souleva le pesant couvercle de fonte. Il se retrouva ainsi à l'intérieur de la station. Les coups des saboteurs avaient disloqué les bielles délicates qui réunissaient les roues motrices des mastodontes d'acier et leur permettaient de transformer le mouvement circulaire en celui, alternatif et rectiligne, des pistons de pompage. Les malfaiteurs avaient également réussi à éventrer par endroits les chaudières, d'où s'échappaient de dangereux jets de vapeur qui menaçaient d'ébouillanter Stéphane, surtout qu'ils changeaient à tout moment de direction sous l'effet des variations de la pression interne.

Dans le but de parachever leur destruction et de dissimuler leur méfait, les hommes avaient répandu des charbons ardents partout sur le sol. Trouvant que ce dernier, en béton et en métal, mettait trop de temps à s'enflammer, ils lançaient à présent par la fenêtre des lanternes à l'huile qui faillirent atteindre Stéphane. Cette fois, l'édifice lui-même commença à flamber. Tout ici ne serait bientôt qu'un magma de métal fondu et calciné, pensa Stéphane, et le sabotage passerait peut-être ainsi inaperçu. On raconterait que les pompes municipales n'avaient pas tenu le coup quand elles avaient dû augmenter la cadence et soutenir la pression nécessaire pour combattre les incendies. Les saboteurs s'éloignaient à présent en poussant de grands cris d'« Au feu ! À l'aide ! »

Stéphane jeta un coup d'œil par les carreaux fracassés de la porte principale : trois hommes, dont deux qui portaient l'uniforme des employés de l'aqueduc, s'éloignaient rapidement vers les rectangles rouges des usines et des entrepôts qui s'échelonnaient entre le fleuve et le canal Lachine. Ainsi donc, les gardiens de la station étaient complices des saboteurs ! Ce qui signifiait qu'on pourrait probablement faire passer toute l'affaire pour un simple accident.

Quand Stéphane voulut tourner la poignée de la porte, une brûlure cuisante à la paume l'obligea à retirer sa main. Il perdit un temps précieux à dénouer sa lavallière de coton, qu'il utilisa ensuite pour saisir le métal chauffé à blanc. Quand il finit par se retrouver enfin à l'extérieur, les hommes qu'il voulait suivre avaient disparu. À cette heure tardive, la zone industrielle était déserte. Les flammes qui s'échappaient de la station de pompage, seule à l'extrémité d'une pointe de terre, attirèrent l'attention d'un vapeur qui, pour donner l'alerte aux riverains, fit entendre sa sirène au milieu du Saint-Laurent.

Stéphane longea la rive, en écoutant distraitement le clapotis des vagues sur les cailloux ronds qui retenaient dans leurs interstices une écume sale rejetée par l'égout collecteur. L'accès à celui-ci était interdit par une grille que fermait un gros cadenas rouillé, qui ne pourrait guère offrir de résistance à une pince-monseigneur. Entre le trou d'homme attenant au palais du Parlement, par où s'étaient enfuis les députés, et celui de la station de pompage, il n'avait pas découvert d'autre issue, pour les ravisseurs et leur victime, que celle de ce quai souterrain.

Qui avait intérêt à enlever l'ingénieur Hamelin, à mettre le feu au palais du Parlement et à saboter l'aqueduc ? Les orangistes ? Stéphane pressentait que les véritables auteurs du complot s'étaient servis de la foule et de sa colère pour arriver à leurs fins.

Il se mit à patrouiller les rues du quartier dans l'espoir de trouver un passant qui aurait vu les saboteurs. Il désespérait de trouver un seul témoin quand il tomba, à l'angle des rues Colborne et Wellington, sur un tonnelier qui avait cassé un essieu dans un de ces nids-de-poule qui rendaient les voies publiques de Montréal si peu carrossables au printemps. L'homme gros, fort et rouge suait abondamment. Quand Stéphane l'aborda, le tonnelier sembla content de marquer une pause dans ses pénibles travaux de réparation. Il tira de sa poche un énorme mouchoir à carreaux et se le passa sur le visage et le cou. Il avait remarqué deux employés de l'aqueduc et un troisième personnage en civil. Ils étaient entrés là-bas. Du menton, le tonnelier indiquait l'extrémité de la rue Colborne, où se trouvait la taverne de *La Mort Subite*.

Douze

En fin de soirée, Marie-Violaine se retrouva seule dans la maison de la rue Wellington, avec à la gorge une angoisse si étouffante qu'elle décida d'écrire à sa sœur Augustine à New York. Les cheveux défaits, son peignoir de soie bâillant sur ses seins, elle s'assit en tailleur sur un sofa et posa l'écritoire sur ses cuisses écartées. À la lueur d'une bougie, les ombres des grenouilles clouées à leur planchette dansaient en s'étirant entre les solives apparentes du plafond. Selon son habitude, elle se parlait à haute voix à mesure qu'elle rédigeait. « Chère sœur adorée, Dieu m'a délivrée aujourd'hui d'un mari cruel qui ne désirait plus que ma mort. Ou plutôt sa propre méchanceté l'a perdu, car il s'est tué quand son vieux canon lui a explosé au visage. »

— Voilà en tout cas ce que raconteront les journaux de ce soir, fit une voix inconnue.

Marie-Violaine se leva d'un bond, renversant son encrier sur le velours jaune du sofa, et se retourna, sa bougie brandie comme une arme devant elle.

— Ne vous en faites pas, madame, je ne suis pas un voleur. Bien au contraire : j'appartiens à la police. Mais peut-être souhaiteriez-vous davantage voir un mécréant qu'un représentant de la justice ?

En prononçant ces mots, l'homme s'avança et se détacha des ténèbres. Son apparence chétive rassura Marie-Violaine. Avec sa tunique noire à col montant et son début de calvitie, il ressemblait à un séminariste onctueux et diablement myope, si l'on se fiait à l'épaisseur des lunettes qui lui donnaient des yeux globuleux comme ceux des innombrables batraciens morts qui décoraient la pièce.

— Comment êtes-vous entré ? demanda Marie-Violaine en resserrant l'encolure de sa robe de chambre.

— Votre père m'a prêté son trousseau, mentit l'inspecteur Leclerc en secouant plusieurs clés maintenues ensemble par un anneau d'argent qu'elle reconnut aussitôt.

— Ces clés, vous les avez volées ! cria Marie-Violaine en esquissant un pas vers le pistolet de duel que Stéphane avait laissé sur le guéridon à sa droite.

— Ne craignez rien, je veux simplement vous parler. À votre place, j'éviterais de donner la parole aux armes, dit-il en faisant apparaître, puis disparaître, comme par magie, un pistolet à sa main droite.

Comprenant qu'elle était à la merci de son visiteur, Marie-Violaine croisa les bras et s'assit.

— Très bien. Je vous écoute.

— Vous voulez que la mort de votre mari soit un accident ? Soit, il en deviendra un. Vous pouvez me croire, puisque c'est moi qui mène l'enquête. Je vais décider de ne pas faire entendre par le magistrat un enfant de sept ans, le fils de la victime et donc votre beau-fils.

— Julian ? Je le croyais dans son pensionnat.

— Il était chez lui pour les vacances de Pâques. Il a reconnu votre amant et votre père sur les lieux du crime, et il les a identifiés tout à l'heure sur le perron de votre maison, de la diligence où nous attendions tous les deux.

— Je ne comprends rien à ce que vous dites.

— Dites plutôt que vous ne voulez rien comprendre de ce qui s'est passé la nuit dernière.

Marie-Violaine avait tellement l'impression d'étouffer qu'elle se leva et marcha jusqu'à la fenêtre, dont elle rabattit violemment le volet.

— Pour ne pas troubler votre belle âme, poursuivit Leclerc derrière elle, votre papa vous a dit qu'il y a eu un accident et cela vous arrange de le croire. Mais savez-vous ce que penserait un juge si je déposais devant lui toutes les preuves que j'ai réunies? Il dirait : voici une femme mariée, Marie-Violaine Blake, qui décide, avec la complicité de son amant, Stéphane Talbot, de se débarrasser de son mari. Et vous devinez ce qui vous attendrait ensuite tous les deux? La corde. On ferait même une place sur la potence à votre papa, puisqu'il a participé au crime.

— Vous êtes fou! hurla Marie-Violaine. Comment osez-vous me raconter de telles horreurs et prétendre que vous me voulez du bien?

— Parce que tout ce que je viens de vous raconter, je vais le garder pour moi et personne n'en saura rien.

— Et en échange?

Toujours postée à la fenêtre, Marie-Violaine observait les étranges lueurs striées de noir qui rougissaient le ciel de Montréal et se demandait si elle ne rêvait pas un autre épisode de son cauchemar funèbre de la nuit précédente.

— Je ferai votre bonheur. Jugez plutôt. D'abord, je vous demande de ressusciter. Oh! je sais qu'il y a au cimetière une tombe avec votre nom dessus. Mais on s'était trompé l'hiver dernier : les loups ne vous avaient pas dévorée. Des brigands vous avaient enlevée dans l'espoir d'une rançon. Ils ont envoyé plusieurs lettres de menaces à votre mari. En vain. Il refusait de verser un centime pour vous ravoir — tous ceux qui connaissent son aimable caractère croiront cette histoire. En apprenant sa mort, les ravisseurs se sont découragés et vous ont libérée. Je vous ai découverte, errante et tremblante, dans un quartier malfamé et je vous ai ramenée ici, chez votre père. Comme on vous a gardée tout ce temps avec un bandeau sur les yeux, vous ne pouvez pas me décrire les malfaiteurs ni me dire à quel endroit précisément ils vous avaient emprisonnée. Vous me suivez jusqu'ici ?

— Oh, je ne vous lâche pas d'une semelle. Me voilà donc de nouveau madame Blake. Ce qui signifie ?

— Que vous héritez d'une immense fortune. J'ai vérifié ce détail tout à l'heure chez le notaire.

— Quoi, mon mari me laisserait tout ? J'ai peut-être mal interprété ses sentiments quand il a cherché à m'assassiner !

— Je crois plutôt qu'il ne comptait pas mourir si tôt et qu'il n'a pas songé à refaire son testament.

— De toute manière, cet argent me dégoûte et je n'en veux pas.

— Je vous engage à l'accepter. Pensez à tout le bien qu'il vous permettra d'accomplir en partageant cette richesse avec les autres.

— Avec les autres, peut-être, mais j'ai l'impression que ce serait surtout avec vous, n'est-ce pas ?

— Je ne suis pas si gourmand. Je me contenterai de la moitié du gâteau.

— Vous savez bien qu'une femme n'a pas plus de droits qu'un enfant et ne peut disposer d'un tel héritage qu'avec l'accord de son père ou de son nouveau mari.

Leclerc salua cette tirade en applaudissant du bout des doigts, avec un sourire ironique.

— Bravo, ma chère. Je constate que vous avez le sens des réalités. Sans doute à cause de ce collège huppé que vous avez fréquenté à Londres. Votre père m'a dit que vous y étiez une des meilleures élèves.

Il éclata d'un rire méprisant et lança :

— Puisque, aux yeux de la loi, une femme n'est qu'une enfant, vous ne recevriez en effet que l'usufruit de la fortune jusqu'à ce que le fils de Blake devienne majeur. Et c'est là que j'interviens pour faire votre bonheur et pour vous marier...

— Jamais !

— Oh ! pas à moi, rassurez-vous. Je suis déjà marié. Non, je vous donne comme époux votre amant adoré, Stéphane Talbot, à qui reviendra de me transférer une partie de votre fortune. Du même coup, ce mariage mettra un terme aux prétentions possibles de la branche écossaise de la famille Blake et fera de vous les parents adoptifs de Julian. Vous voyez, je vous ai inventé un conte de fées.

— Dites plutôt une histoire d'horreur puisque nous nous retrouverions entre les mains d'un scélérat comme vous, fit Stéphane qui venait de surgir de l'ombre.

Le visage noirci par la fumée, sa chevelure blonde hirsute et sentant le roussi, il tenait son pistolet de duel d'une main qui ne tremblait pas.

À l'apparition de Stéphane, Leclerc ne cilla même pas, mais esquissa un sourire d'amusement.

— Monsieur Talbot ! vous avez l'air de sortir tout droit d'un champ de bataille ! J'espère que nos orangistes ne vous ont pas trop mal arrangé ?

— Que faites-vous ici ? fit Stéphane en s'avançant de manière à se placer entre le policier et Marie-Violaine.

— Vous m'épargneriez des redites en m'indiquant depuis quand vous nous écoutiez...

— Ce que je n'ai pas entendu, je l'ai deviné. Alors, concluez !

— Sachez d'abord que je vous laisse pointer impunément cette pétoire parce que je tiens énormément à vous. Le contraire n'étant pas vrai, cela me place dans une position d'infériorité que j'ai dû corriger avant de me présenter ici.

Leclerc sortit alors de l'intérieur de sa tunique une lettre qu'il remit à Stéphane.

— Voici un mot qu'a bien voulu me remettre monsieur Hamelin, à ma suggestion, et qui explique sa situation. Un de mes associés l'a pris comme pensionnaire. Il a pour instructions de bien le soigner et de le loger jusqu'à ce que nous ayons conclu les différentes transactions que je vous ai proposées.

— Sinon ? fit Stéphane.

— J'espère que vous ne me forcerez pas à énoncer de cruelles évidences devant une jeune femme sensible... J'ajouterai cependant que mon partenaire n'éprouve pas mes sentiments d'amitié à l'égard de votre futur beau-père et qu'il nourrit même contre lui une haine qui risque de s'exprimer au moindre prétexte.

— Rendez-moi mon père ! cria Marie-Violaine en s'élançant, toutes griffes dehors.

Mais Stéphane la retint par le coude et elle fit volte-face, venant se blottir contre lui en étouffant un sanglot. Il lui murmura à l'oreille : « C'est un bavard. Plus il parle, plus il nous renseigne. »

— Tss-tss ! Pas de chuchotements.

Stéphane força sa fiancée à s'asseoir sur le canapé, à côté de la tache d'encre dont elle avait maculé le velours jaune. Il se retourna vers leur visiteur et lui dit d'un ton glacial :

— La période de deuil prescrite aux veuves par l'Église ne nous permettrait pas de nous épouser avant des mois.

— Madame avait noué sa première union selon les rites anglicans, qui réduisent la période de deuil à un mois. Je m'étonnerais que des scrupules religieux vous interdisent de vous adresser à l'Église d'Angleterre pour hâter la libération de monsieur votre père.

— Très bien. Admettons un instant que j'entre dans votre folie. Je voudrais d'abord que vous me conduisiez auprès de votre prisonnier pour me donner la preuve qu'il est toujours vivant.

Leclerc éclata de rire.

— Vous voulez une preuve qu'il est toujours vivant ? Vous n'en aurez pas d'autre que cette lettre !

Stéphane jeta un coup d'œil rapide sur la missive, reconnut l'écriture de Gustave Hamelin et la rangea dans la poche de sa tunique. Il l'examinerait plus en détail quand il serait seul. Peut-être y trouverait-il une indication codée sur l'endroit où on le détenait en otage. Il se tourna vers un buffet de chêne massif, d'où il sortit une bouteille de cognac et trois ballons. Tandis qu'il se penchait pour servir Marie-Violaine, il lui souffla : « Laisse-moi faire ! » Puis, s'avançant vers l'autre qui n'avait rien entendu, il huma la fine champagne qu'il lui destinait et la lui tendit, en précisant :

— D'accord.

— Bravo ! À nos succès, mes amis ! clama Leclerc en faisant cul sec.

— Vos succès seront les nôtres, répondit Stéphane en levant son verre sans le choquer contre celui de Leclerc. Car après tout, ma chérie, ajouta-t-il à l'adresse de Marie-Violaine, il faut bien voir que monsieur Leclerc ne nous enlève rien. Au contraire, il partage avec nous une fortune qui nous aurait échappé si nous avions dû continuer à vivre dans la clandestinité.

— Bien dit ! Écoutez, je ne vois pas pourquoi nous ne pourrions devenir amis.

— Moi non plus. Encore un peu de cognac, cher monsieur ? Attention de ne pas en perdre une goutte : il date du sacre de Napoléon.

— À l'empereur et à notre amitié, s'écria Leclerc en claquant des talons. Puis il s'avança jusqu'à Marie-Violaine, toujours posée sur le sofa, ses jambes nues ramenées frileusement sous son peignoir de soie, et il lui fit un baisemain très mondain.

— Monsieur votre mari a manqué d'élégance à vouloir assassiner une aussi délicieuse jeune femme que vous.

Marie-Violaine décida d'ajouter l'ivresse des sens à la griserie de l'alcool, et, cessant de retenir son vêtement à l'encolure, elle se dressa sur les genoux en s'arrangeant pour que son épaisse chevelure vienne caresser le bombement de ses seins au-dessus de son corsage étroitement ajusté.

— Encore un peu de cognac ! demanda-t-elle en tendant son verre.

Stéphane lui en accorda une larme, mais versa une généreuse rasade à Leclerc en se demandant combien de verres il faudrait à celui-ci pour sombrer dans l'ébriété. Peut-être le détective sentait-il déjà un certain déséquilibre, car il se laissa choir à côté de son hôtesse, en plein sur la tache d'encre qui devait être encore assez fraîche pour maculer le fessier de son pantalon vert pastel.

— Quand Blake a-t-il découvert que vous étiez toujours vivante, malgré tous ses efforts pour vous tuer?

— Il y a quelques jours. Un de ses employés m'a aperçue en venant relever le compteur de gaz chez Stéphane. Je portais mes habits et ma casquette d'homme mais il m'a reconnue car c'était notre ancien cocher et...

— Petite naïve, comment espériez-vous dissimuler votre splendeur féminine avec quelques fringues? Faut-il que les habitants de cette ville soient aveugles pour que vous ayez pu y circuler impunément tout ce temps?

En débitant ses flatteries, Leclerc croisa les jambes et se rapprocha de son interlocutrice.

— En apprenant que la nouvelle de votre mort était grossièrement exagérée, votre époux acharné a organisé un nouvel attentat. C'est alors que votre amant a décidé d'extirper le mal à sa source.

À ce point de son récit, le policier se tourna vers Stéphane.

— Vous avez forcé Blake à vous tirer dessus avec un canon que vous aviez chargé de nitroglycérine et obstrué jusqu'à la gueule. Un tribunal vous jugerait coupable de meurtre et vous expédierait à la potence, en compagnie de votre maîtresse. Mais moi, tout policier que je sois, je vois les choses comme vous : il s'agit d'un cas de légitime défense. Vous protégiez Marie-Violaine d'un mari monstrueux et assassin. Je suis prêt à risquer ma carrière, et même ma vie, pour vous venir en aide.

— Et comme tout véritable ami, vous ne demandez rien en échange, renchérit Stéphane en remplissant, mine de rien, le verre que le détective venait de vider pour la troisième fois. Enfin, presque rien : la moitié de quelques centaines de milliers de livres sterling. Ma fiancée et moi-même vous sommes reconnaissants de toutes ces faveurs que vous nous faites. Mais pourquoi prendre en otage ce pauvre Hamelin ?

Les yeux vitreux, le corps raide, le détective semblait enfin tomber sous l'empire de l'alcool.

— Allons le chercher tous les deux, dit Stéphane en prenant amicalement Leclerc par la main et en l'amenant à se lever. Ramenons-le ici, dans son foyer, où il attendra sans bouger la conclusion de nos affaires.

Leclerc se dégagea soudain et, d'un œil vif et amusé qui avait perdu toute trace d'ivresse, il fit mine de prendre la mesure de son hôte.

— Le cognac ne m'embrouille pas l'esprit ! Au contraire ! il me l'éclaircit. Monsieur Hamelin restera mon hôte parce que j'obtiens ainsi la certitude que vous ne vous défilerez pas avec l'argent de Blake dès que vous aurez réussi à me soûler... à supposer que vous y arriviez.

— Votre plan ne marchera jamais. La disparition de l'ingénieur-chef de la Montreal Gas Light Heat and Power ne demeurera pas inaperçue.

— Vous raconterez qu'il a été appelé au chevet de son autre fille, à New York.

— Et Marie-Violaine, que répondra-t-elle aux policiers qui voudront connaître tous les détails de son prétendu enlèvement ?

— J'aurai tout le temps d'instruire votre fiancée des propos qu'elle devra tenir à mes collègues, durant notre séjour dans la maison abandonnée qui a servi de repaire à ses ravisseurs.

— Je croyais qu'elle était supposée n'avoir rien vu, à cause du bandeau qu'on l'obligeait à porter nuit et jour ?

— Oui, mais on va l'interroger sur les sons et les odeurs de ce lieu.

— Il a raison, mon chéri.

— Alors, je vous accompagne.

— D'ici à la libération de votre fiancée, il n'est pas question que vous vous montriez ensemble.

— Et vous voulez procéder à cette mise en scène tout de suite ?

— Le moment ne peut être mieux choisi. Avec les événements qui se déroulent dans cette ville, notre affaire passera presque inaperçue et mon chef n'y regardera pas de trop près.

— Il n'est pas question que je vous laisse seul avec mademoiselle Hamelin.

— Vous n'avez pas le choix. Je vous répète que la vie de Gustave Hamelin dépend de votre respect scrupuleux de mes instructions.

— Très bien. D'ailleurs, vos intérêts et les nôtres s'accordent pour l'instant. Vous ne pouvez nous arracher une partie de la fortune de Blake que si elle est d'abord entrée en notre possession... Mais dites-moi : quand prévoyez-vous libérer mademoiselle Hamelin ?

— Demain matin, à l'aube. Elle constatera alors, au silence des lieux, que ses ravisseurs ont quitté la place en laissant ouvert le verrou de sa chambre. Ensuite, elle n'aura qu'à marcher le long du canal en direction de Montréal... Je vais inventer un prétexte pour envoyer à sa rencontre des policiers en uniforme. Ils la conduiront directement à mon bureau, où je procéderai moi-même à son interrogatoire.

— Et où exactement comptez-vous l'emmener ? fit Stéphane en tournant le dos à sa fiancée.

— Me croyez-vous assez naïf pour répondre ? J'en profite pour vous avertir que des hommes à moi surveillent cette maison et qu'ils vous empêcheront d'en sortir jusqu'à nouvel ordre.

— Venez voir, s'écria Marie-Violaine, toujours postée à la fenêtre, derrière Stéphane. Il pleut des étoiles !

Des étincelles jaillissaient au-dessus des toits, suivies de brûlots ardents, plus lents et plus imprévisibles dans leur trajectoire, que suivaient également, tête renversée, les deux policiers en civil postés devant la maison. Marie-Violaine courut se changer. Stéphane sortit dans le jardin, qui donnait sur l'écurie, conscient du danger qui les menaçait : il suffisait qu'un de ces brûlots tombât dans un angle de la toiture, ou sur un tas de foin, pour que la maison des Hamelin fût à son tour consumée. Pour parer à toute éventualité, il se mit à emplir des seaux à la margelle du puits, pendant que Leclerc le regardait avec un sourire ironique montrant que la menace d'un incendie le laissait parfaitement indifférent. Ici et là, des pages se mirent à choir du ciel, leur texte éclairé et rendu lisible par les ellipses ignées que leur course aérienne avait presque éteintes, mais qui reprenaient force dès qu'elles se retrouvaient à l'abri du vent, sur le sol.

Des lettres de feu se levaient alors à la verticale de celles que l'encre avait couchées jadis sur le papier, et il semblait à Stéphane que les deux écritures menaient un bref combat inégal, qui s'achevait inéluctablement par le triomphe des mots que le monde proférait depuis des éons par la bouche des volcans et des soleils. Une fois que le feu avait écrit par-dessus les fadaises humaines, il ne restait plus sur l'herbe qu'une hostie noire.

Stéphane songea qu'ils n'étaient qu'à quelques coins de rues de la bibliothèque. L'explosion avait dû souffler le toit et aspirer dans des courants d'air chaud les pages qui se libéraient de leur lourde couverture. Certaines d'entre elles seraient préservées par une flaque d'eau ou par un lecteur aux réflexes rapides mais qui ne pourrait jamais reconstituer les œuvres dont elles formaient les débris éphémères et chaotiques. Et les cendres de l'archiviste Alphonse Bertrand s'emmêlaient à présent à celles des manuscrits dont il avait la garde.

— En provoquant une fuite de gaz, vous vouliez attirer mon beau-père hors de chez lui et de son bureau. Mais était-il nécessaire de détruire l'Assemblée nationale et sa bibliothèque ?

— Le marché Sainte-Anne n'avait pas besoin de nous pour brûler. Vous oubliez que deux mille guerriers anglo-saxons s'en occupaient. Mon associé dans cette affaire tenait vraiment à ce que tout soit rasé. La fuite de gaz dans la bibliothèque lui permettait de s'assurer que les flammes ne manqueraient pas de carburant.

— Et si votre partenaire vous avait demandé de sauter dans ce feu, vous l'auriez fait sans hésiter, j'imagine. Qui est-il donc pour que vous lui obéissiez aussi aveuglément ?

Assis sur la margelle du puits, le détective jouait à monter et descendre la chaîne du treuil, ce qui provoquait une série de grincements métalliques assez semblables au ricanement qui lui sortit alors des lèvres.

— Mais le diable lui-même, monsieur Talbot... Non, je ne vous dirai pas chez qui loge votre beau-père. Et réjouissez-vous de ces millions d'étincelles qui volent à présent au-dessus de Montréal : elles représentent chacune un mot de notre histoire, un mot qui est sur le point de s'éteindre à jamais. Nos meilleurs patriotes sont ceux qui travaillent à nous faire disparaître pour que nous devenions américains. Oublions notre passé mortifère et consacrons-nous à la poursuite de notre bonheur individuel !

Stéphane demeura un instant silencieux. Ces arguments le touchaient plus qu'il n'osait l'avouer. Ne s'était-il pas fait presque les mêmes réflexions tout à l'heure au champ de Mars ? Mais elles lui devenaient répugnantes maintenant qu'il les entendait dans la bouche de cet homme.

— Vous n'êtes qu'un lâche ! Partez aux États-Unis et oubliez-nous. Nous nous passerons de patriotes tels que vous, je vous assure.

— À vous entendre, je constate que vous avez pris votre père comme modèle. Il a connu une belle mort au combat. Avec quels résultats ? Douze ans plus tard, Montréal brûle, sans qu'un seul des Fils de la liberté n'ait le courage de se mettre sur le chemin des incendiaires.

Leclerc s'agrippa au treuil et se renversa la tête pour prendre une autre rasade au goulot de la bouteille de cognac. Cette posture éveilla en Stéphane un souvenir, qu'il eut d'abord du mal à préciser, mais dont le dessin se compléta quand le policier s'essuya la bouche du revers de la manche.

———— · ————

À l'automne 1837, quand les troupes impériales avaient bombardé la seigneurie des Talbot sur l'ordre de l'officier d'artillerie Henry Blake, Stéphane s'était retrouvé prisonnier des flammes dans le sous-sol du moulin, en compagnie de sa mère et de son frère cadet Marcel. Malgré ses huit ans, il comprenait qu'ils allaient brûler vifs pour le crime d'appartenir à la famille de son père, Pierre-Amédée Talbot, parti depuis le matin avec d'autres Frères Chasseurs qui surveillaient la progression de la colonne britannique sur le chemin riverain du Richelieu, entre Saint-Jean et Chambly. Pierre-Amédée ne s'était pas inquiété de laisser les siens sans protection, ancré dans sa conviction que jamais l'armée anglaise n'attaquerait une femme et des enfants.

Stéphane avait tenté de se glisser entre les rayons de la roue hydraulique, immobile depuis que les premiers gels avaient amené la fermeture du canal. La chaleur ne lui permettait pas de s'approcher de la grande charpente circulaire. Cependant, le vent se calma un peu, le rideau de feu se déchira par endroits, de sorte que le garçon entreperçut, sur l'autre rive du canal, la silhouette d'un homme casqué de métal qui se penchait de leur côté. Stéphane cria à cet inconnu, dont il apprendrait plus tard qu'il s'agissait du lieutenant Mervynn Parker :

— Les vannes ! Ouvrez les vannes !

Bientôt l'eau du ruisseau se précipita à l'intérieur du canal, y broyant la couche de glace pleine de feuilles mortes qui l'avait recouvert. La grande roue des Talbot se remit en mouvement, plongeant tour à tour les flammes qui la dévoraient dans le courant glacial. Les mécanismes à demi fendus et calcinés du moulin ne purent supporter longtemps le travail qu'on leur imposait et l'arbre de transmission se rompit à l'entrée de la cave. Le cercle fumant se détacha du bâtiment et roula sur la pente raide jusqu'aux rapides de

Chambly. Stéphane et les siens se retrouvèrent devant une ouverture béante et franchirent sans encombre la planche que l'officier leur offrit comme passerelle improvisée.

Le bébé Marcel hurla à pleins poumons, rassurant ainsi sa mère qui, ayant craint qu'il ne fût mort d'asphyxie, se mit à le couvrir de baisers. Les dragons sourirent. L'un d'eux se pencha vers Stéphane et l'enveloppa d'une couverture, en murmurant quelques mots de réconfort dans un français rocailleux. Le garçon ne s'intéressait pas à lui : des yeux, il cherchait à retrouver le canonnier qu'il avait aperçu de loin, tout à l'heure. Dans son imagination d'enfant, il l'avait pris pour le démon ordonnant à ses légions de charger et de tirer sans trêve sur la seigneurie, alors qu'il ne s'agissait que du milicien Henry Blake qui jouait à la guerre, en profitant du moment où les soldats de métier l'avaient laissé seul avec ses artilleurs amateurs et son canon de douze livres. Mais autour de lui, il ne voyait que des dragons qui, dans leur cuirasse dorée, ressemblaient tous un peu à l'archange saint Michel.

Soudain, un cabriolet s'avança dans la cour, avec son cheval tenu en bride par un des soldats qui, s'excusant auprès du lieutenant Parker, rabattit la capote de cuir de la voiture et dévoila ainsi aux yeux de tous une forme humaine affalée sur la banquette. L'homme avait dû sentir qu'on l'observait car il se redressa et cria : « À votre santé, messieurs les Anglais ! » puis il renversa la tête en tétant le goulot d'une bouteille, dans la même posture étrange qu'il venait d'adopter sur le bord du puits, et que le lieutenant avait dû trouver répugnante puisqu'il avait refermé la capote et ordonné à son subordonné d'abandonner là cet ivrogne.

——— • ———

Ce policier qui pourchassait les patriotes sur l'ordre d'un tribunal d'exception, Stéphane venait de le reconnaître, douze ans plus tard. Son nom était Paul Leclerc. Stéphane eût songé sérieusement à le précipiter au fond du puits et à rendre justice du même coup à la vingtaine de héros morts sur l'échafaud, devant la prison du Pieddu-Courant, s'il n'avait condamné ainsi à mort le père de Marie-Violaine. Le hasard seul pouvait-il expliquer que les deux hommes qui avaient détruit sa famille, Blake d'abord, puis Leclerc, se fussent ainsi présentés tour à tour sur le chemin de son existence ?

Dans le cas de l'ancien artilleur, il avait su attendre son heure, qui était venue la veille. Pour Leclerc, elle viendrait aussi. La plus grande faveur que les dieux peuvent accorder à un guerrier, lui avait dit un jour son ami iroquois Téhostoseroton, est de se servir de lui pour punir les méchants. Téhostoseroton ! Maintenant que la navigation avait repris sur le Saint-Laurent, il ferait sûrement son apparition dans le port pour s'engager comme pilote à bord d'un des vapeurs qui faisaient sauter les rapides de Lachine aux touristes amateurs d'émotions fortes. Stéphane sentait qu'il aurait besoin de son vieil ami dans les prochains jours et il décida d'entreprendre le plus tôt possible des démarches pour le retrouver.

Soudain, un étrange oiseau noir strié de rouge battit mollement des ailes en tournoyant au-dessus de la cour clôturée des Hamelin, piqua vers le potager puis s'envola de nouveau pour se poser sur une poutre en saillie, sous la fenêtre du grenier à foin où le matin même Marie-Violaine et Stéphane avaient fait l'amour sur une couche de fourrage sec de fin d'hiver. La fumée qui s'échappa presque aussitôt de sous les tuiles d'ardoise ramena Stéphane à la réalité. Ce qu'il avait vu voleter était une épaisse feuille de parchemin pliée en deux, échappée de la volière des archives, avec comme destin de propager non plus la connaissance et la beauté des mots, mais la destruction par le feu.

— Vite, aidez-moi ! Il faut puiser d'autre eau, cria-t-il en courant vers l'écurie avec un seau à la main.

Il se retourna, juste avant de pénétrer dans le bâtiment où les chevaux commençaient à s'agiter et à piaffer. Manifestement, Leclerc n'avait nulle intention de lui porter secours. Assis dans l'herbe, il cherchait à déchiffrer un document tombé du ciel à la seule lumière de la pleine lune.

225

— Alors, monsieur Leclerc, maintenant qu'on a détruit la bibliothèque, on s'intéresse à la lecture ? lança Marie-Violaine qui sortait de la maison.

Elle se hâta et prit un des seaux que Stéphane avait eu la prudence d'emplir d'eau et de ranger près de la margelle du puits. Ils escaladèrent tous deux l'échelle du grenier. Leur ascension fut longue et malaisée parce qu'ils ne pouvaient utiliser qu'une seule main pour se retenir aux barreaux, qu'ils distinguaient mal dans la pénombre. La fenêtre à guillotine ne s'ouvrait plus tant les grands gels de février avaient gauchi son cadre. Stéphane n'hésita pas et brisa les carreaux à coups de botte. Sur la poutre en saillie, l'oiseau en parchemin de tout à l'heure n'était plus qu'un petit tas de cendre blanche et déjà froide, qui ne semblait représenter aucun danger pour le vieux chêne durci sur lequel il reposait. Par acquit de conscience, Stéphane arrosa la poutre de tout le contenu des deux seaux que Marie-Violaine avait apportés. Il examina le ciel aux alentours : l'averse de tisons continuait. Si l'un d'eux tombait sur le bâtiment, Stéphane ne disposerait à présent que de sa tunique pour étouffer les flammes. Il se retourna pour demander à Marie-Violaine d'aller lui chercher d'autres récipients et de les déposer au bas de l'échelle, en haut de laquelle il pourrait les hisser avec une corde de chanvre.

Marie-Violaine était écroulée sur un tas de foin, sa chevelure lui voilant le visage. Elle pleurait silencieusement, avec seulement un soupir rauque qui lui secouait parfois le corps. Il chercha à la prendre contre lui : elle le repoussa.

— Pourquoi m'as-tu menti à propos de la mort de mon mari ? dit-elle. Ce n'était pas un accident : tu l'as tué...

— Pour ne pas qu'il te tue, protesta Stéphane.

— Arrête de jouer avec les mots ! Tu comprends très bien ce que je veux dire.

Stéphane s'éloigna de quelques pas, les mains dans les poches.

— J'imagine que je voulais t'épargner le poids de cet acte.

— Me prends-tu pour une petite fille ? Crois-tu que les femmes restent des enfants toute leur vie, trop sensibles pour supporter la réalité ?

— Après ce qui t'était arrivé la nuit dernière, je ne voulais pas...

— Quoi ? Qu'est-ce qui m'est arrivé ?

— Nous ne voulions pas te troubler...

— Comparé au cauchemar que j'ai fait alors et que je ne cesse de revoir, rien ne peut m'effrayer, rien !

Comme Stéphane persistait à lui tourner le dos et à se taire, Marie-Violaine se leva, lui prit les poignets et posa son visage sur sa redingote rugueuse, entre les omoplates.

— Mon chéri, je t'ai aimé parce que je pouvais te regarder et voir jusqu'au fond de ton âme... et de la mienne.

— Soit ! Ton père craignait que tu ne donnes trop d'importance à l'événement, mais voilà : la nuit dernière, ton cœur a cessé de battre. Pas longtemps, une minute à peine. Je suis devenu fou et j'ai eu l'idée de t'envoyer dans la poitrine toute l'électricité que contient la pile de Leyde. Et tu as recommencé à respirer...

— Mon chéri...

Elle lui caressa la nuque.

— J'étais morte et tu m'as ramenée à la vie. Si tu savais à quel enfer tu m'as arrachée. Ce n'était donc pas un cauchemar mais une vision de l'au-delà qui m'a visitée hier. Avec un autre de tes baisers électriques... Comme je t'aime.

Bouleversé, Stéphane se retourna et la prit dans ses bras. Elle releva son visage mouillé de pleurs. Ils s'embrassèrent. Elle le re- poussa et lui dit en souriant :

— Ce n'est pas avec mes larmes que nous allons sauver ce bâtiment. Je vais te chercher de l'eau.

Stéphane resta un moment seul, à rêver. Quand il revint à la fenêtre, il constata que la pluie de tisons était terminée. Il voulut en avertir Marie-Violaine, mais il ne l'aperçut nulle part dans la cour, pas plus que Leclerc. Personne ne répondit à ses cris. Pris d'un mauvais pressentiment, il revint dans la maison. Elle était déserte. Le détective avait dû persuader Marie-Violaine — de gré ou de force — de le suivre. Stéphane sortit sur le perron. Sur la rue Wellington, la voiture de Leclerc avait disparu. Un homme montait la garde devant la grille. Leclerc faisait surveiller toutes les issues. Stéphane aurait pu tenter de s'enfuir en douce, mais il y renonça en se rappelant le risque qu'il ferait ainsi courir au père de Marie-Violaine.

L'idée l'effleura de courir tout raconter au chef Hays, cet Israélite intègre qui ne trempait sûrement pas dans le complot de son adjoint. Mais à supposer que Hays décidât d'accorder le moindre crédit aux propos de Stéphane, son intégrité même risquait de les conduire tous à l'échafaud, y compris Marie-Violaine, qu'il ne manquerait pas d'accuser de complicité dans le meurtre de son mari.

Leclerc leur avait juré que s'ils se conformaient à ses instructions, il leur rendrait Gustave Hamelin sain et sauf. Stéphane n'en croyait rien. Une fois que les ravisseurs auraient obtenu ce qu'ils voulaient, d'abord la moitié de la fortune de Blake, puis tout le reste, jusqu'au dernier centime, ils les tueraient tous les trois : Hamelin, Marie-Violaine et lui.

Treize

— **J'**attends toujours le retour de l'estafette que j'ai dépêchée à Monklands, dit le capitaine Lyall en recevant le chef Hays dans son bureau.

— Les émeutiers parlent d'aller porter leurs torches aux quatre coins de la ville.

— Son Excellence va sûrement me demander d'intervenir avant que sa capitale ne soit réduite en cendres.

— Alors, devancez ses ordres et sauvez Montréal.

— Je ne peux rien sans un billet de sa main, qui va arriver dans un instant. Une partie d'échecs en attendant?

Les deux hommes s'assirent à un échiquier d'ivoire et jouèrent rapidement jusqu'à ce que le capitaine, subodorant la défaite, s'adosse à son fauteuil et prenne le temps de s'allumer une pipe. Hays se leva et marcha jusqu'à la fenêtre qui donnait sur la cour intérieure de la caserne. Quatre cents bouches fumaient sous les *shakos* noirs, en forme de cône tronçonné et inversé. Les cols durs et baleinés forçaient les mentons à se relever. Les courroies des sacs à dos se croisaient à la hauteur du sternum et tiraient les épaules vers l'arrière presque au point de les désarticuler, torture subtile qui devenait atroce au fil des heures tandis que les sergents arpentaient les rangs, veillant à ce que l'ardillon de la boucle fût bien engagé dans le trou réglementaire de la courroie, ravis de punir d'un coup de bâton appliqué à la racine du cou tous ceux qui avaient donné du mou à leur bretelle.

Depuis des heures, ce régiment de suppliciés attendait que son commandant lui donnât l'ordre de marcher et de tirer. Peu importait contre qui, ou encore qu'ils tuent ou se fassent tuer. Rendus fous de colère et de douleur par l'immobilité, les hussards envisageaient toute marche, même vers l'enfer, comme une délivrance. Ils mourraient sur ordre. Mais ce soir, cet ordre ne viendrait pas, le chef Moses Hays en avait la certitude. Des jointures de la main droite, il nettoya la buée que sa respiration un peu essoufflée avait formée sur la fenêtre du bureau du capitaine et qui commençait à lui cacher ces féroces soldats qui lui inspiraient de la pitié.

Pour se protéger de tout blâme éventuel, Lyall voulait que ses hommes fussent restés prêts à intervenir jusqu'à l'extrême limite de leur résistance. Déjà, quelques fantassins — parmi les plus vieux, les plus malades — s'étaient écroulés sur les pavés glacés sans que personne ne leur portât secours.

— À vous !

Hays se retourna vers le capitaine, qui quittait l'échiquier après avoir jeté sa reine dans un piège aussi invisible que mortel et venait le rejoindre à la fenêtre. L'officier jouait au-dessous de ses capacités, trop occupé à se délecter de la haine qu'il sentait monter de tout son régiment. Dans un mois ou deux, Lyall lui remettrait une liste de dix nouveaux déserteurs, probablement tous déjà rendus à soixante kilomètres au sud, aux États-Unis. Et avant de le quitter, il lâcherait comme d'habitude, avec un profond soupir : « Que des soldats veuillent fuir la meilleure armée du monde, cela me dépasse, pas vous ? » Et Lyall ne verrait comme remède à cette hémorragie que de transformer encore un peu plus sa caserne en prison : il avait d'abord ordonné de barrer de l'extérieur les volets de bois des dortoirs, à l'extinction des feux ; de poser des barreaux de fonte aux fenêtres ; et enfin, d'installer des portes d'acier à triple serrure incrochetable. Malgré toutes ces précautions, dès l'arrivée du printemps, un homme sur dix avait déserté.

— Regardez, on nous attaque ! s'écria le capitaine.

Des boules de feu chutaient du ciel, selon de lentes trajectoires imprévisibles.

— À coup de livres, répondit Hays. Croyez-vous que vos hommes puissent résister à un tel assaut ?

Comme pour lui répondre, quelques fantassins rompirent les rangs et roulèrent sur le sol pour éteindre le tison qui venait de se poser sur leur échine, entre la tunique et le sac à dos, et qui menaçait d'enflammer tout leur uniforme de laine grossière. Des rires et des coups de coude ébranlèrent l'alignement géométrique du régiment. L'estafette choisit ce moment pour entrer dans le bureau, claquant des talons en aboyant :

— Un message de Son Excellence !

Lyall décacheta le pli et se mit à lire en roulant furieusement l'extrémité gauche de sa moustache entre le pouce et l'index. Il dut relire à deux reprises la fine écriture avant de bien saisir que le gouverneur général lui interdisait la moindre intervention de ses troupes. « Tant pis pour la ville », songea-t-il. Et tant mieux pour lui, car il pourrait ordonner la fin du rassemblement et expédier ses hommes dans leurs dortoirs avant que les écrits des Jésuites et de Champlain, qui semblaient se concentrer avec délectation sur la cour de cette caserne anglaise, n'arrivent à réaliser ce que ni les troupes de Montcalm ni celles de Napoléon n'avaient réussi à faire : briser les rangs de son régiment.

— Il y a un mot pour vous, dit-il à Hays en lui tendant la missive.

Rappelant au chef de police leur conversation du matin, Lord Elgin lui annonçait qu'il se rangeait à sa suggestion de lever sur-le-champ une brigade de policiers volontaires qui compterait « le plus grand nombre d'hommes jeunes et vigoureux qu'on pût rassembler dans cette ville sans faire appel à la racaille. Cependant, je ne peux pas retenir votre idée de n'engager que des Canadiens français ; au contraire, veillez à en recruter le moins possible dans la nouvelle brigade. Il ne faut pas faire croire que les événements actuels soient issus d'une guerre entre deux races. Mes ennemis critiquent ma politique de reconnaître un gouvernement responsable à cette colonie. Si je ne trouvais que des Français pour réprimer les excès des Anglais, je leur offrirais la plus belle preuve de ce qu'ils soutiennent au parlement de Londres : le Canada est condamné à une perpétuelle guerre civile, à moins qu'une administration britannique directe et vigoureuse ne continue à y jouer un rôle d'arbitre ».

Hays comprenait les raisons de haute politique qui inspiraient la décision du gouverneur général du Canada-Uni — et les approuvait. Mais pour l'instant Montréal brûlait. Où trouverait-il les volontaires pour disperser les incendiaires si on lui interdisait de faire sonner le tocsin dans les paroisses catholiques ? Trop peu nombreux, ses propres coreligionnaires ne pouvaient fournir que quelques hommes.

Quatorze

Paul Leclerc n'avait cessé de guetter le moment où les deux amants se retrouveraient enfin séparés l'un de l'autre. Quand Marie-Violaine laissa son amoureux dans le grenier de l'écurie et vint chercher un seau d'eau dans la cour, le détective laissa tomber son masque d'ivrogne et la tira brutalement à l'intérieur de la maison, fermant la porte derrière eux d'un coup de talon.

— Assez joué ! Si vous ne me suivez pas sur-le-champ, votre père est mort.

Elle le regarda et pâlit.

— Laissez-moi prendre un châle.

Leclerc acquiesça et lui permit de pousser la porte du salon. Sans qu'il la quittât d'une semelle, elle monta à sa chambre et s'assit devant sa coiffeuse à miroir, s'observant avec une lente attention.

— Allez !

Elle tourna les yeux vers le reflet de son ravisseur.

— J'aurais voulu me maquiller : je ne suis pas présentable.

— Vous n'avez personne à qui plaire. Venez !

Ces minauderies agaçaient prodigieusement Leclerc, mais il laissa Marie-Violaine emporter dans son sac à main une brosse et une bouteille de parfum, non sans déboucher celle-ci et en humer le contenu : la fragrance de jasmin dissimulerait peut-être les odeurs corrosives qui montaient du laboratoire de Gustave Hamelin et qui devaient imprégner jusqu'au moindre vêtement de sa fille. Il lui jeta sur les épaules un carré d'étoffe. Ils redescendirent.

Quand ils passèrent derrière la grande table encombrée de cornues et d'électrodes, Marie-Violaine y saisit une plume qu'elle trempa dans un encrier puis elle se pencha sur une feuille de papier. Excédé par la crainte de voir surgir Stéphane, Leclerc la poussa devant lui.

— Je dois lui laisser un mot !

— Rien du tout !

Bousculée vers la porte de sortie, Marie-Violaine continuait à protester. Cette fois, Leclerc lui administra un coup de poing entre les omoplates. Elle aurait percuté le panneau de chêne s'il n'avait déjà tourné la poignée et ouvert sur l'extérieur. Elle trébucha sur le seuil de marbre et faillit tomber sur le perron. Elle avait les réflexes d'une jeune chatte et reprit son équilibre. Elle se retourna, la main droite posée sur le sac noir qu'elle portait en bandoulière, la poitrine palpitante et les joues rouges. Elle tremblait de frayeur. Leclerc fut pris d'un violent désir de la posséder sur-le-champ. Il eut un sourire qu'il dissimula, selon son habitude, en tirant sa bouche vers le bas, entre le pouce et l'index. Patience : avant l'aube, il aurait satisfait son désir.

Glaces et capote relevées, sa berline rouge fut avancée de quelques mètres, de manière à bloquer l'accès à la rue Wellington. Emmitouflé dans un loden gris, le cocher se pencha derrière lui et ouvrit la portière à son maître. Ravi que son plan se déroulât à la perfection, Leclerc se mit à siffler du Strauss entre ses dents. L'équipage fut bientôt arrivé devant la petite gare qui faisait l'angle des rues Saint-François-Xavier et de la Commune.

Marie-Violaine croisa un instant le regard fixe, sans cillement, que l'adjoint du chef de police posait sur elle.

— Avez-vous déjà pris le train ? lui demanda-t-il.

— Une seule fois, dans le rêve que j'ai fait après ma mort, cette nuit même.

Leclerc fit une moue méprisante : il la prenait pour une folle. « Tant mieux, il ne se méfiera pas de moi », se dit-elle.

— Ce sera quand même une première pour vous, disons... dans la réalité ?

Il descendit le marchepied que son domestique avait déplié jusqu'au pavé. Avec une courtoisie qu'elle jugea plus inquiétante que ses goujateries, il lui tendit le bras pour qu'elle ne s'empêtre pas dans sa jupe à crinoline. Une locomotive ahanait, immobile dans l'épaisse fumée que sa cheminée de cuivre allongeait au-dessus de quatre voitures de voyageurs et d'une petite gare de bout de ligne.

— Vous et moi allons inaugurer la nouvelle ligne Montréal-Lachine. Vous verrez, c'est rapide mais tellement confortable que nous pourrons boire notre vin d'Alsace sans qu'il tremble seulement dans nos coupes.

Marie-Violaine n'entendait rien, fascinée par ce train qu'elle voyait pour la première fois dans la réalité. Il semblait identique au convoi qui lui était apparu après sa mort, des becs-de-cane en ivoire des portières jusqu'aux boulons qui maintenaient la fine carrosserie d'acajou au châssis métallique. Elle cherchait une explication rationnelle qui eût satisfait son père ingénieur. Elle avait suivi les progrès rapides de la pose des rails de bois, matériau qui permettrait aux trains de rouler dans l'attente du fer forgé commandé à des fonderies britanniques. N'avait-elle pas aperçu ce monstre d'acier du coin de l'œil, sans vraiment le remarquer ? « Impossible ! »

Devant la gare, au centre d'un jardin circulaire entouré d'une grille, une statue équestre de Lord Elgin pointait un index de marbre vers l'*Union Jack* que le noroît faisait claquer au grand mât d'un *schooner*. Le vaisseau s'était arrêté à l'entrée de la première écluse parce que son tonnage important ne lui permettait pas de remonter le canal Lachine vers les Grands Lacs. Sa cargaison serait transportée jusqu'en amont des rapides par le tronçon ferroviaire que le gouverneur général devait inaugurer dans trois jours.

— Méfions-nous de ces marmites montées sur roues ! décréta le détective.

Se tournant vers son cocher, il lui ordonna de suivre le train au cas où les deux solides alezans dorés attelés à la berline devraient prendre la relève des imprévisibles chevaux-vapeur. Puis il offrit sa main à Marie-Violaine et l'invita à monter dans la dernière voiture du convoi.

— Nous voyagerons, ma chère, dans la voiture du président de la Saint Lawrence and Atlantic Railroad. Sir Alexander Tilloch Galt ne peut rien me refuser ! Je vous raconterai un jour pourquoi...

Marie-Violaine se retrouva dans un compartiment meublé de deux lits houssés d'un velours cramoisi à franges d'or et garnis de coussins : les passagers devaient s'allonger à la romaine, l'un devant l'autre, les yeux dans les yeux. Elle imagina à quelles fines débauches les barons du rail destinaient cette maison de prostitution mobile. Le détective passa un instant la tête dehors et cria au chauffeur-mécanicien de démarrer, puis il sortit un vin d'Alsace du seau à glace qu'une main attentive avait placé sur le guéridon au centre de la cabine.

— Ne restez pas ainsi debout.

Marie-Violaine finit par s'asseoir, position inconfortable sur cette couche ne disposant ni de dossier ni d'accoudoirs. Sous la pleine lune, le mont Royal dormait telle une grosse bête noire et sauvage que les clameurs de la cité construite sur ses flancs n'arrivaient pas à éveiller. Le train s'ébranla.

— Le vin tremble à peine ! s'écria Paul Leclerc en lui montrant les deux flûtes qu'il avait posées sur la table entre eux. En effet, songea-t-elle, si l'alsace s'agitait au fond des coupes de cristal ciselé, il ne débordait pas comme il l'eût fait dans une diligence. C'est qu'on roulait sur des rails lisses et rectilignes, non pas sur une chaussée défoncée et ravinée. Le détective porta un toast à l'éternelle beauté féminine et la captive se sentit obligée de heurter son verre contre le sien.

— Vous savez que notre chef de police est un Juif? Dans une ville qui ne compte que des protestants et des catholiques, c'est incroyable, non? Vous ne connaissez pas sa dernière idée : puisque les députés du Canada-Uni ne savent plus où s'installer, il les invite à siéger dans son théâtre.

— Quel homme généreux!

— Innocente! Il aura ainsi le pouvoir à sa botte et, entre deux répétitions de *La Flûte enchantée,* il pourra mettre en scène les comédies de notre gouvernement. Le Canada-Uni dirigé par un Juif portugais : quelle farce!

— Pourquoi pas? Pourraient-ils faire pis que les chrétiens?

Marie-Violaine montrait la ville qui défilait sur leur droite et où un autre drame paraissait se préparer. Des braises ardentes transformaient l'emplacement du palais du Parlement en un étang de feu bordé par les pans de mur qui tenaient encore debout. Tout autour de cette ruine, des torches dessinaient des traînées d'étincelles dans la nuit, balancées à bout de bras. À quoi les pillards voulaient-ils encore mettre le feu? Au couvent des sœurs Grises, tout près? Marie-Violaine eut une vision d'horreur qu'elle écarta aussitôt de son esprit en se disant que jamais ces fanatiques n'oseraient aller jusque-là.

Avec les lueurs de ces flambeaux au nord, celles des hauts fourneaux bordant le canal au sud, son sentiment de déjà-vu lui revint avec plus de force que tout à l'heure. Et si le train de Galt fonctionnait, comme celui de Blake, avec les gaz dégagés par les cadavres humains? Quand la locomotive tomberait en panne de carburant, le conducteur la ferait descendre et l'exécuterait d'une balle à la nuque pour que les pistons se remettent en marche.

Pour chasser de son esprit son cauchemar, Marie-Violaine engagea la conversation avec son ravisseur :

— Où allons-nous?

237

— Dans une usine abandonnée. J'ai imaginé qu'on vous gardait prisonnière au fond d'une cuve métallique qui servait jadis à la fermentation d'une bière limpide et dorée.

— Je meurs de soif !

— Alors buvez avec moi cet excellent alsace.

De peur que l'autre eût drogué le vin, Marie-Violaine n'y avait même pas mouillé ses lèvres. Comme Leclerc buvait sous ses yeux à même la bouteille, elle but deux grandes gorgées.

— Je ne vous cache pas que cette cuve est fort inconfortable pour dormir, ce qui ne nous empêchera pas de nous mettre à l'aise.

— Que voulez-vous dire ?

— Devinez, coquine !

Dès lors, les derniers doutes de Marie-Violaine se dissipèrent : elle savait ce qui l'attendait au bout de ce trajet. L'inspecteur prétendait exercer un pouvoir absolu sur elle. Une rage meurtrière lui serra la gorge. Plutôt que de commettre un geste irréparable, elle décida de poursuivre la conversation comme si de rien n'était.

— Vous recevez souvent des pensionnaires au fond de votre cuve ?

— Quelquefois. Mais quand je reviens avec l'échelle pour les libérer, ils ont disparu, comme si l'orifice d'évacuation les avait avalés et recrachés dans le canal.

Avec un éclat de rire, Leclerc se pencha vers elle et lui tapota la cuisse.

— Cela ne risque pas de vous arriver. Vous m'êtes beaucoup trop précieuse.

Elle n'avait rien à craindre tant que le détective n'aurait pas fait main basse sur la fortune qu'elle devait hériter de son mari. Cette réflexion l'amena à interroger le malfrat sans réfléchir :

— Avez-vous ouvert son coffre ?

— Celui qu'il cachait derrière son propre portrait ?

— Celui-là ne servait qu'à tromper les voleurs éventuels. Je parle de l'autre...

— Continuez, vous m'intéressez.

— Vous le trouverez dans la salle de bal, derrière un tableau représentant la victoire de Wellington à Waterloo.

— À la bonne heure ! Notre maître serrurier va s'en occuper dès demain.

— D'ici là, une question se pose : n'y trouverez-vous pas un autre testament qu'il n'avait pas encore remis à son notaire et qui me déposséderait de tout ?

Leclerc éclata de rire.

— J'aime bien voir comment vous réfléchissez. Votre esprit retarde de quelques coups sur le mien. Ne craignez rien : si un tel document existe, je serai le seul à le lire.

Évidemment, se dit Marie-Violaine, ce testament s'évanouirait en fumée. Il fallait pour cela qu'il existe bel et bien, ce dont elle n'avait aucune certitude. En revanche, elle savait parfaitement que Leclerc trouverait dans ce coffre-fort quelques centaines de milliers de livres sterling, liquidités que Blake gardait sous la main au cas où la justice ou une révolution l'eût obligé à s'enfuir aux États-Unis. Elle réprima un sourire à l'idée que l'avance de quelques coups lui appartenait désormais, d'autant plus qu'elle savait comment accéder au coffre, que son mari avait maintes fois ouvert devant elle sans qu'elle parût y prêter attention. Aussi peu inventif qu'il était méfiant, Blake avait choisi comme combinaison sa propre date de naissance.

La berline rouge du détective Leclerc les suivait par la route qui longeait les rails et le canal. Par crainte de la bise d'avril, qui devait le pincer cruellement, là-haut, sur son banc sans dossier, le cocher s'était emmailloté dans son loden gris et dans une écharpe qui n'exposait qu'une mince fente à la hauteur de ses yeux.

Buvant au goulot, Leclerc vida la bouteille et la lança par la fenêtre. Avec un soupir d'aise, il se coucha sur le dos. De sa main droite, il renversa le guéridon qui faisait obstacle à son projet et entreprit une exploration de l'entrecuisse de sa captive. Marie-Violaine lui écrasa le poignet de ses genoux.

— Sachez, madame, que tout plaisir que vous me refuserez vaudra le double de souffrance à votre père.

Malgré la menace, Marie-Violaine resserra son étreinte. Soudain, le train s'arrêta net et, projetée vers l'avant, elle se retrouva couchée sur les cuisses du détective, les pieds et les mains pendant dans le vide de part et d'autre du lit qui, boulonné au parquet, n'avait pas bougé. Leclerc se mit aussitôt à lui claquer le postérieur. Administrée plus par jeu qu'avec cruauté, la fessée ne dura qu'un instant : des cris de terreur fusèrent de l'avant du train. Les deux passagers quittèrent aussitôt leur boudoir mobile. Un instant, Marie-Violaine crut qu'elle hallucinait le triangle de feu qui s'élevait devant eux à une hauteur vertigineuse. Elle comprit que cette élévation verticale s'expliquait par un effet de perspective et qu'en réalité il s'agissait des deux rails de bois qui brûlaient jusqu'à leur point de convergence, à l'horizon du plat paysage industriel. Cette triangulation flamboyante — qui se reflétait dans les fenêtres des usines — élargissait sa base à la même vitesse que le noroît lui glaçait le visage.

— Le feu s'amène par ici. Tout va exploser ! s'affola le conducteur.

Il s'apprêtait à sauter de sa cabine quand il aperçut le détective qui le visait de son revolver.

— Sir Alexander Galt détesterait que je ne lui rende pas le train qu'il m'a prêté. Vous allez renverser la vapeur et rentrer à Montréal.

— J'ai besoin qu'on m'aide à charger la chaudière à bloc.

Sans quitter le cheminot des yeux, Leclerc claqua des doigts en direction de son cocher, qui avait stoppé la berline à dix mètres sur leur droite. En bougonnant, le domestique rangea son loden et son écharpe sous son siège, monta à bord de la locomotive et, torse nu, se mit à pelleter du charbon. Il eut bientôt le visage aussi noir que celui de son compagnon, car le vent rabattait la fumée dans la cabine. Le train se mit à reculer et gagna bientôt les flammes de vitesse.

— Il n'y a rien de plus incendiaire que les livres ! Qui aurait dit qu'en faisant sauter la bibliothèque nous détruirions le chemin de bois de Sir Galt ? dit le maître à bord en rangeant son colt dans la poche de sa vareuse.

— Je vous savais traître à votre peuple, mais pas au point d'appartenir à l'ordre d'Orange.

— Mais non, rassurez-vous : ces fanatiques imbéciles ne voudraient pas de moi. Mais qu'est-ce qui... Je vois !

Leclerc éclata de rire.

— Vous croyez que les orangistes ont anéanti le palais du Parlement ? Je vous accorde qu'ils y ont bien jeté quelques torches. Mais l'exploit nous revient, à moi et à mes associés.

— Mais pourquoi ?

— Pour des raisons d'affaires qu'une belle étourdie comme vous ne saurait comprendre. Mes associés et moi désirons que la municipalité nous cède l'aqueduc. Quoi de plus convaincant pour démontrer l'incompétence de l'administration qu'une panne générale des robinets au moment même où le feu détruit le siège du gouvernement du Canada-Uni ?

De la paume des mains, Leclerc aplatit ses cheveux blonds et fins mais le vent les ébouriffa de nouveau.

— L'explosion était de trop. Cet abruti de Hollandais n'a pas compris qu'en projetant vingt-cinq mille volumes en feu dans les airs, nous risquions de propager l'incendie un peu partout, même chez des amis comme Galt !

Gustave Hamelin avait transmis son amour des livres à sa cadette, dont s'exacerba la haine pour son ravisseur cupide.

— Détruire une bibliothèque par fanatisme politique ou religieux est une abomination, mais une abomination concevable ! La perpétration d'une telle infamie pour des raisons d'affaires me fait regretter l'existence de l'enfer.

Soudain, les aveux de Leclerc inquiétèrent Marie-Violaine mortellement.

— Pourquoi me raconter cela ?

— Parce que j'ai tout pouvoir sur vous et que vous n'en avez aucun sur moi.

— Dites-moi alors où se trouve mon père !

Leclerc éclata de rire puis, offrant son bras à sa prisonnière, il l'escorta vers la berline. Marie-Violaine dut monter à son côté, sur le banc du cocher. Elle regarda du côté de Montréal. Se distanciant rapidement du sinistre, qui venait de l'ouest, le train reculait à pleine vapeur vers deux autres chenilles de feu qui venaient de commencer à dévorer les voies à partir de la gare située à l'entrée du canal Lachine. Le tracé rectiligne du chemin de bois ainsi que les deux voitures que poussait la locomotive dissimulaient ce nouveau péril à la vue du conducteur et de son compagnon.

— Faites demi-tour ! Ils vont à leur mort ! cria Marie-Violaine.

Leclerc se retourna et observa le désastre qui se préparait sans trahir la moindre émotion.

— Il est trop tard.

Les événements lui donnèrent aussitôt raison. Quand le wagon de queue s'enflamma, le cheminot freina à mort, avec pour seul résultat d'immobiliser le convoi au milieu du brasier. La carrosserie de chêne et d'érable s'embrasa et, avant que les deux hommes eussent eu le réflexe de sauter hors de leur cabine, une déflagration les enveloppa d'une clarté si vive que les alezans de Leclerc se cabrèrent dans les brancards.

— Ces deux hommes étaient les seuls à pouvoir raconter à Sir Alexander Galt que je lui avais emprunté son train. Les seuls aussi à savoir où je vous emmène. Vous voyez qu'à toute chose malheur...

Sans finir sa phrase cruelle, Leclerc desserra les freins et fit claquer le fouet. L'équipage suivit la ligne de train. Les rails carbonisés, encore rougeoyants par endroits, étaient devenus friables et commençaient à se désagréger sur les traverses. Marie-Violaine ne pouvait imaginer qu'une seule destination à cette voie de cendre : le pays infernal dont elle avait rêvé après sa mort, cette contrée où la seule lumière provenait de la décomposition des cadavres. « Oh ! mon pauvre Stéphane, tu ne m'as fait revenir de ce cauchemar que pour bien peu de temps. À présent, je retourne là-bas sans espoir d'en revenir, car je sais que je ne rêve pas », s'attrista-t-elle intérieurement.

Ainsi accablée et abattue par l'horrible sort des deux occupants du train, elle ne s'aperçut pas que la voiture venait de s'arrêter.

— Allons, ma jolie ! Je vous offre une visite de la somptueuse résidence où vos ravisseurs imaginaires vous ont gardée prisonnière ces trois derniers mois !

Elle leva les yeux sur une façade hérissée de mauvaises herbes s'accrochant au mortier qui pourrissait entre les briques délavées et percée de fenêtres aux vitres fracassées.

— C'est ici qu'on brassait la plus mauvaise bière de l'Empire. Venez me goûter ça !

Quinze

James Bruce Elgin, huitième comte d'Elgin et douzième comte du clan écossais des Kincardine, n'allait pas assister les bras croisés à la destruction de sa capitale vice-royale. Résolu de passer à l'action, il décolla son œil du télescope. Remerciant le brave docteur Ryan de ne lui avoir prescrit qu'un peu de glace pour réduire sa bosse à la nuque, remède aussi efficace que stimulant, il s'habilla en silence dans le seul éclairage de la pleine lune. Ce fantôme, dans le miroir, ressemblait à n'importe quel bourgeois de Montréal. Il se coiffa d'un feutre gris, dont il rabattit les larges bords pour dissimuler sa physionomie trop connue de la population. Il avait décidé d'agir à l'insu de son frère Frederick, aide de camp trop complaisant à l'égard des orangistes.

Il emprunta l'escalier de service, situé à l'arrière de son bureau, et se retrouva aux écuries sans avoir rencontré âme qui vive. Sa femme passait la nuit chez des amis. Quant aux deux sentinelles plantées devant son manoir de Monklands, elles montaient la garde dans leurs songes et n'entendirent pas le pas de son cheval sur la pelouse.

En prenant des raccourcis à travers la forêt du mont Royal, il lui fallut moins d'une heure pour arriver devant le palais du Parlement. Il se serait cru au bord d'un volcan. Entre les pans de la façade écroulée brasillait une lave formée de ruines incandescentes. Ce palais était un peu le sien. Les plans de rénovation de l'ancien marché Sainte-Anne portaient ici et là des suggestions qu'il avait dessinées lui-même. Dans le vestibule, son portrait figurait sous celui de Sa Majesté impériale Victoria. Il lui sembla que son cœur venait de se briser.

Des années plus tard, en 1857, la reine Victoria va charger l'homme qu'il est devenu de venir à bout du refus de l'empereur de Chine d'ouvrir ses frontières aux commerçants étrangers. Il se souviendra alors de l'abattement éprouvé en cette nuit d'avril 1849 devant la destruction du siège de son gouvernement à Montréal et ordonnera à ses troupes de mettre le feu au palais d'Été de son adversaire, sachant qu'il aurait pu faire exécuter des dizaines de milliers de prisonniers chinois sans que l'âme de l'empereur en tressaillit le moindrement. L'anéantissement de ces façades finement ciselées, de ces trésors d'œuvres d'art et de livres anciens brisera la volonté du monarque chinois. Le *Times* de Londres ne manquera pas d'accuser James Bruce Elgin d'avoir ainsi déshonoré la mémoire de son père, de celui que le peuple britannique considère comme le sauveur du Parthénon face à la barbarie des Ottomans.

Flattant l'encolure de son cheval rendu nerveux par la foule de pillards incendiaires qui cherchaient un autre lieu où porter leur colère, il se revoyait au milieu du hangar crasseux et noirci par la fumée d'une usine britannique où son père avait caché les statues du Parthénon et, entre autres trésors, les bas-reliefs de la frise, les cénotaphes d'Euripide et une urne qui avait contenu les cendres d'Aspasie, la maîtresse de Périclès. Une caryatide aussi, qui penchait dangereusement. Son père le tenait par la main. Il lui avait dit : « Cette pauvre fille est à la veille de tomber. Elle écrase les lattes sous elle. » Puis il s'était approché de la statue de Phidias et agenouillé pour vérifier l'état du parquet.

Une solive avait craqué avec la détonation assourdissante d'une arme à feu. Un instant vacilla celle qui, deux millénaires durant, avait soutenu la corniche de l'Érechthéion de sa tête à la chevelure nattée. Le petit James Bruce Elgin crut qu'il allait voir son père broyé par l'étreinte glacée d'une tonne de marbre pentélique. Mais le conservateur de la collection des Elgin avait pris la précaution de passer au cou de la déesse un fil de fer solidement fixé à une poutre métallique du plafond. Quand le vieil homme se releva, l'antique danseuse lui touchait presque le front du genou. Il caressa la jambe ployée hors du drapé de la toge. Cette pose aérienne et sensuelle ressuscitait une jeune fille devenue, par le génie de Phidias, aussi éternelle et divine que la lumière de l'Attique.

— Tu sais ce que racontent les Athéniens ? avait demandé le comte à son fils. Qu'ils entendent, certaines nuits, pleurer les cinq caryatides qui sont demeurées à leur poste sacré. Elles s'ennuient, disent-ils, de leur sœur que je leur ai enlevée et qu'elles voudraient voir à leur côté, sur l'Acropole. Ils ont raison : elle vient de chercher à me tuer.

— Si vous permettez, père : ils se trompent. Les caryatides se lamentent de ne pas pouvoir rejoindre celle que vous avez sauvée du péril, de ne pas jouir, tout comme elle, de la sécurité de notre bonne ville de Londres.

Souriant d'un air incrédule, Elgin père avait ébouriffé les cheveux de son gamin. « Avec de tels raisonnements, tu me parais digne de me succéder un jour à la tête de notre clan. Et qui sait, peut-être pourras-tu alors ramener celles que j'ai eu le tort de laisser à Athènes. »

Absorbé par ses souvenirs d'enfance, le gouverneur général du Canada-Uni n'avait pas entendu qu'un cavalier s'approchait derrière lui, sur les pavés de la place Sainte-Anne.

— Alors, c'est ainsi que tu me fausses compagnie ?

Vêtu de son uniforme de colonel des dragons, Frederick avait posé cette question avec une insolence que son frère trouvait déplaisante.

— Je te prierais de baisser le ton et de t'éloigner de moi, à moins que tu ne tiennes à ce que la populace me reconnaisse et me lapide de nouveau.

Le vice-roi ne faisait qu'exprimer sa mauvaise humeur : les orangistes ne prêtaient aucune attention à sa personne et n'avaient d'yeux que pour le dragon au casque et à la cuirasse de bronze. Au lieu de houspiller l'officier, ils lui manifestaient de la sympathie, jugeant l'armée sympathique à leur cause du simple fait qu'elle n'était pas intervenue pour rétablir l'ordre.

— J'ai le devoir de veiller sur ta vie, répondit le cadet des Elgin en portant la main à la poignée de son sabre. Et je ne crois pas avoir failli à la tâche tout à l'heure.

— Tes hommes ont ouvert les rangs, au lieu de les resserrer pour me protéger.

— Je t'ai servi de bouclier...

— Tu as récompensé ces traîtres qui avaient désobéi à tes ordres...

— Au contraire, ils ont exécuté à la lettre mes instructions.

— Que dis-tu ?

Les deux hommes criaient si fort que, d'un signe du menton, Frederick invita son frère à s'éloigner des groupes querelleurs qui sillonnaient les abords du palais incendié. Sans échanger un mot, ils mirent leur monture au trot et se retrouvèrent le long des quais déserts. Le vice-roi n'avait nullement le goût d'entendre son colonel de frère poursuivre des aveux de haute trahison. Pour se consoler des avanies de la journée, il voulut revoir la statue à sa propre effigie qu'on venait d'ériger dans un jardin public à l'entrée du canal Lachine. Il avait exigé que l'œuvre fût sculptée dans un marbre importé à grands frais d'une carrière de l'Attique. Un artiste britannique l'avait représenté dans la pose d'un chevalier du progrès, l'index levé vers le ciel. Quoique fort habile, il n'arrivait évidemment pas à la cheville du moindre des élèves de Phidias. Mais James Bruce Elgin se réjouissait à l'idée que son image serait perpétuée dans le matériau du Parthénon.

Les deux frères arrivèrent devant la première écluse du canal. L'aîné comprit qu'ils avaient dépassé le petit square sans le reconnaître. De la gare, ne demeurait qu'un bûcher encore fumant, d'où partaient deux lignes parallèles, calcinées, sur lesquelles aucun train ne roulerait désormais. Quant à la statue, on ne s'était pas contenté de la renverser de son socle : elle gisait sur la pelouse en morceaux épars, contre lesquels des massues s'étaient acharnées afin de les réduire en fragments informes. James Bruce Elgin mit pied à terre, s'agenouilla sur l'herbe humide de rosée et recueillit entre ses bras sa propre tête aux traits fracassés. Il resta un moment à bercer son effigie profanée, puis il se releva et, s'avançant au bord du quai, il laissa tomber le bloc de marbre dans l'eau noire du fleuve.

Frederick n'avait pas osé ouvrir la bouche. Des cris se firent entendre tout à coup, provenant du haut de la rue menant au couvent. Les torches orangistes encerclaient à présent la demeure des sœurs Grises. James Bruce Elgin se remit en selle et, s'approchant du tumulte, il aperçut son chef de police qui tentait de bloquer l'accès à la grille des religieuses en dirigeant les efforts d'une poignée de policiers et d'une centaine d'Irlandais. Manifestement, les immigrants catholiques n'avaient pas oublié les soins que les sœurs canadiennes-françaises avaient été les seules à leur prodiguer, deux ans plus tôt, alors que le typhus décimait leurs familles dans les *fever sheds* de la pointe Saint-Charles. Mais contre la foule déchaînée, le frêle rempart humain édifié par Moses Hays ne tiendrait pas longtemps. Pour que tout fût terminé, il suffirait qu'un de ces fanatiques eût l'idée d'apporter des échelles et d'escalader l'enceinte de pierres.

— Suis-moi, j'ai des ordres à donner à nos troupes de la citadelle.

Frederick Elgin attrapa les rênes de la monture vice-royale et stoppa ainsi son frère en plein élan.

— Je ne te laisserai pas détruire ta carrière et l'honneur de notre famille en faisant marcher nos troupes contre de fidèles sujets de Sa Majesté ! D'ailleurs, les soldats ne t'obéiront pas.

— J'ai compris cela depuis un certain temps. Tout comme je sais que cet après-midi, dans le cabriolet, tu m'as assommé en me donnant un coup à la nuque avec le pommeau de ton sabre. Mais en même temps, tu risquais ta vie en me servant de bouclier contre tous les projectiles qui auraient pu me tuer.

James Bruce Elgin posa affectueusement la main sur l'épaule de son frère.

— Tes devoirs envers ton clan l'emportent sur tout le reste. J'en éprouve d'autant plus d'affection à ton égard. Je n'ai pas l'intention de donner un ordre que personne ne respectera. Nos fantassins ne chargeront pas les émeutiers, baïonnette au canon. Ils vont simplement leur donner un concert.

Frederick Elgin scruta le regard de son aîné, puis, sans un mot, il lui rendit la bride de son cheval.

Seize

Paul Leclerc admirait sa prisonnière, qui, les yeux baissés, attendait ses ordres, immobile et docile sur la passerelle métallique qui pendait de la toiture de l'usine abandonnée. Comme toute bête de prix, elle avait offert une belle résistance. Cette lutte ne ferait qu'augmenter son plaisir quand il la posséderait enfin. En attendant, il ne lui déplairait pas de l'effrayer davantage, pour qu'elle lui devînt totalement soumise.

— Regardez bien le décor, dit-il en lui relevant le menton de la main. Vous devrez vous souvenir de chaque détail quand mes hommes et les journalistes vous interrogeront sur votre captivité. Notez que la verrière est crasseuse à souhait et qu'elle ne laisse passer qu'une faible lumière, même en plein jour.

Leclerc laissa pendre sa lampe-tempête dans le vide, de manière à éclairer le fond de la cuve, auquel une échelle conduisait.

— Vous avez passé une éternité au fond de ce trou. Vos ravisseurs vous descendaient vos repas par une corde. Jamais ils ne se sont préoccupés de votre état, même quand vous restiez prostrée sur votre grabat et refusiez de vous nourrir. Ils ne vous avaient même pas fourni un pot de chambre. Vous deviez vous accroupir au-dessus de la grille du tuyau d'évacuation pour satisfaire vos besoins naturels. Vous avez perdu toute notion du temps : quand mes hommes

251

vous recueilleront, demain matin, le long du canal, vous leur direz que vous ne savez pas en quelle saison nous sommes. Vous vous souviendrez de cela ?

Marie-Violaine se contenta de hocher la tête d'un air hébété. Leclerc la gifla et lui demanda de lui répéter sa leçon. Elle oublia un détail et il la frappa de nouveau, sans qu'elle esquissât le moindre geste pour se protéger.

— Bien. À présent, enlevez votre jupe et descendez cette échelle.

Elle tardait à obéir. Il arracha lui-même le vêtement de velours, dont il fit sauter les boutons, puis s'attaqua au jupon de dessous, garni de baleines flexibles. Elle ne portait plus qu'une culotte en dentelle. Le détective caressa ses longues cuisses, qui frémirent.

— Il serait trop bête que vous vous tuiez en vous empêtrant dans vos crinolines. Allez !

Comme Leclerc l'avait obligée à se débarrasser de ses escarpins dès leur entrée dans l'usine, Marie-Violaine entreprit sa descente pieds nus. Son ravisseur l'éclairait attentivement, autant pour prévenir une chute fatale que pour admirer les seins palpitant dans le corsage échancré. Dotée d'une agilité de montagnarde, la captive se retrouva bientôt au fond.

— Installez-vous sur ce matelas et n'en bougez plus !

Leclerc la savait assez forte pour tirer l'échelle et le précipiter dans le vide, mais Marie-Violaine obtempéra sans discuter et s'assit en tailleur sur le grabat, serrant contre sa poitrine le petit sac qui contenait ses effets de toilette.

Désireux de faire durer son plaisir sadique, le détective contenait mal son ardeur. Parvenu à son tour au fond de l'ancienne cuve de fermentation de la brasserie, il suait abondamment et dut s'éponger le front du revers de la manche.

— Vous devinez ce qui vient, madame Blake. Cela se fera avec ou sans votre assentiment.

— Ne doutez pas que j'apprécie le sentiment que je vous inspire. Permettez seulement que je masque cette odeur de houblon et de rouille.

Ce disant, Marie-Violaine sortit de son sac un flacon dont la seule vue rappela au policier la fragrance de jasmin qui s'en était exhalée, une heure plus tôt, dans la chambre de la fille de l'ingénieur.

— Vous voulez humer? Alors, tendez votre main que je la parfume un peu.

Les sens exacerbés du ravisseur ralentissaient son esprit d'observation. Il avança son bras et nota trop tard que cette fiole au col étroit ne ressemblait en rien au flacon pansu dont il avait vérifié le contenu. Au moment même où il ramenait sa main droite vers son colt, un liquide jaunâtre et visqueux lui sciait la jointure des doigts. Il put achever son geste et sortir son arme de la poche de sa vareuse mais, à ce moment, une douleur intolérable lui paralysa les articulations et le revolver tomba à ses pieds. Leclerc secouait l'extrémité de son membre blessé pour éteindre le feu invisible qui s'y propageait. Peine perdue : la potion corrosive avait traversé l'épiderme et rongeait les cinq os du métacarpe. La conscience brouillée, il ne trouva comme remède dérisoire que de cracher sur sa plaie. Hurlant de douleur, il décida de s'assommer en se frappant la tête contre la paroi de la cuve. Il y réussit si bien qu'il perdit connaissance.

———— · ————

Quand Marie-Violaine avait saisi le flacon de parfum sur la coiffeuse de sa chambre, elle avait déjà prévu de subtiliser la bouteille d'acide sulfurique que son père laissait traîner sur sa grande table de travail. En traversant le salon, elle avait feint de vouloir écrire un mot à Stéphane pour distraire l'attention du détective. La fiole d'acide s'était retrouvée au fond de son sac à main sans qu'elle sût encore précisément de quelle façon elle pourrait l'utiliser. Mais se souvenant des leçons de son père, elle avait la conviction que le vitriol, qui attaquait tous les métaux, sauf l'or et le platine, pouvait constituer une arme redoutable. Et durant le trajet vers l'usine, simulant l'abattement et l'hébétude, elle avait guetté l'occasion de frapper.

Le monstre était enfin terrassé, mais Marie-Violaine ignorait pour combien de temps. Elle décida de ne courir aucun risque. Elle saisit le colt, grimpa à l'échelle, qu'elle tira ensuite jusqu'à la passerelle, se rhabilla et prit le temps d'aller remplir un seau à même une flaque qui s'était formée sous un carreau brisé de l'usine. Elle descendit ensuite au bout d'une corde le récipient, qu'elle immobilisa de manière qu'il soit tout juste hors de portée de son prisonnier, et elle attendit que celui-ci reprît conscience.

Quand quelqu'un s'assomme lui-même, il y met rarement la force qu'il faudrait pour que cela dure bien longtemps. Paul Leclerc gémissait. Son bras droit pendait, inutile, tandis qu'il se redressait en s'adossant à la paroi.

— Le vitriol va continuer à ronger votre main, lentement mais sûrement, à moins que vous ne puissiez la plonger dans ce seau d'eau que je tiens à votre disposition, lui cria aussitôt Marie-Violaine.

Elle balança la corde juste assez pour que quelques gouttes tombent sur la tête du détective. Enragé, il se mit à fouiller sa vareuse de ses doigts valides.

— Ne cherchez pas votre arme : elle est ici ! Il vous reste peu de temps avant de devenir manchot. Je vous donne cette eau si vous me dites où se trouve mon père. Et attention de ne pas me mentir, sinon personne ne saura où vous êtes et vous crèverez dans votre petit cachot privé, dont seul votre domestique et le cheminot connaissaient l'existence.

——— • ———

Moses Hays avait beau adresser de grands moulinets des deux bras aux religieuses, les sœurs persistaient à rester postées aux fenêtres de leur couvent et à provoquer ainsi les orangistes à leur lancer des projectiles. Les ouvriers irlandais avaient vaillamment combattu, mais plusieurs d'entre eux gisaient dans leur sang. Le chef de police se disait qu'il ne lui restait plus qu'à vendre chèrement sa peau.

Le roi Charles, premier de ce nom de la dynastie des Stuarts, adorait les marches militaires. Elles lui servaient à remplacer les discours que son bégaiement lui interdisait de prononcer devant ses troupes avant la bataille. Passionné par les vertus guerrières de la musique, il rédigea de sa royale plume une ordonnance prescrivant le rythme que devait suivre la marche anglaise, « la plus entraînante de toutes, que la paresse et la négligence de certains musiciens menaçaient de décadence ». De toutes les réformes entreprises par le souverain, seule celle-ci lui survécut après que le bourreau d'Oliver Cromwell lui eut tranché la tête, le 30 janvier 1649. C'est donc aux accents préférés du malheureux souverain que les régiments britanniques finirent de conquérir leur vaste Empire.

Souvent civilisatrice et apaisante, la musique peut également servir d'arme de guerre, surtout lorsqu'elle est exécutée par des dizaines de grosses caisses accompagnées de fifres perçants. Le concert qui éclata soudain vers une heure du matin, dans les rues du port de Montréal, pétrifia les orangistes qui s'apprêtaient à donner l'assaut final aux grilles du couvent des sœurs Grises. Leur frayeur s'accrut quand ils perçurent, en sourdine, un fracas de bottes martelant le pavé. Ceux qui avaient déjà servi sous les drapeaux comprirent que la fanfare exécutait un *quick step,* à la cadence de cent huit pas à la minute. La redoutable infanterie d'Angleterre allait bientôt fondre sur eux, baïonnette au canon. Ils tournèrent les talons et s'enfuirent, imités par le reste des leurs, qui abandonnèrent derrière eux les échelles et les grappins qui devaient leur servir à escalader l'enceinte du couvent.

Fussent-ils restés un moment de plus, les pillards auraient assisté à l'irruption d'une trentaine de musiciens qui suivaient deux cavaliers : Lord James Bruce Elgin et son frère Frederick. D'un geste, le colonel interrompit l'orchestre. Personne ne suivait les fifres et les tambours, qui s'arrêtèrent en marquant le pas devant la petite troupe de Moses Hayes.

— Bien le bonsoir, monsieur le chef de police, dit le gouverneur général d'un ton mondain. J'espère que notre concert nocturne ne vous a pas trop cassé les oreilles.

— Soyez assuré, monsieur le comte, qu'il m'a beaucoup plu. Et je ne doute pas que vous trouverez votre auditoire le plus enthousiaste derrière moi, dans cette demeure dont nous défendions l'entrée.

À tous les étages du couvent, des fenêtres laissaient passer, telles des colombes, des cornettes blanches. Les religieuses saluaient leurs sauveurs par des vivats enthousiastes et certaines, parmi les plus jeunes, leur adressaient même des baisers en soufflant sur le bout de leurs doigts. Les ouvriers irlandais recrutés par Hays comme volontaires qui avaient survécu lancèrent leur casquette dans les airs.

Quand le calme fut revenu, le vice-roi enchaîna, imperturbable : « Connaissant vos goûts, je me suis dit que vous préféreriez une musique plus délicate, comme celle-ci... » Il fit un signe discret de sa badine. Un jeune musicien s'avança d'un pas et se mit à jouer un extrait de *La Flûte enchantée,* dont une troupe de Milan venait de commencer les répétitions au *Théâtre Hays,* place Dalhousie, avec la diva suédoise Jenny Lind dans le rôle de la reine de la nuit.

L'Israélite ne put retenir ses larmes quand il entendit l'air qui permet à Tamino et à son amoureuse Pamina de traverser indemnes la double épreuve de l'eau et du feu. Tout le monde se taisait. Mozart venait une fois de plus d'interrompre le cours du temps.

———— • ————

Le détective Leclerc avait donné des ordres très stricts à ses hommes : personne ne devait entrer ni sortir de la maison de Gustave Hamelin. Jamais le policier de faction à l'entrée principale n'aurait eu l'audace d'appliquer cette consigne au domestique qui, une valise de cuir à la main, descendait de la berline rouge, à l'intérieur de laquelle Paul Leclerc attendait sans doute lui-même. Il savait ce que pouvait coûter la moindre faute de lèse-majesté à l'égard de son chef.

Profitant de la crainte qu'inspirait Leclerc à tous les sergents de ville, Marie-Violaine réussit à franchir le barrage policier sans autre déguisement que le gros loden gris et l'écharpe que le cocher à présent défunt avait rangés sous le banc de sa voiture. Personne n'avait tiré le verrou, et la jeune femme se retrouva dans le salon sans avoir eu à frapper. Elle ne voulut pas signifier sa présence à Stéphane avant d'avoir vérifié si la maison ne contenait pas quelque autre occupant. Elle hésita au milieu de la pièce, l'oreille tendue. Les ampoules électriques bricolées par son père ne dispensaient plus qu'une lumière cafardeuse : la pile de Leyde allait bientôt se dépolariser et tomber en panne. Elle posa la main sur la sphère métallique dont la décharge, la veille, avait relancé les battements de son cœur. Ne venait-elle pas d'éclore de cet œuf qui ne contenait nulle forme de vie, seulement des acides mortels qui produisaient du courant par réaction chimique ? Ce qui parcourait son corps, du bout des orteils à la pointe des cheveux, était-ce bien de l'affection et de la haine, de la joie et de la tristesse ? Ne s'agissait-il pas plutôt de quelques volts d'énergie circulant dans ses nerfs aussi inutilement que dans ces électrodes utilisées pour lui rendre la vie ? Poser la question, c'était, pour Marie-Violaine, y répondre. Les deux brûlures qui persistaient au-dessus de ses seins, aux points précis où Stéphane lui avait appliqué les plaques de cuivre galvanisées, se transformaient, par une grâce concomitante, en un embrasement qui allait la consumer tout entière si elle ne retrouvait pas très bientôt son amoureux.

Elle défit son turban de laine et laissa tomber sa chevelure dans son dos.

— Ma chérie !

Marie-Violaine se retourna et aperçut son amoureux qui se découpait en ombre chinoise contre la fenêtre illuminée par la lune.

— Il était temps que tu quittes ton déguisement : je me préparais à t'assommer, dit-il en jetant sur un fauteuil la barre de fer qu'il tenait à la main.

— Et toi, ne te glisse plus ainsi derrière moi : tu as failli recevoir une balle en plein cœur, répondit-elle en extirpant de la poche droite du loden le colt de son kidnappeur.

Ils se défièrent du regard un instant puis, éclatant du même rire de bonheur, ils se jetèrent dans les bras l'un de l'autre.

— Pourquoi as-tu laissé la porte ouverte ? demanda-t-elle entre deux baisers.

— Pour que tu n'aies pas à frapper à ton retour ! Quand j'ai vu que tu avais emporté la bouteille de vitriol, j'ai su que tu fausserais compagnie à ce cher Leclerc. Comment as-tu ?...

— Tout à l'heure... fit-elle en lui posant la main sur les lèvres. Ferme plutôt le verrou derrière toi.

Stéphane recula sans cesser d'étreindre sa bien-aimée du bras gauche, trouva la tige coulissante, la poussa et l'engagea dans le crampon.

Marie-Violaine embrassa son amant, lui mordilla le lobe de l'oreille et murmura :

— Promets-moi que notre amour ne cessera jamais d'être électrique.

— Je te le jure, mille millions de tonnerres !

Dehors, deux policiers échangèrent des propos d'une voix forte, puis éclatèrent d'un rire gras.

— Je veux savoir ce qui s'est passé avec Leclerc.

Elle ne dit que l'essentiel : comment elle lui avait vitriolé la main, avant de l'abandonner au fond de la cuve vide d'une usine déserte.

— Laissons cette vermine mourir de faim !

— Je ne peux pas. Je lui ai donné ma parole que je lui enverrais du secours s'il me disait où mon père est retenu prisonnier.

— Et que t'a-t-il dit ?

— Il est à la taverne de *La Mort Subite,* dans une cellule juste à côté de la fosse où Van Gelder garde un des derniers bisons des prairies.

— Il t'a dit la vérité.

— Comment peux-tu en être certain ?

Rapidement, Stéphane lui raconta sa rencontre avec Alphonse Bertrand, le malheureux archiviste brûlé vif dans l'escalier de la Bibliothèque nationale.

— Grâce à ses indications, j'ai pu m'échapper par un tunnel qui menait à l'égout collecteur. Je m'apprêtais à remonter à la surface quand la vue d'un objet familier m'a persuadé de continuer plus loin sur la passerelle.

— De quel objet parles-tu ?

Il s'assit avec elle sur le sofa et sortit de la poche intérieure de sa tunique le bonnet phrygien de Gustave Hamelin. S'exclamant de joie, Marie-Violaine lui arracha la coiffure pourpre que portaient les révolutionnaires à l'époque de la Terreur blanche. Stéphane conclut en décrivant le quai souterrain aménagé devant les fondations de la taverne et comment les saboteurs qui avaient détruit la station de pompage de l'aqueduc l'avaient mené droit à l'entrée de *La Mort Subite.* Il s'était alors souvenu que l'ingénieur, dans un rapport à la municipalité, avait anéanti les chances de Van Gelder d'obtenir le contrat de distribution des eaux potables.

— Et puis, il y avait la lettre de ton père que nous avait remise Leclerc. J'ai pris le temps de la lire après que ce monstre t'eut enlevée toi aussi. Le texte contenait une allusion codée que j'ai comprise tout de suite, étant donné ce que je savais déjà. « S'il s'agit d'une affaire de rançon, écrivait ton père, je me suis rappelé que le cousin de Stéphane, Charles, a de l'argent. »

— Mais tu n'as pas de cousin Charles !

— Justement ! Et que donne « Charles a de l'argent » en latin et en hollandais de cuisine ? « *Carolus Van Gelder.* »

Marie-Violaine se releva.

— Alors, qu'attendons-nous pour courir à sa rescousse ?

— Tu oublies que des policiers encerclent la maison.

Marie-Violaine reprit dans ses mains le colt de Leclerc.

— Nous avons de quoi leur faire entendre raison.

— Range ton arme, mon amour. J'ai trouvé une meilleure solution. Viens, que je te montre !

Après avoir récupéré la valise de cuir qu'elle avait posée sur un canapé, elle suivit Stéphane qui venait d'ouvrir la porte donnant à la cave. Une lanterne posée sur la terre battue éclairait des ballots de vêtements grossièrement ficelés qui encombraient le sol de terre humide. Un rugissement assourdissant provenait d'un trou creusé dans le mur des fondations.

— Regarde ! cria le jeune homme, qui avait saisi la lanterne et la tendait à bout de bras de l'autre côté de l'ouverture.

Marie-Violaine se pencha dans le vide et aperçut, au milieu de la rivière Saint-Pierre, un canot d'écorce retenu par un cordage de chanvre à une poutre de la cave. Des travaux de voirie avaient recouvert le cours d'eau depuis qu'il servait d'égout collecteur.

— Nous sommes en amont du quai souterrain pratiqué devant la taverne de Van Gelder. Tout à l'heure, j'ai nagé jusque-là et j'en ai rapporté cette embarcation.

Marie-Violaine comprit qu'il ne leur restait plus qu'à descendre le courant et qu'ils seraient bientôt derrière le mur de la cellule de son père.

— Tu as décidé que nous déménagions ?

Elle montrait les ballots de vêtements dispersés sur le sol humide.

— Je crois que nous devons faire nos adieux à cette demeure, à Montréal et même au Canada-Uni, ma chérie. Paul Leclerc a le bras long et il nous retrouvera, à moins que nous n'émigrions aux États-Unis.

— Et l'argent des indemnités que la Banque du Peuple t'a avancé et que tu dois rendre ?

Stéphane haussa les épaules avec fatalité.

— J'ai pensé que nous pourrions emprunter quelques dollars à ton beau-frère Jack Grambs, qui est un des hommes les plus riches de New York.

— Tu me connais bien mal si tu crois que je vais quémander le moindre centime à ma sœur Augustine. En revanche, n'oublie pas que je suis depuis peu la plus riche veuve de Montréal.

Ce disant, Marie-Violaine ouvrit la sacoche qu'elle tenait contre sa poitrine. Stéphane entrevit une fortune en coupures de mille livres sterling et en bijoux.

— Avant de venir te rejoindre, je suis allée vérifier ce que mon défunt époux cachait dans son coffre-fort secret. Le détour en valait la peine, non? dit-elle en refermant la sacoche et en la lui tendant.

Stéphane hésita un instant à l'accepter mais, après tout, ce trésor leur appartenait de droit.

Il leur fallut quelques minutes pour entasser dans le canot les provisions nécessaires pour accomplir le voyage projeté. Marie-Violaine embarqua. Juste au moment où Stéphane allait la suivre, il se frappa le front du plat de la main et s'écria :

— J'allais oublier le plus important.

Il revint une minute plus tard avec un petit livre sous le bras.

— De quoi s'agit-il? Tout de même pas d'une bible?

— D'un ouvrage signé par un certain Morse. Ton père me l'a fait découvrir récemment. Tu verras qu'il nous sera plus utile que tous les écrits des prophètes.

——— · ———

Pour se distraire des ténèbres malodorantes de sa cellule, Gustave Hamelin cherchait à reproduire en pensée et dans les moindres détails l'expérience qu'Armand Fizeau venait de réaliser à Paris. Le physicien avait fait tourner à grande vitesse une roue dentée qui donnait des impulsions brèves à un rayon lumineux qu'il observait du haut d'une colline de Montmartre, à la distance très précise d'un kilomètre. Le reste n'était qu'une question de calculs, d'ailleurs pas très compliqués. Fizeau, en compagnie duquel l'ingénieur avait passé une soirée mémorable dans une brasserie de Londres, venait d'annoncer qu'il appliquerait cette même méthode dans un milieu en mouvement fluide pour établir la loi de la composition des vitesses.

« Dommage, se dit le captif, je ne connaîtrai jamais les résultats de cette nouvelle expérience. »

Ses pensées commencèrent à prendre un tour plus sombre. Sa nuque le faisait encore souffrir. L'éclat de métal resté dans sa tête n'avait pas provoqué une cécité complète, mais son champ de vision semblait se rétrécir. Il avait la certitude qu'il ne sortirait jamais vivant de cette fosse puante. Non pas qu'il ne pût éventuellement décrire à la police la physionomie de son ravisseur. En lui rendant visite, le gros homme avait pris la précaution de se recouvrir la tête d'une cagoule, mais il avait suffi à Gustave Hamelin d'entendre le pesant accent hollandais qui émanait de la bouche couverte d'une laine grossière, de humer l'odeur fauve des animaux en captivité, pour savoir où il se trouvait et qui le retenait prisonnier. Van Gelder lui-même devait être conscient que son prisonnier l'avait reconnu, mais il préférait jouer la comédie.

Soudain, l'ingénieur entendit que l'on cognait avec un objet métallique de l'autre côté du mur derrière lui. Il ne lui fallut que quelques secondes pour reconnaître dans les percussions sourdes et régulières un message transmis dans ce nouveau code qu'utilisaient les télégraphistes et qui répétait sans cesse son propre nom : Hamelin. Se servant d'une assiette de tôle qui avait contenu son unique repas jusque-là, il répliqua simplement : « Oui. » La réponse lui parvint aussitôt, nette et implacable, qui le renseignait sur l'identité de l'émetteur avec autant de certitude que l'eût fait une signature : « Nitro. » Stéphane l'avait retrouvé, nul doute en décryptant les allusions chiffrées de sa missive. Et examinant en joueur d'échecs une situation apparemment sans issue, il avait imaginé une solution désespérée et radicale, mais la seule possible en l'occurrence.

Dans l'obscurité totale, l'ingénieur ne pouvait se fier qu'à sa mémoire des lieux, tels que les lui avait révélés la lampe que Van Gelder apportait à chacune de ses visites. Pour tout mobilier, il ne possédait qu'un lourd pupitre qu'il poussa à l'autre extrémité de la pièce. Les pattes raclèrent bruyamment le dallage, mais son bruyant compagnon de captivité, le bison des prairies, poussa une série de mugissements qui couvrirent fort à propos ce vacarme. Gustave Hamelin renversa le meuble et se blottit dans la niche qu'il s'était ainsi aménagée entre le plateau de chêne et la porte du cachot derrière lui. Sa dernière pensée avant l'explosion fut que Stéphane avait cessé de répéter le mot *nitro* depuis déjà un moment.

———— • ————

Paul Leclerc plongea sa main vitriolée dans l'eau glacée du seau. Après cinq minutes de ce traitement, la douleur se calma et il put recommencer à penser avec clarté. Se servant de son bras valide et de ses pieds, il déchira sa chemise de coton en lanières qui servirent de pansement et d'écharpe à son membre blessé. Puis il s'avisa que Marie-Violaine lui avait laissé le flacon dont elle avait eu la bonté de ne l'asperger que modérément. Il versa l'acide sulfurique sur les barres de la grille qui bloquait l'accès à la conduite d'évacuation. Une fois cet obstacle suffisamment entamé par la réaction chimique, il lui suffit de quelques vigoureux coups de talon pour le faire sauter. Le tuyau métallique descendait en suivant un angle de quarante-cinq degrés jusqu'au canal Lachine. Le détective nagea d'un bras jusqu'à une écluse voisine, le long de laquelle montait une échelle rouillée à laquelle il grimpa jusque sur la berge.

La concupiscence l'avait entraîné à se laisser dominer par ses passions. Il ne voulait plus répéter cette erreur, contre laquelle ses professeurs du séminaire l'avaient pourtant prévenu, et il chassa donc les idées de vengeance qui lui emplissaient la tête.

Quand il rencontra une patrouille de deux policiers à cheval, il confisqua la monture de l'un d'eux et envoya l'autre chez Gustave Hamelin, avec la consigne de transmettre son ordre d'appréhender immédiatement tous les occupants de la demeure. Quant à lui, il fonça au triple galop chez Blake, gravit en courant l'escalier d'honneur et se retrouva, sans avoir repris son souffle, sous le tableau de Wellington victorieux à Waterloo. La diabolique jeune femme l'avait précédé et ne s'était même pas donné la peine de refermer le coffre, qui ne recelait plus le moindre penny. Elle avait tout de même laissé derrière elle le nouveau testament holographe de son mari. À ce geste, Paul Leclerc comprit que Marie-Violaine voulait continuer à passer pour morte.

Leclerc entreprit la lecture du document. Henry Blake s'était décidé à déshériter son épouse quelques jours avant son décès. Probablement au moment où il avait découvert qu'il n'avait pas réussi à tuer Marie-Violaine, qui filait le parfait amour avec Stéphane Talbot. Le sang avait parlé et le magnat avait institué son fils Julian légataire de tous ses biens. Au cas où son décès interviendrait avant que son héritier eût atteint sa majorité, Blake prévoyait le versement d'honoraires généreux au tuteur de l'enfant, un lointain cousin écossais. Dans l'hypothèse fâcheuse du décès hâtif de Julian, sa fortune serait versée à l'ordre d'Orange. De quoi enlever tout motif au protecteur futur de Julian d'expédier celui-ci *ad patres*.

— Monsieur le détective, que faites-vous ici à cette heure ?

Leclerc se retourna vers la nurse qui tenait par la main Julian, les cheveux ébouriffés, les paupières lourdes de sommeil. Il était mignon cet enfant. Que lui arriverait-il si le lointain cousin écossais ne voulait ou ne pouvait pas le recueillir ?

Un nouveau plan commença à germer dans l'esprit fertile de Paul Leclerc.

— Tu l'aimes beaucoup ton pensionnat ? demanda-t-il à l'enfant.

— Je ne peux jamais m'amuser.

— Tu aimerais avoir un nouveau papa qui te laisserait jouer tout le temps ?

———— • ————

Ses leçons d'aviron, Stéphane les avait reçues du géant iroquois Téhostoseroton, qui lui avait montré comment sauter les rapides comme en se jouant. Il n'avait pas encore l'habileté de son maître, mais il pouvait pagayer avec une infatigable résistance. De sorte qu'il se retrouva avec les siens à la seigneurie du Grand Remous au milieu de l'après-midi du jour suivant. Il laissa alors Benoît et Annette qui les attendaient s'occuper de leur patron Gustave Hamelin. L'ingénieur n'avait pas subi la moindre égratignure quand les quelques gouttes de nitro bien appliquées avaient fait tomber le mur donnant sur le quai souterrain.

Stéphane prit Marie-Violaine par la main et alla s'asseoir avec elle sur le quai. Jamais il n'avait autant aimé la rivière Richelieu. Il ne se lassait pas de la regarder, le dos tourné au moulin détruit, dont les poutres calcinées émergeaient entre les pierres des murs écroulés.

Il était le seigneur des remous. Le reste, le cens des censitaires, les terres, le moulin détruit, rien de cela ne lui importait, mais la force des rapides, les milliards de mètres cubes d'eau à la seconde, avec leur pouvoir prodigieux, voilà ce qui lui appartenait et qu'il entendait mettre à son service. Tout à l'heure, il devrait partir pour les États-Unis, mais il en reviendrait un jour, avec encore plus d'argent qu'il n'en emportait à présent. Et sa fortune immense lui permettrait de soumettre cette rivière qui était et demeurerait son seul et véritable patrimoine.

Voici un extrait du prochain volet
de la fresque historique des Talbot-Parker
à paraître prochainement.

« En octobre 1918, l'Empire russe s'écroula et le Canada devint pour un temps le pays doté de la plus grande superficie au monde. L'homme le plus puissant et le plus détesté du plus grand pays de la planète s'appelait Michael Parker : il était mon grand-oncle. Il gouvernait ses compatriotes comme un astre invisible régit ses satellites. Le Canada lui appartenait, des quais de Vancouver où ses trains rejoignaient ses navires du Canadian Pacific jusqu'à la pointe sud-est de Terre-Neuve, d'où ses câbles télégraphiques prolongeaient l'Amérique vers l'Europe.

En 1928, il fit construire, rue Saint-Jacques à Montréal, le plus haut gratte-ciel de l'Empire britannique. Aujourd'hui, d'autres édifices le surpassent, mais la Tour royale reste inégalée en arrogance architecturale. Dans le hall cyclopéen, les caissières officient à des comptoirs de marbre de Levanto ornés de guichets et de portillons de bronze solide.

De son bureau du dernier étage, Michael Parker contemplait la ville étendue à ses pieds et, tracées sous les nuages, les lignes blanches que des projecteurs aéroportuaires dressaient vers le ciel depuis les quatre coins de son gratte-ciel. Il ne souffrait sûrement pas de vertige : aux commandes de son hydravion, il décollait du port de Montréal vers son palais florentin, construit dans l'île de Navy, juste en amont des chutes Niagara. Dans cette même île, en 1837, William Lyon Mackenzie et ses camarades Patriotes du Haut-Canada avaient installé le siège de leur gouvernement provisoire après avoir échoué à s'emparer de Toronto.

Michael Parker se posait impeccablement dans la crique, qui le mettait à l'abri des courants destructeurs de la rivière Niagara. Puis il extirpait sa maîtresse du poste de passager et montait faire l'amour avec elle dans la tour sud de son château. Sous sa fenêtre déferlaient les six mille mètres cubes d'eau qui, chaque seconde, tombant d'une hauteur de cinquante mètres, actionnaient les turbines de sa centrale de Niagara. Il venait de prendre le contrôle de cette usine par cette manœuvre boursière appelée tout ou rien qui lui permettait de s'emparer des biens de ceux qu'il avait acculés à la faillite.

Il possédait l'île d'Anticosti, les tramways de Rio de Janeiro, les forêts de la Mauricie, des gouvernements entiers dans les Barbades, en Afrique équatoriale et dans les pays baltes. Il avait choisi Montréal comme capitale de cet empire financier.

Plus puissant que le premier ministre d'alors, il a pourtant traversé l'histoire sans laisser de traces. Cette disparition, il l'avait souhaitée et même soigneusement organisée. Il a veillé personnellement à la destruction systématique des archives qui le mentionnaient de loin ou de près. Il a refusé d'accorder toute interview, sous prétexte que ses propos, rapportés fidèlement ou non, serviraient ses ennemis. Une seule photo de lui circula, celle d'un dandy de trente ans, aux cheveux noirs gominés et aplatis sur le crâne, avec des lèvres minces et une cicatrice sous l'œil gauche, de sorte que, à mesure qu'il vieillissait — il mourut à quatre-vingt-huit ans —, ce portrait ressemblait de moins en moins à son modèle.

Cette discrétion s'explique en partie par les multiples attentats dont il fut la cible, mais aussi parce qu'il croyait pouvoir triompher de ses adversaires en leur cachant tout de lui et de ses véritables intentions. Il arriva si bien à se dissimuler de son vivant qu'on croirait aujourd'hui, plus de cinquante ans après sa mort, qu'il n'a jamais existé.

J'habite tout près de la tour de mon grand-oncle. Elle devient pour moi, quand je m'installe à son sommet, un immense vaisseau à voyager dans le temps. Par l'imagination, j'éteins une à une les lumières de Montréal. Quand il ne reste plus rien qu'un petit filet de lumière, diffus et agonisant, je sais que je suis rendu là où je dois reprendre le fil de mon récit, au milieu du dix-neuvième siècle.

François Talbot »

IMPRESSION
IMPRIMERIE GAGNÉ